一人傳承

3 일인전승

박신호 신무협 판타지 소설
Fantastic Oriental Heroes

일인전승 3
박신호 新무협 판타지 소설

초판 1쇄 찍은 날 § 2006년 10월 23일
초판 1쇄 펴낸 날 § 2006년 10월 30일

지은이 § 박신호
펴낸이 § 서경석

편집장 § 문혜영
편집책임 § 장상수
편집 § 서지현 · 심재영

펴낸곳 § 도서출판 청어람
등록번호 § 제1081-1-89호
등록일자 § 1999. 5. 31
어람번호 § 제2-1039호

주소 § 경기도 부천시 원미구 심곡1동 350-1 남성B/D 3F (우) 420-011
전화 § 032-656-4452 팩스 § 032-656-4453
http://www.chungeoram.com
E-mail § eoram99@chollian.net

ⓒ 박신호, 2006

ISBN 89-251-0333-8 04810
ISBN 89-251-0330-3 (세트)

※ 파본은 구입하신 서점에서 교환하여 드립니다.
※ 저자와 협의하여 인지를 붙이지 않습니다.

목차

제23장 소오태산의 혈전 / 7

제24장 결단을 이루다 / 35

제25장 본명을 밝히다 / 67

제26장 산예와 상아의 동행 / 91

제27장 화수(華琇) / 117

제28장 남궁세가의 멸망과 현도인의 죽음 / 143

제29장 흑도연합 / 181

제30장 점거당한 백화산장 / 213

제31장 가을 출도 / 235

제32장 백화산장의 혈투 / 273

제33장 백의맹(白義盟) 창설 / 297

제34장 응조왕(鷹爪王) / 331

제23장

소오태산의 혈전

반란은 또 다른 반란으로 끝났다.

한왕 주고후의 장남이 사촌 형인 선덕제와 내통해 반란을 일으킨 것이다. 주고후의 장남은 생모를 죽인 부친을 원망했고 결국 치명적인 복수로 갚았다. 결국 주고후는 생포당했다.

이번 내란이 정난지변에 비해 빠르게 끝난 것은 선덕제가 건문제와 달리 반란을 진압하는 데 적극적으로 나선 것과 무장들 대부분이 사태를 관망했기 때문이다.

선덕제는 자금성으로 돌아와 승전의 기쁨을 누렸다.

백화산 깊은 골짜기.

험악한 산세가 똬리를 튼 구렁이처럼 포개진 깊은 계곡에 십여 명의 무인이 나타났다. 그들은 어떤 흔적을 뒤쫓아 인적을 거부하는 이곳까지 도달했다.

"하아… 하아……!"

미약하지만 거친 숨소리가 그들 귀에 들려왔다.

그곳에 다섯 노인이 숨어 있었다. 다섯 노인은 운월동천 앞에서 곡소쌍로와 격전을 치른 지밀의 오행수였다. 십여 명의 무인들은 오행수를 쳐다보며 고개를 저었다.

오행수의 상태는 매우 심각했다.

"어떤가?"

십여 명의 무인 중에 의술이 뛰어난 자가 있었다. 그는 명의에 근접하는 실력의 소유자였다.

"근골을 심하게 다친 데다 기혈이 뒤엉켰습니다. 몇 달은 치료를 받아야 운신이 가능해질 겁니다. 그런데……."

그는 오행수의 귓속을 살피며 말끝을 흐렸다.

"말해보게."

십여 명의 무인들을 이끄는 자는 지밀의 전투 부대인 도검궁 삼 대 중에 도대(刀隊)의 교두인 육자헌이었다.

오행수의 귓속을 살피던 자가 한참 동안 육자헌을 물끄러미 쳐다보다가 입을 열었다.

"다섯 분 모두 고막이 파열됐는데, 상세가 심각합니다."

"청각을 잃었다는 건가?"

"네. 다섯 분 모두……."
"치료 가능성은?"
"저의 실력으론 무립니다."
"으음……."
육자헌은 오행수를 쳐다보았다. 그들은 의식을 잃은 채 간헐적으로 신음성을 흘리고만 있었다.
"일단 응급조치부터 취하겠습니다."
"그리하게."
오행수를 치료하는 동안 육자헌은 시름 어린 한탄을 내뱉고는 심각한 얼굴로 고민에 빠졌다.
'피해가 너무 커.'
지금까지 그가 가르쳤던 도대의 조원은 대부분 몰살당했다.
후대는 자금성에서, 선대는 운월동천 앞에서…….
검대와 궁대의 사정도 마찬가지였다. 지밀의 대외 전투 부대는 사실상 괴멸된 셈이다. 육자헌은 제자나 다름없는 도대의 대원들을 떠올리며 무거운 표정으로 한숨을 내쉬었다.
"하아~"
"땅이 꺼지겠네, 육 교두."
육자헌은 소스라치게 놀라며 고개를 들었다.
허연 수염을 배꼽까지 드리운 홍포노인이 나타났다.
"도교두(刀敎頭) 육자헌이 좌장(左將)께 인사 올립니다!"

"좌장 어른을 뵙습니다!"

홍포노인은 다른 무인들의 인사는 받지도 않았다. 그의 시선은 육자헌을 떠나지 않았다.

"내가 여기에 있다는 게 마음에 안 드나 보군."

"지밀은 시작한 해부터 지금까지, 대내는 좌부(左部)가 대외는 우부(右部)가 담당했습니다."

"껄껄껄~ 좌부의 수장인 본인이 그걸 모르고 있겠는가. 우부의 전투 세력이 괴멸돼 대외 업무가 마비됐기 때문에 내가 잠시 도움의 손길을 내민 것에 불과하네."

지밀을 창설한 열두 명은 두 부류로 나눠진다.

오호장(五護將)이라 불리는 군부의 인물과 일곱 명의 무림인이다. 황실은 대내의 임무를 오호장의 세력에게 맡겼고 대외 업무를 일곱 무림인의 세력에게 맡겼다.

지밀의 좌부와 우부는 이렇게 탄생했다.

"좌장 어른께서 직접 나서시겠다는 뜻입니까?"

"내가 왜 이곳에 왔겠는가?"

좌장이 손을 올리자 그의 등 뒤에 펼쳐져 있던 암벽 위로 수십여 명의 무사들이 나타났다.

육자헌이 신음성을 흘리며 입을 열었다.

"으음… 지밀백위(至密百衛)."

"전원 출궁했네."

육자헌의 얼굴이 굳어졌다.

지밀백위는 지밀 좌부의 정예로 황제의 호위를 담당한 경호 무인들이었기 때문이다.

"지밀백위가 본연의 임무를 저버리고 전원 출궁하다니… 도대체 어쩌시려는 겁니까?"

"폐하께서 명을 내리셨네."

좌장의 얼굴에 씁쓸해하는 기색이 떠올랐다.

"서, 설마… 폐하께서 지밀을 멀리하시는 겁니까?"

"우리는 명령에 따를 뿐… 일체의 의문도, 항명도 있어서는 안 되며 그런 마음을 품어서도 안 되네."

지밀의 우부는 반란 세력으로부터 자금성을 지키는 공을 세웠다. 그에 비해 좌부는 아무것도 하지 못했다. 친정을 나선 선덕제를 호위한 조직은 금의위였고, 동창은 한왕의 장남이 반역의 칼을 들도록 공작을 꾸몄다. 지밀의 좌부는 아무 공도 세우지 못했고, 그야말로 꿔다 논 보릿자루에 불과했다.

"이만 가보겠네."

좌장이 물러나자 지밀백위도 모습을 감췄다.

육자헌은 한참 동안 고민하다가 오행수의 응급조치가 끝나자 움직였다. 그런데 마차 두 대가 백화산 입구에서 육자헌 일행을 기다리고 있었다. 두 사람이 내렸다.

육자헌의 표정이 바뀌었다.

"자네들은 웬일인가?"

"우장 어른께서 보내셨네."

대답한 사람은 지밀의 검교두(劍教頭)인 송도렴이었다.

"좌장 어른을 만났네."

"하아… 그런가?"

"도대체 무슨 일이 생긴 건가?"

"황제 폐하께서 좌, 우장 두 어른께 지밀이 존재해야 할 이유를 하문하셨다고 하네."

"역도들 손에서 자금성을 지킨 공을 폐하께선 인정하지 않으신다 말인가?"

"천군단과 상궁감의 정보는 동창에서 가져왔네."

"도검궁 후삼대가 자금성을 지키려고 치명적인 타격을 입었으며 선삼대는 상궁감을 체포하려다가 몰살당했어!"

육자헌이 노성을 터뜨렸다.

송도렴이 머뭇거리자 그의 옆에서 침묵하고 있던 자가 차가운 미소를 지으며 입을 열었다.

"결과는 실패였지."

육자헌은 입을 굳게 다물고 파르르 떨며 그를 노려보았다.

그는 궁교두(弓教頭)인 여몽이었다.

"황제 폐하께선 지밀의 필요성을 느끼지 못하시네."

"지밀이 없어진다는 건가?"

육자헌이 질문했다.

여몽은 고개를 저으며 입을 열었다.

"조직을 축소하고 이전과 다른 임무를 맡겨 성향을 바꿀 것 같다고 우장 어른께서 예측하셨네."

"무슨 뜻인가?"

"황궁 무예를 연구하고 후학을 키우는 쪽으로 갈 거라고 우장께서 말씀하셨네."

송도렴이 대답했다.

육자헌은 한참 동안 고민하다가 입을 열었다.

"그렇다면… 좌부를 해체시키겠다는 뜻이군."

"우부도 더 이상 인원이 충원되지 않을 거네."

"결국… 지밀이 사라지는군."

육자헌이 힘없이 말했다.

"우부는 큰 문제 없네. 문제는 좌장 어른과 좌부일세."

"그렇겠군. 그래서 좌장 어른이 지밀백위를 이끌고 상궁감을 추적하러 나선 것이군."

"안타까운 일이지."

"허허허… 도검궁 삼 대의 아이들은 잘 죽은 셈이군."

허탈하게 웃는 육자헌의 얼굴은 어느새 십 년이나 늙어 있었다. 송도렴과 여몽의 표정도 밝지 못했다.

"우장 어른께선 우리 세 사람에게 특별한 명령을 내렸네."

"무슨 명령인가, 송 형."

육자헌이 힘없이 질문했다.

송도렴은 육자헌의 부하들에게 시선을 돌렸다.

"너희들은 우리가 몰고 온 마차를 이용해 오행수를 모시고 돌아가도록 하라."

그들이 육자헌에게 시선을 돌렸다.

육자헌은 말없이 고개를 끄덕였다. 그들은 마차에 오행수를 싣고 곧바로 출발했다.

"말하게."

세 사람만 남자 육자헌이 말했다.

송도렴이 탄식하며 고개를 돌리자 여몽이 입을 열었다.

"좌장 어른을 추적하라는 명령이 떨어졌네."

"…그것뿐인가?"

"쌍방이 전멸하면 양측 시신을 챙기고… 좌장 어른과 지밀백위가 당하면 우리 셋이 나서서 역도를 처리하라고 명하셨네. 그리고 반대 상황일 때는……."

여몽은 더 이상 말하지 않았다. 하지만 무슨 말을 하려는 것인지 육자헌은 짐작하고도 남았다.

"…지독하군. 정말 지독해."

"권력은 사람을 마귀로 만들지. 마귀가 안 되면 잡아먹히는 세상이기 때문이지."

냉기가 흐르던 여몽의 얼굴에 회한이 서렸다.

송도렴은 여전히 고개를 돌리지 않았고, 육자헌은 입을 굳게 다물고 시선을 위로 올렸다. 하늘은 칙칙한 회색이었다.

치익!

치이익~

비천흑사가 독아를 자랑하며 진호를 위협했다.

갈미홍은 오른팔에 똬리를 튼 비천흑사의 머리를 쓰다듬으며 음산한 표정을 지었다.

"너는 누구냐?"

거짓은 용납하지 않겠다는 결연함이 엿보였다.

진호는 한마디의 대꾸도 없이 검은 장갑을 벗었다. 손등의 녹색 거미에게서 섬뜩한 기운이 뿜어져 나왔다.

치이익~ 치익~

비천흑사가 노골적으로 적의를 드러내며 흥분하자 갈미홍은 눈살을 찌푸렸다.

팍!

비천흑사가 진호의 왼손을 노리고 날아올랐다.

아니, 녹색 거미를 노린 것이다.

비천쌍사는 형제이면서도 서로를 격렬하게 증오하는 천적이었기에 그 존재를 감지한다. 비천흑사는 녹색 거미에 담긴 비천백사의 잔재를 깨닫고 공격한 것이다. 그 사실을 알 리 없는 갈미홍은 비천흑사의 행동이 그저 의아할 뿐이다.

팍!

새하얀 섬광이 피어올랐다.

파팍!

진호의 손등을 노리고 날아가던 검은 섬광과 새하얀 섬광이 충돌했다. 지면에 착지한 두 줄기 섬광이 모습을 드러냈다. 하나는 비천흑사였고 다른 하나는 요롱이였다.

치이익~

으르렁~

두 맹수(?)가 상대를 노려보며 허점을 찾는다.

번쩍.

흑과 백의 두 줄기 섬광이 산등성이와 수림을 가로지르며 충돌했다가 떨어져 나가기를 수차례.

파파팍!

비천흑사와 요롱이는 목숨을 걸었다.

두 마리 동물의 싸움을 쳐다보던 갈미홍이 입을 열었다.

"기묘한 영물이군."

"비천흑사만큼 기묘하지는 않소."

"네놈의 정체가 궁금하구나."

갈미홍의 표정이 굳어졌다.

비천쌍사는 오독마군이 말년에 완성한 고독으로, 오독일파의 관련자가 아니면 알 리가 없기 때문이다.

진호가 칼을 뽑았다.

이름 높은 명도는 아니지만 솜씨 좋은 대장장이가 백련정강을 단련해 백일 동안 심혈을 기울여 완성한 칼이다. 진호는 악우(惡友)라는 이름을 붙였다.

우웅~

자홍빛 도강이 진호의 칼인 악우를 감쌌다.

진호가 자하구도의 기수식을 취하자 갈미홍의 얼굴에 놀라움과 의아함이 감돌았다.

"너는 누구지?"

그녀가 알기론 자하구도를 익힌 자 중에 진호의 수준에 도달한 자는 지밀의 도교두인 육자헌밖에 없었다.

진호는 갈미홍의 의문을 행동으로 풀어줬다.

파라라~

자하구도가 한꺼번에 쏟아졌다.

소름이 돋을 정도로 강하고 빨랐다.

갈미홍은 오독일파의 비전 신법인 영사십구변(靈蛇十九變)으로 칼날을 피했다. 진호가 눈살을 찌푸렸다.

"자하구도를 알고 있군."

영사십구변이 뛰어난 신법이지만 진호가 펼치는 자하구도를 여유롭게 피할 정도는 아니다. 자하구도의 초식을 모른다면 불가능한 일이다. 갈미홍이 좌수를 들어올렸다. 손톱부터 검게 물들더니 손목까지 새카맣게 변했다.

츄아악~

그녀의 다섯 손가락이 검은색 강기를 내뿜었다. 그것도 한 자 길이의 오독조강(五毒爪罡)이다.

파악!

갈미홍이 진호에게 돌진하며 오독조를 휘둘렀다.

진호가 악우를 휘두르며 춤을 췄다. 간결하면서 신속했고, 긴밀하면서도 끊어짐이 없었다.

따다다당!

오독조가 튕겨 나갔고 갈미홍은 위험에 처했다.

'뭐, 뭐야? 이 도법은?'

자하구도는 태조 홍무제의 명령을 받은 열두 명의 고인들이 만들어낸 황궁 무예의 하나였다. 황궁 무예는 태생적 특성으로 인해 의전용과 실전용 두 갈래로 나눠졌다.

장엄하고 화려한 의전용 무예는 황족들이 멋을 부리거나 건강을 유지하려고 배웠고, 장쾌함과 살수가 포함된 실전용은 지밀과 창위의 고위급 인사들이 수련했다.

진호는 황궁 무예의 태생적 한계를 읽었다.

장엄함에 무게를 두는 바람에 실전성이 떨어지고, 화려함에 치우쳐 힘이 분산됐다. 실전용마저도 황궁 무예의 특성을 벗어나지 못해 문제가 많았던 것이다.

진호는 그걸 견딜 수 없었다.

화려한 변화를 단순화시켜 도속(刀速)을 올렸고, 장엄함을 대신해 상대를 짓누르는 박력과 기세로 대체했다. 자하구도를 바탕으로 새로운 도법을 만들어낸 것이다.

'이, 이건 자, 자하구도가 실전용으로 탈바꿈한 거다!'

갈미홍의 안목은 높았다.

'내가 지밀의 껍데기만 봤구나!'

이런 도법은 하루아침에 이루어지지 않는다. 대가와 달인들이 오랫동안 연구해야 나올 수 있다.

갈미홍의 착각은 당연하다.

이런 도법이 진호처럼 새파란 애송이가 몇 달 만에 만들었다는 건 있을 수 없기 때문이다. 지극히 상식적인 그녀는 그런 비상식적인 일을 생각해 낼 수 없었다. 그녀는 지밀을 범인으로 몰았고, 그 사실을 알아내지 못한 자신에 대해 분노가 일었으며, 증오로 변해 진호에게 표출됐다.

"죽어라!"

검은색의 왼손이 오독조의 변화를 일으키며 독기를 내뿜었고, 오른손은 피처럼 붉게 변했다. 백사파의 절기인 음풍한 독장과 쌍벽을 이룬다는 적련독장(赤煉毒掌)이었다. 그녀는 영사십구변을 밟으며 오독조와 적련독장으로 진호를 압박했다.

고오오~

자홍색 도강이 진홍빛으로 변하고 삼 척이나 길어졌다.

변형된 자하구도가 쏟아졌다.

파츠츠츠~

오독조의 독기가 한순간에 사그라지고 적련의 화독마저 소멸했다. 진홍빛 도강이 갈미홍의 숨통을 노렸다.

파곽!

진홍빛 도강이 그녀의 몸통에 작렬했다.

소오태산의 혈전 21

퍼퍼퍽!

갈미홍의 발밑에서 연달아 폭발이 일어나며 작은 웅덩이가 만들어졌다. 그녀는 점의십팔질의 활경을 활강(滑罡)의 경지까지 끌어올린 것이다.

"흑사단정(黑蛇丹精)을 융화시켰구나."

활강에 묵빛 기운이 은은하게 서려 있었다.

진호가 흑사단정을 거론하자 갈미홍의 낯빛은 얼음처럼 차가워졌다. 그녀는 지밀의 정보력에 두려움을 느꼈다. 물론 그녀의 오해였지만 진호는 그걸 풀어주지 않았다.

그 대신 칼을 수평으로 세우고 그녀를 가리켰다.

이전과 전혀 달랐다.

"헉!"

갈미홍은 숨을 들이켜며 움직임을 멈췄다.

도면을 붉게 물들였던 진홍빛 도강은 사라졌다. 그 대신 몸을 옥죄는 기백이 풍겼고 강대한 기세가 쏟아져 사방을 제압했다. 말도 안 되는 엄청난 박력이었다.

'호, 호랑이!'

갈미홍은 포효하는 호랑이의 환상을 보았다.

어흥~

다리 힘이 풀려 후들후들 떨며 비틀거리고, 소름이 돋아 등골이 서늘해지자 그녀는 소스라치게 놀랐다.

'내, 내가 겁을 먹다니!'

갈미홍은 분노했다.

그녀는 오독조와 적련독장을 진호에게 날렸다. 전 내공을 담은 공격이었다.

파악!

오독조강이 유리처럼 깨져 나갔고 적련독장은 소멸됐다.

비호처럼 날아오른 진호가 갈미홍의 면전에 도달했다. 그녀는 영사십구변을 밟으며 빠져나갔지만 소용없는 짓이었다. 오독일파 최고의 호신공부인 점의십팔질을 펼쳤다.

파악!

"아아악~"

옷이 갈가리 찢겨 나가며 피가 튀었다.

갈미홍이 위험해지자 후방을 막아서고 있던 소로가 행동에 나섰다. 강력한 장력이 진호의 등을 노렸다.

콰르르~

"으핫하하~ 멈춰라!"

진호가 몸을 틀며 칼을 휘두르자 소로의 장력이 소멸됐다. 소로 덕분에 위험을 피한 갈미홍은 수치심에 얼굴을 붉히며 사지를 파르르 떨다가 금색 허리띠를 풀어 휘둘렀다.

휘익~

그녀의 허리띠는 길이 이 장에 달하는 가느다란 채찍으로, 오독일파의 보물인 금사연편(金蛇軟鞭)이었다. 금사절호편법(金蛇絶戶鞭法)의 절초가 폭포수처럼 쏟아졌다.

소오태산의 혈전 23

차악! 차악!

그녀는 옷이 갈가리 찢겨진 데다 요대마저 풀어버린 탓에 움직일 때마다 속살이 드러났고 때때로 가슴이 노출됐다.

갈미홍은 아름다웠다.

그녀는 나이를 초월했다. 아름다운 그녀의 얼굴은 원숙함마저 간직했고, 이십대 여인도 울고 갈 정도로 환상적인 굴곡을 지닌 몸매는 풍만함과 농염함이 흘렀으며, 피부는 십대 소녀처럼 투명하며 깨끗하고 탱탱한 탄력이 넘쳤다.

그러나 살짝 스치기만 해도 강철조차 가루로 만든다는 금사연편이 숨통을 끊으려고 날뛰는 판국에 어찌 그녀의 미모를 감상할 여유가 있겠는가?

스르륵~

진호가 비호처럼 편영 사이를 오가며 갈미홍에게 접근했다. 금사연편이 뱀처럼 휘어지며 새을(乙) 자 형태를 만들었다.

파악!

금사연편이 순식간에 형태를 바꿔 진호의 허리를 휘감았다. 그러나 그건 잔상에 불과했다. 진호는 어느새 뒤로 물러나 있었다. 갈미홍이 팔을 풍차처럼 돌리며 돌진했다.

고오오~

금사연편이 나선으로 회전하며 소용돌이를 일으켰다.

진호는 칼을 앞세우고 소용돌이 속으로 뛰어들었다. 바위마저 갈아버리는 삭풍이 소용돌이 안에서 휘몰아쳤지만, 악우가 무형의 기운을 내뿜어 모두 막았다.

갈미홍의 안색이 새파랗게 변했다.

콰오오~!

악우가 포효하자 갈미홍은 금사연편을 놔버리며 물러섰다. 금사연편은 소용돌이에 빨려 들어갔고, 진호는 갈미홍을 향해 돌진했다. 그녀가 손바닥을 모아 독정의 구슬을 만들었다.

'저, 저건 독군이 사용한 독장!'

나후독공의 삼초식인 원영독장이었다. 의문이 일었지만 질문할 여유도 없고 고민할 새도 없었다.

파악!

독정이 진호의 흉부를 노렸다.

진호가 악우를 좌에서 우로 그어버리자 독정(毒精)이 갈라졌고, 사방으로 흩어지는 독기를 녹색 거미가 먹어치웠다. 갈미홍의 독정은 오독지기가 포함돼 있어 독군의 독정보다 독했지만 녹색 거미는 아랑곳하지 않았다.

갈미홍의 낯빛이 납빛이 됐다.

'다, 단순한 칼질에 잘려지다니!'

도강이라면 그녀도 납득했을 것이다. 악우가 비록 강대한 기세를 내뿜고 있지만 단순한 칼에 불과했고, 원영독장의 독정은 그 정도에 파괴될 정도로 약하지 않았다.

고오오~

 진호가 순식간에 갈미홍의 면전에 도달했고 악우가 그녀의 미간을 노렸다. 마치 벽력같은 기세였다.

 파악!

 진호가 공격을 멈추고 방향을 틀었다.

 곡소쌍로가 진호의 등을 노리고 장력을 날린 것이다.

 "으흐흑~ 슬프구나. 그 젊은 나이에 그런 강함을 얻기 위해 얼마나 고생했단 말이냐! 으흑흑……."

 "으하하! 기쁘도다. 너처럼 젊은 강자를 만나 싸우다니 무공을 익힌 보람이 있구나."

 곡소쌍로가 본격적으로 뛰어들었다.

 갈미홍도 기회를 놓치지 않고 공격에 가담했다. 진호는 세 사람의 합공을 받았다.

 으허헝!

 다섯 마리의 호랑이가 환상처럼 나타났다. 곡소쌍로와 갈미홍이 폭발적인 압력에 튕겨 나갔다.

 오호난무(五虎亂舞)였다.

 팽가섭이 구상했지만 실체화시키지는 못했던 오호난무를 진호가 형상화시켰다. 진호의 비상식적인 재능과 백원도가 부족한 부분을 채웠기에 가능한 일이다.

 "으하하하! 환술을 쓰다니! 고얀 것!"

 "사술에 불과해! 흑흑흑……."

곡소쌍로가 장력을 날렸다.

한쪽은 불처럼 뜨거웠고 다른 쪽은 얼음처럼 차가웠다.

콰쾅!

미친 듯이 날뛰던 다섯 마리의 호랑이가 사라졌고 진호는 피를 토하며 주르륵 밀려났다. 곡로의 손바닥이 한기를 내뿜으며 새파랗게 변색되더니 푸르스름한 강기를 날렸고, 소로의 손바닥은 붉게 변하면서 불덩이를 쏟아냈다.

진호가 악우를 휘둘렀다.

파악!

"크윽!"

진호의 손아귀가 찢어져 악우의 도면에 두 개의 핏줄기가 흘렀다. 오른쪽 도면에 흐르는 핏줄기는 순식간에 기화돼 붉은 가루만 남았고, 왼쪽 도면에 흐르는 핏줄기는 얼어붙었다.

곡로가 푸른색 장력을 날렸다.

우우웅~

휘익!

진호가 이형환위로 피하자 뒤편에 있던 소나무에 푸른색 장력이 작렬했다.

피시시~

장력이 맞은 부위에서 푸른색 연기가 피어오르더니 소나무가 생명력을 뺏긴 것처럼 순식간에 말라비틀어졌다. 곡로의 장력은 단순한 음한장력이 아니었다.

"청음탈명장(靑陰奪命掌)!"

진호가 눈썹을 파르르 떨며 외쳤다.

"흑흑흑… 안목이 대단한 후배로구나. 너무 뛰어나! 흑흑… 그 뛰어남이 네 명을 재촉하는구나. 흑흑."

"껄껄. 그럼 이것도 아느냐?"

소로가 일장을 날렸다.

그의 손바닥에서 불길을 내뿜는 칼날이 튀어나왔다.

"으음… 서역밀종의 화염도(火焰刀)."

진호가 화염도를 향해 죽엽수를 펼쳤다.

죽엽수와 화염도가 충돌했다. 폭음과 함께 죽엽강이 화염에 휩싸여 소멸해 버렸다. 화염도는 죽엽수처럼 강기의 사단계인 강환의 경지에 들지 않고도 강기를 날리는 무공이었다. 또한 죽엽수의 극성이기도 했다.

"으하하하~ 정말 놀랍구나. 우하하하~"

"슬프도다. 슬퍼. 으허허헝~"

곡소쌍로가 미친 듯이 웃고 울었다.

진호는 고막이 울리고 내장이 진동하면서 가느다란 핏줄기가 입과 귀에서 흘러나왔다. 곡소쌍로의 울음소리와 웃음소리는 구층연심법의 육단계인 득약을 극한까지 수련해 대약을 이룬 진호가 내상을 당할 정도로 살인적인 음공이었다.

파르르~

화르르~

곡소쌍로가 청음탈명장과 화염도를 날렸다.

진호는 곡공(哭功)과 소공(笑功)을 막느라 움직이는 것조차 쉽지 않았다. 장력으로 막는다는 건 어불성설이었다.

"빌어먹을!"

모공이 일시에 열리더니 새로운 기운이 생성됐다. 구층연심법 제오층 공부인 진식의 힘이었다.

파악!

화염도와 청음탈명장이 몸에 닿기 전에 진호는 사라졌다. 극적으로 이형환위를 펼친 것이다.

휘리릭~

청음탈명장과 화염도가 방향을 틀었다. 수룡왕의 이기어장처럼 진호를 뒤쫓았다. 곡공과 소공의 영향권에서 벗어난 진호는 내력을 끌어올려 백원중첩장을 날렸다.

콰콰쾅!

지면에 금이 쩍쩍 가고 산비탈의 일부가 함몰됐다. 진호는 충격파에 밀려 피를 토하며 뒷걸음쳤다.

"크윽!"

곡소쌍로가 진호를 향해 곡공과 소공을 다시 펼쳤다.

"으하하하~"

"으흑흑흑······."

그것도 이전에 비해 배는 강했다.

고막이 터져 귀에서 피가 흘렀고, 이명증에 걸린 것처럼 웅

웅거리는 소리만 들릴 뿐 다른 소리는 들리지 않았다. 게다가 음파가 내장과 공명해 진호의 내상을 악화시켰다.

화르르~

콰르르~

청음탈명장과 화염도가 진호의 최후를 노렸다.

진호는 악우를 휘둘렀다.

쩌쩍!

악우의 표면이 무수한 실금으로 거미줄을 그렸다.

'안녕이다. 나쁜 친구야!'

우웅~

대약의 강대한 내공이 악우에 실렸다.

콰쾅!

악우가 폭발했다.

수십여 개의 붉은 유성들이 곡소쌍로에게 날아갔다. 곡소쌍로가 손바닥을 활짝 펴자 강기의 방패가 나타났다.

콰콰쾅!

"크윽!"

"컥!"

곡소쌍로가 피투성이가 되어 비틀거리며 뒷걸음쳤다.

진호는 탈진한 나머지 무릎을 꿇었다. 갈미홍이 무방비 상태가 된 진호를 향해 채찍을 휘둘렀다.

짜악!

금사연편이 진호의 등을 후려쳤다.

살이 찢어지고 피가 튀었다. 흑망을 담은 가죽 주머니를 등에 메고 있지 않았다면 등뼈가 박살 났을 것이다.

툭.

가죽 주머니가 찢겨지고 흑망이 땅바닥에 떨어졌다.

요룡이와 격전을 치르고 있던 비천흑사가 갑자기 방향을 틀어 진호를 향해 날아갔다.

파악!

깜짝 놀란 요룡이가 급히 뒤따랐지만 이미 때는 늦었다. 진호가 왼팔을 들었다. 비천흑사가 진호의 손등, 정확히는 녹색 거미에다 독아를 박고 손목을 칭칭 감았다.

푸쉬쉬!

비천흑사의 몸뚱이에서 검은 연기가 피어오르더니 화로에 놓인 엿가락처럼 녹아내렸고, 녹색 거미는 빠르게 몸집을 불려 진호의 왼팔 전체를 녹색으로 물들였다.

"죽어!"

우우웅~

비천흑사가 소멸되자 격노한 갈미홍이 원영독장을 진호에게 날렸다. 시커먼 독 구슬이 진호의 등에 작렬했다.

퍼엉!

진호가 주르르 밀려 나가더니 지면에 쓰러졌다.

갈미홍은 씩씩거리며 진호에게 다가갔다. 그녀는 진호의

머리를 박살 내지 못하면 분이 풀리지 않을 것 같았다.

"잠깐!"

곡로가 주의를 줬다.

갈미홍은 그제야 이상한 기운을 감지했다.

"포위됐군."

사방에서 하나둘 모습을 드러내는 무인들.

그들은 지밀백위였다.

"죄인은 오랏줄을 받아라!"

좌장이 나타났다.

갈미홍은 비웃었다. 비록 진호와 격전을 치르면서 다쳤지만 가벼운 생채기에 불과했고 내공의 소모가 심했지만 바닥을 드러내지도 않았다. 산발한 머리와 갈가리 찢겨진 옷만 보고 쉽게 제압할 수 있겠구나 생각한다면 어리석은 일이다.

곡소쌍로도 마찬가지다.

칼에 내력을 주입해 폭발시켜 파편을 날리는 진호의 공격에 당했지만 피륙의 상처에 불과했다. 그들은 파편에 담긴 내공은 튕겨낼 정도의 힘을 가지고 있었다.

"크크크… 웃기는 늙은이로다."

"맞다, 곡로. 흑흑흑……."

"네놈들이 천군단의 좌우호법이더냐?"

좌장이 곡소쌍로를 차갑게 노려보며 질문했다.

갈미홍이 입을 열었다.

"지밀의 정보력은 뛰어나군요."

"경화! 도대체 그대는 누구냐? 뭘 원하는 거냐?"

"정난지변의 암중 공신인 내가 이번에는 건문제를 복위시키려고 천군단을 조직했다는 게 이상한가요?"

좌장이 고개를 끄덕이며 입을 열었다.

"그대를 조옥에 모시고 가르침을 청하기로 하지."

북진무사가 관리하는 조옥은 악명 높은 감옥이다.

갈미홍은 입가에 비릿한 미소를 떠올리며 지밀백위를 가리키고 차갑게 빈정거렸다.

"저 허수아비들을 믿는 건 아니겠죠."

"나는 내 힘을 믿는다."

좌장이 오른손을 들어올리자 창 한 자루가 날아왔다. 그의 손에 창이 쥐어지자 태산 같은 기세가 흘러나왔다.

"훌륭하군요. 그럼 오호장이 심혈을 기울여 만들었다는 양가창 신가식(新家式)을 구경해 볼까요."

"너무 많은 걸 알고 있구나."

갈미홍은 상궁감으로 있는 동안 지밀의 정보를 수집했고, 그 양은 결코 만만치 않았다.

위잉~

좌장이 갈미홍을 향해 창을 겨누며 몸을 날렸다. 갈미홍은 금사연편을 휘둘렀다.

콰쾅!

갈미홍과 좌장의 격전은 한편의 예술 작품 같았다.

공간을 가르는 금빛 선율 뒤로 다섯 줄기 먹빛이 뒤를 이었고, 푸른 번개를 머금은 백색 창이 격렬하게 춤췄다.

곡소쌍로는 지밀백위에게 시선을 돌렸다.

퍽!

푸른빛이 선두에 있던 지밀백위의 일인을 덮쳤다. 그의 흉부가 구멍이 뚫리더니 붉은 피 대신 푸른색 연기가 피어오르고 순식간에 목내이처럼 말라 버렸다.

"공격!"

지밀백위가 곡소쌍로에게 돌진했다.

"흑흑… 그럼, 그렇게 나와야지!"

"하하하~ 통쾌하게 죽여주마!"

곡소쌍로의 울음소리와 웃음소리가 울려 퍼졌다.

제24장

결단을 이루다

　곡로의 울음소리가 귀곡성으로 변했고, 소로의 웃음소리는 광기가 넘쳤다. 지밀백위는 곡공과 소공에 당해 극심한 내상을 입어 칠공에서 피를 흘리며 쓰러져 갔다.

　화르르~

　파르르~

　청음탈명장과 화염도는 확인 사살에 불과했다. 곡소쌍로는 죽어가는 자들에게 장력을 날렸고, 희생자의 절반은 몸뚱이에 구멍이 뚫리면서 푸른 연기가 솟구치며 목내이가 됐다. 남은 절반은 고기 굽는 냄새를 풍기며 불탔다.

　지밀백위가 절반 넘게 희생당하자 좌장은 초조한 심정을

감추지 못했다. 지금 당장 곡소쌍로에게 날아가 부하들을 죽인 대가를 치르게 하고 싶었지만 갈미홍에게 잡혀 옴짝달싹할 수가 없었다. 갈미홍은 천하구대고수 급의 강자였다.

'독만 없으면 당장 박살 내버릴 텐데……'

좌장 역시 천하구대고수 급의 무력을 지니고 있었다. 문제는 갈미홍이 반수 정도 떨어지는 동급의 무력을 소유한 데다 독공의 달인이라는 점이었다.

파츠츠!

좌장이 자기 영역으로 갈미홍을 끌어들여 공격하려고 하면, 그녀는 영사십구변으로 피하거나 점의십팔질로 방어했다. 또한 독공과 함께 슬며시 독을 풀어 좌장을 곤란하게 만들었다. 이 때문에 좌장은 반수 아래인 그녀를 제압하지 못했다.

'이대론 안 되겠다!'

좌장은 살을 주고 뼈를 꺾는다는 이대도강의 병법을 감행하기로 결심했다.

"타아!"

좌장이 몸을 날렸다.

갈미홍의 안색이 변했다. 독을 뿌렸는데도 좌장이 무시하고 영역 안으로 파고든 것이다. 그녀는 영사십구변을 밟아 도망가면서 오독조의 공력을 극한까지 끌어올렸다.

"흑흑… 그런 짓은 용납 못해!"

"큭큭큭~ 동감이다!"

일방적으로 지밀백위를 학살하던 곡소쌍로가 갑자기 방향을 틀었다. 곡공과 소공의 표적이 좌장에게 옮겨지고 뒤이어 청음탈명장과 화염도가 발출됐다.

"크윽!"

좌장은 고막이 터져 나가고 내력이 가닥가닥 끊겨 나가자 충격을 받았다. 이런 와중에도 그는 청음탈명장과 화염도를 피했다. 하지만 오독조를 피할 수는 없었다.

콰직!

창대로 오독조를 막자 섬뜩한 소음과 함께 창대는 수수깡처럼 박살 났다. 충격파가 좌장의 몸뚱이에 휘몰아쳤다.

"커억!"

백발과 백염이 성성한 좌장의 노구(老軀)가 땅바닥을 데굴데굴 굴렀다. 관모를 잃어버려 백발은 흩어졌고 비단 옷자락은 흙투성이가 됐다. 또한 중독당해 낯빛은 시퍼렇다.

그야말로 비참했다.

"멈춰라!"

최후의 일격을 가하려던 갈미홍과 곡소쌍로가 손을 멈추고 소리가 난 곳으로 시선을 돌렸다.

빠드득.

갈미홍이 이를 갈았다.

지밀백위의 두 무사가 한 여인의 팔을 등 뒤로 꺾고 목에다

결단을 이루다

칼을 겨누고 있었다. 그녀는 추화였다. 두 무사가 칼자루를 살짝 밀어 넣자 추화의 목에 십자 형태로 교차한 두 자루의 칼날에 피가 흘렀다. 그녀는 겁에 질린 얼굴로 애원했다.

"사, 사부님! 사, 살려주세요!"

"비, 비겁한 놈들!"

갈미홍은 부들부들 떨었다.

그러나 곡소쌍로의 표정은 변함이 없었다. 추화는 그들에게 있어 생면부지의 여인이기 때문이다. 두 노인은 두 무사를 격살시키기로 마음먹었다. 설령 추화가 죽는다 해도 상관할 바는 아니며, 잘못은 제대로 숨지도 못해 붙잡힌 그녀와 비겁한 행동을 자행한 두 무사에게 있는 것이다.

"곡로, 소로, 멈춰주세요."

갈미홍이 부탁하자 곡소쌍로는 의아하다는 표정을 지었다.

두 노인은 음습함이 깃든 눈으로 갈미홍을 응시했다. 추화를 보호하려는 이유를 밝히라는 시선이었다.

[저 아이는 옥녀입니다.]

곡소쌍로가 갈미홍의 전음에 놀라 시선을 추화에게 돌렸다. 그리곤 그녀를 뚫어지게 노려보았다.

"그렇군."

"맞군."

곡로는 울지 않았고 소로는 웃지 않았다.

[어째서 임무를 실패한 자네를 보호하며 귀환하라는 명령이 내려졌는지 이제야 알겠군.]

소로가 갈미홍에게 전음을 날렸다.

추화를 인질로 잡은 두 무사는 갈미홍과 곡소쌍로가 행동을 멈추자 내심 안도하며 한숨을 내쉬었다.

전장에 침묵이 깔렸다.

"으아아아~"

좌장이 괴성을 지르며 벌떡 일어섰다. 부러진 창을 내던지고 갈미홍을 노려보는 그의 얼굴은 수치심과 분노로 흉측하게 일그러져 있었다.

저벅.

갈미홍을 향해 한 걸음 내디딘 좌장의 눈에 검은색 삼절곤이 들어왔다. 좌장의 눈빛이 바뀌었다.

"철심목으로 만들었군."

좌장은 흑망의 재질을 한눈에 파악했다. 그는 흑망을 들고 이리저리 살펴보며 흡족한 표정을 지었다. 하지만 눈은 달랐다. 살의와 광기로 활활 타오르고 있었다.

"흑흑… 안 되겠군."

좌장이 흑망을 빙글빙글 돌리며 갈미홍에게 접근하자 곡로가 훌쩍이며 소로를 쳐다보았다. 소로는 고개를 끄덕이고는 숨을 들이켜고는 크게 외쳤다.

"나오너라!"

결단을 이루다

골이 띵할 정도로 큰 소리가 사방에서 메아리쳤다.

좌장은 안색을 굳히며 발걸음을 멈췄다.

흑포를 두르고 방갓을 쓴 괴인들이 사방에서 모습을 드러냈다. 비틀거리며 일어서던 지밀백위의 생존자들은 괴인들에게 포위당하자 사색이 됐다. 인원수만 이백오십여 명에 달하는 데다 각 개인마다 풍기는 기세가 만만치 않았다.

"으음……."

좌장은 주변을 둘러보다 고개를 저으며 신음성을 흘렸다.

괴인들은 인원수 말고도 각자의 역량이 지밀백위를 능가했던 것이다. 추화를 포획한 두 무사도 그것을 깨달았는지 식은땀을 흘리며 무의식적으로 칼을 쥔 손에 힘을 가했다.

"아흑!"

추화의 목을 겨눈 두 자루의 칼에 피가 흘렀다. 두 무사는 실수를 깨닫고 급히 칼을 뺐다.

갈미홍은 그걸 보고 이를 갈았다.

빠드득.

"흑흑흑… 잠시만 참으면 돼."

"잘 알고 있어요. 그런데 저들은 뭐죠?"

"크크크… 은형삼대(隱形三隊)와 은형사대. 총 이백육십사 명이다. 꾀보 점쟁이가 데리고 가라더군."

"꾀보 점쟁이? 혹시 지다성(知多星)이라 불리는 혜로(慧老)를 말하는 건가요?"

소로가 고개를 끄덕이며 입을 열었다.

"이 상황을 예측한 것이겠지. 흑흑… 그래서 나는 혜로가 너무 징그럽고 싫어. 흑흑……."

"흐흐흐~ 그래도 혜로 덕분에 곤란한 사태를 면하게 된 것은 맞잖아. 킥킥!"

소로가 약 올리듯이 말했다.

"흑흑… 그건 인정해. 하지만 이렇게 많이 데려가라고 한 이유를 잘 모르겠어. 흑흑흑."

"큭큭큭… 그건 맞아."

지밀백위의 생존자 사십여 명이 주섬주섬 일어나 한곳에 집결하더니 원을 그렸다. 곡소쌍로의 음공에 당한 내상이 아직 낫지 않았지만 그들의 눈빛만큼은 살아 있었다.

추화를 붙잡고 있는 두 무사는 은형대의 눈치를 보느라 옴짝달싹하지 못하고 식은땀만 흘렸다.

끼잉… 끼잉…….

요롱이는 쓰러져 있는 진호의 주변을 돌며 어찌할 바를 몰라 했다. 녹색 거미가 뿜어내는 독기 때문에 가까이 다가갈 수도 없었다. 그저 주변을 돌며 낑낑거릴 뿐이다.

"으… 으음……."

진호가 신음성을 흘리며 눈을 떴다. 겨우 한쪽 눈, 그것도 반절밖에 뜨지 못했지만 다행히 의식은 깨어났다.

'어, 어떻게 된 거지?'

진호는 왼팔을 봤다.

시야가 흐려 두세 개로 겹쳐져 보였지만 피부가 녹색으로 변한 것을 확인할 수 있었다.

'망할 놈의 녹색 거머리가 비천흑사를 잡아먹고 힘을 얻어 날뛰기 시작했구나.'

독기가 심장에 침습해 죽어가고 있었다. 내공은 바닥을 드러냈고 일어설 힘조차 없다.

'이대로 끝낼 수는 없어!'

구층연심법 칠층 공부인 결단의 경지에 도달해 삼매진화를 일으키는 길 말고는 다른 생로는 없었다.

진호는 결단의 요결을 떠올렸다.

'막막해.'

녹잠고가 격발했을 때 우연처럼 요결의 일부가 풀려 삼매진화를 일으켰지만 그것만으로는 결단의 경지에 도달한 것은 아니었고, 파악한 일부도 부분적이라 도움은 안 된다.

"크윽!"

심장이 통증을 호소했다. 사지가 비틀릴 정도로 격렬한 통증이 밀려오고 호흡 곤란 증세를 일으키자 진호의 왼손이 왼쪽 흉부를 감쌌다. 오른손이 마비된 것이다.

콰직!

갑자기 통증이 약화되고 숨을 쉴 수 있게 됐다. 또한 마비가 부분적이나마 풀렸고 미약하지만 내공도 생겼다.

"하악… 하악……."

왼손이 상의를 찢고 무언가를 잡았다.

박살 난 대나무 통이 나왔다. 그 속에 녹색 실처럼 보이는 녹색 머리카락이 다발로 들어 있었다.

'이, 이건!'

화도산을 떠나기 전에 방각이 준 대나무 통이었고, 녹색 머리카락은 녹잠고가 발작했을 때 변한 것이다.

'이독제독!'

화독을 한독으로 중화시켜 해독하는 게 이독제독이다. 똑같은 독으로는 중독만 심해질 뿐 해독은 불가능하다. 제정신이라면 절대로 이런 생각을 하지 않을 것이다.

진호는 마비가 풀린 오른손으로 녹색 머리카락을 잡았다. 손바닥과 손가락이 녹색으로 물들며 피부가 따끔거렸지만 진호는 애써 참아내며 녹색 머리카락에 내공을 주입했다.

핑!

녹색 머리카락이 침처럼 꼿꼿하게 섰다.

진호는 녹색 머리카락을 왼쪽 어깨부터 손가락까지 차례대로 꽂았다. 왼팔의 혈이란 혈마다 빽빽하게 박힌 녹색 머리카락의 색이 점차 엷어지더니 새하얗게 탈색됐다.

"크윽!"

녹색 머리카락에 담겨 있던 녹잠고독을 흡입한 녹색 거미는 비천흑사의 독기와 정기를 융해시켰다.

우우웅~

녹색 거미의 형상이 마귀의 얼굴처럼 변해 버렸다. 왼팔에 박혀 있던 새하얀 머리카락들이 튕겨 나가더니 가루로 변했고, 진호의 피부는 녹색으로 변했다. 머리부터 발끝까지.

깨갱!

진호 주변을 돌며 낑낑거리던 요롱이는 호랑이를 만난 잡종견처럼 화들짝 놀라 도망쳤다.

녹색 인간으로 변한 진호가 일어섰다.

진호가 소름 끼치는 살기와 전율스런 광기를 내뿜었다. 하늘과 땅이 부르르 떨었고, 진호의 살기와 광기가 미치는 영역은 죽음과 같은 적막과 공포가 흘렀다.

"서, 설마… 독인(毒人)?"

갈미홍은 머리부터 발끝까지 녹색으로 변한 진호를 보며 전율했다. 독인은 붉은 피 대신 독혈이 흐르고 독기를 내포한 숨결을 내뿜는다는 괴물 중의 괴물로 전설이나 공상 속에서 존재하는 검선과 동급의 존재였기 때문이다.

검선이 검문의 이상이듯 독인도 독문의 이상일 뿐 실재하지 않는 존재였다. 그런데 눈앞에 독인으로 추정되는 존재가 나타났으니, 갈미홍은 놀람과 당혹으로 어찌할 줄을 몰랐다.

"그, 그럴 리가 없어. 사라져 버려, 헛된 망상아!"

위잉~

갈미홍이 원영독장을 날렸다. 검은색 독 구슬이 녹색 독인을 향해 날아갔다. 녹색의 독인은 맨손으로 독정을 잡아버렸고 원영독장의 독정은 그의 몸속으로 흡수돼 버렸다.
"괴, 괴물!"
곡소쌍로는 심상치 않음을 깨닫고 곡공과 소공을 극한까지 끌어올리고 청음탈명장과 화염도를 날렸다.
"으핫하하~"
"으흐흑흑~"
퍼퍽!
녹색 독인의 왼쪽 가슴에 청음탈명장이 적중되고, 복부에 화염도가 찍혔다. 녹색 독인이 화염에 휩싸였다.
화르륵~
곡소쌍로가 웃음과 울음을 멈췄다. 두 노인의 얼굴은 경악으로 굳어버렸다. 화염이 순식간에 사그라지고 진호의 왼쪽 가슴도 멀쩡했던 것이다.
"이, 이럴 수가……."
"으음……."
새카맣게 타 재가 돼버린 상의가 흩날리면서 녹색의 피부로 뒤덮인 상체가 드러났다.
"쿠오오~"
진호가 괴성을 내지르자 공기가 공명하듯 진동했다.
"크윽!"

"컥!"

진호의 괴성에 비하면 곡소쌍로의 곡공과 소공은 시끄러운 웃음소리와 울음소리 정도에 불과했다. 갈미홍과 좌장, 곡소쌍로는 입가에 가느다란 핏줄기가 흐르는 정도로 끝났다.

그러나 지밀백위는 달랐다. 곡소쌍로의 음공에 심각한 내상을 당한 그들에게 진호의 괴성은 치명타였다.

"이 괴물아!"

지밀백위의 참상에 격노한 좌장이 삼절곤 형태의 흑망을 휘두르며 진호를 향해 몸을 날렸다.

파라라~

흑망이 공기를 찢어버리며 진호의 머리를 노렸다.

파악!

흑망이 지면을 후려쳤고, 큼지막한 웅덩이가 생겼다. 진호는 좌장의 우측으로 이동한 뒤였다.

"헉!"

진호가 좌장의 오른손을 잡았다.

치이익~

"크아악!"

흑갈색의 연기가 피어오르며 좌장의 손목이 흐물흐물 녹아내렸다. 흑망을 쥔 좌장의 손이 땅바닥에 떨어졌다.

진호가 몸을 돌리며 오른발로 좌장의 복부를 가격했다.

퍽!

"커억!"

좌장이 사오 장이나 튕겨 나갔다.

우당탕~

"크아악~"

비참한 모양새로 나동그라진 좌장은 온몸을 바들바들 떨며 비명을 질렀다. 그의 복부를 감싼 피부와 근육이 흐물흐물 녹아내리고 내장이 튀어나왔다.

"지, 진짜 독인이란 말인가!"

갈미홍의 안색이 새파랗게 변했다.

좌장의 비명 소리는 척추가 녹아버려 상체와 하체가 분리된 후에도 이어졌다. 간헐적으로.

"저건 괴물이야! 살려둬서는 안 돼!"

갈미홍이 금사연편을 휘둘렀다.

짜악!

진호의 흉부가 갈라지고 녹색 피가 흘러내렸다.

치이익~

녹색 피가 떨어진 땅바닥이 황갈색 연기를 내뿜으며 타 들어갔다. 갈미홍은 녹색 피의 극렬한 독기에 진저리쳤다. 게다가 피부가 꿈틀거리며 요동치면서 상처는 순식간에 사라져 버렸다.

"저, 저럴 수가!"

갈미홍의 눈이 튀어나올 정도로 커져 버렸다.

"쿠오오~"

진호가 갈미홍을 노려보며 포효했다.

갈미홍은 귀를 막아 고막이 터져 나가는 불상사는 피했지만 하체에 힘이 빠져 비틀거리며 뒷걸음쳤다. 거의 주저앉을 정도로 위태로웠다.

"헉!"

진호가 갈미홍에게 뛰어들었다.

곡소쌍로가 청음탈명장과 화염도를 날렸지만 진호는 가볍게 무시해 버렸다. 푸른색의 장력과 불타는 칼이 진호의 상체를 가격했다. 그러나 아무런 타격도 입히지 못했다.

갈미홍이 원영독장을 날렸다.

퍽!

차라리 금사연편으로 치는 게 효과가 컸다.

"젠장! 독인에게 독공을 썼으니 효과가 있을 리 없지!"

갈미홍은 금사연편을 휘둘렀다.

위이잉~

짜아악!

채찍이 진호의 흉부를 훑었고, 녹색 피가 튀었다. 이번에도 상처는 순식간에 사라졌고 진호의 발걸음은 멈추지 않았다.

"빌어먹을 몸뚱이를 믿고 피하지도……!"

갈미홍은 광기가 번뜩이는 진호의 눈과 마주치자 뇌리에 무엇인가 번뜩이며 스치고 지나갔다. 그리고 진호를 처음 봤을 때부터 지금까지 있었던 모든 상황이 일제히 떠오르며 몇 가지의 중요한 사실을 깨달았다.

갈미홍이 곡소쌍로에게 외쳤다.

"독기가 뇌성을 마비시켜 미쳤어요! 어떤 공격을 가해도 피하지 않아요."

"흑흑… 그럼 뭐 해! 공격해도 소용없는 걸."

"내가 장력이나 독은 효과가 없지만 병기는 달라요."

진호가 면전까지 도달하자 갈미홍은 위로 솟구쳐 오르며 큰 소리로 외쳤다. 그녀는 포물선을 그리며 우아하게 날아오르더니 지밀백위의 생존자들이 만든 원 안에 착지했다.

진호는 갈미홍을 포기하지 않았다.

"마, 막아라!"

지밀백위의 생존자들은 사색이 됐다. 그들의 뇌리에 비참하게 최후를 맞이한 좌장의 모습이 떠올랐다.

번쩍!

진호의 왼손 중지가 녹색 광채를 내뿜더니 녹색 실선이 발출됐다. 거미줄 같은 녹색 실선이 선두에 있던 무사의 이마를 꿰뚫더니 좌우로 사선을 그리며 지나갔다.

후두두둑!

무사의 몸뚱이가 수십 토막으로 나눠지더니 땅바닥에 쏟아졌고, 고약한 냄새를 풍기며 녹아내렸다.

"허억!"

"우욱!"

동료의 참혹한 최후에 다들 두려움에 사시나무 떨듯 떨었다. 그들은 비록 칼 위의 인생이지만 저런 식의 죽음은 생각한 적도 없었고, 저런 식으로 죽고 싶지도 않았다.

휘리리릭~

녹색 실선이 낚싯줄처럼 휘어지며 십여 명의 목을 통과해 버렸다. 그들의 목에 붉은 실선이 그려지더니 수급이 떨어졌고, 머리를 잃어버린 몸뚱이는 힘없이 쓰러졌다.

"으아아악~"

지밀백위의 생존자 삼십여 명은 비명을 지르며 사방으로 흩어졌다. 녹색 실선은 뿔뿔이 흩어진 삼십여 명의 도망자들을 하나도 놓치지 않았다.

휘리릭~

녹색 실선이 수평선을 그었고, 도망자들의 몸통이 갈라지고 악취를 풍기며 녹아내렸다. 그런데 이런 와중에도 갈미홍은 공중으로 날아올라 위험을 피했다.

"공격해라!"
"저 괴물을 죽여라!"

곡소쌍로가 목에 핏대를 세우며 크게 외쳤다.

은형삼대는 검은색 창을 높이 들어올렸고, 은형사대는 귀면이 조각된 방패와 귀두도를 두드리며 함성을 내질렀다. 그들이 내는 소리가 사방으로 퍼져 나갔다.

"와아아~"

은형삼대와 은형사대가 돌진했고, 일 대 이백육십사 명의 일방적인 전투가 시작됐다. 진호의 표적이 은형대로 바뀌었고, 위험에서 벗어난 갈미홍은 금사연편을 휘둘러 지면을 박차며 얻은 반동을 이용해 추화를 나포한 두 무사에게 날아갔다.

좌장과 동료들의 참혹한 최후에 넋이 나간 두 무사는 위험이 눈앞까지 닥쳤는데도 알지 못했다.

퍼퍽!

오독조가 두 무사의 정수리를 으깨 버렸다. 두 무사는 비명조차 지르지 못하고 즉사했다.

"사부님~"

추화가 눈물을 글썽이며 갈미홍의 품에 안겼다.

곡소쌍로가 갈미홍에게 다가왔다.

"큭큭큭… 우리가 저 괴물을 붙잡고 있을 테니 안전한 곳으로 물러나 있게."

곡소쌍로가 갈미홍에게 살해당한 두 무사의 칼을 쥐었다. 푸르스름한 강기가 칼에 맺혔고 두 노인의 얼굴은 비장함과 분노로 인해 딱딱하게 굳어버렸다. 곡로는 더 이상 울지 않았고 소로는 웃지 않았다.

은형대는 일방적으로 학살당하고 있었다.

지밀의 도교두인 육자헌과 검교두인 송도렴, 궁교두인 여몽은 살육의 현장에서 이백여 장이나 떨어진 구릉에 몸을 숨기고 진호가 벌이는 학살을 차가운 시선으로 노려보았다.

육자헌이 입을 열었다.

"끔찍하군."

"살려둬서는 안 될 괴물일세."

송도렴이 고개를 설레설레 저으며 말했다. 여몽은 두 사람과 달리 좌장과 지밀백위의 시신을 주시하고 있었다.

"안타깝지만 지밀백위는 몰살당했군. 좌장 어른도……."

"그렇군. 매우 안타까운 일이야."

육자헌이 고개를 끄덕이며 호응했다. 그는 매우 격분했지만 한편으론 자기 손으로 상관인 좌장과 동료인 지밀백위를 해치지 않게 돼서 다행이라고 내심 안도하고 있었다.

"저 괴물을 어떻게 없앨지가 관건이군."

송도렴이 진호를 가리키며 말했다. 진호는 은형대를 일방적으로 몰아붙이고 있었다. 녹색 실선의 궤적에 걸린 것은 무엇이든 갈라지고 녹아내렸다. 창칼과 방패, 인체까지도.

"방법이 하나 있네."

여몽이 등에 지고 있던 길쭉한 상자를 풀어 바닥에 내려놓고 뚜껑을 열자 검은색 화살 세 대가 나왔다. 육자헌과 송도렴은 의아하다는 표정을 지었다.

"그게 뭔가?"

"오 년 전, 신종 화약을 연구하던 신기영의 공방이 폭발 사고로 통째로 날아가고 수백여 명이 폭사당한 사건이 있었네. 기존 화약보다 백배는 강하지만 미약한 충격에도 폭발하는 신종 화약의 단점이 사고의 원인이었지."

"그런 일이 있었군. 그런데 그 사건과 이 화살이 어떤 연관이라도 있는 건가?"

육자헌이 화살을 가리키며 질문했다.

"신기영의 장인들이 신종 화약으로 폭뢰전(爆雷箭) 열 대와 벽력화정(霹靂火精) 세 개를 만들었네."

"그럼 이 세 대의 화살이 폭뢰전인가?"

"맞네, 육 형."

여몽은 폭뢰전 세 대를 활시위에 걸며 입을 열었다.

"그 일을 처리하라며 우장 어른께서 하사하셨네. 폭뢰전을 볼 때마다 착잡했는데… 동료가 아닌 괴물을 향해 날리게 돼 마음이 편안하다네."

"동감이네. 그런데 위력은 확실한 건가?"

"실험적으로 한 발 사용한 적이 있었네. 그 당시 참석한 고위 인사들은 폭뢰전의 파괴력에 전율하며, 폭발 사고로 장인들이 모두 폭사하고 자료마저 소실돼 신종 화약을 다시 만들 수 없게 된 점을 무척이나 아쉬워했다고 하더군."

여몽은 입을 다물고 정신을 집중시켰다.

폭뢰전 세 발은 은형삼대와 은형사대를 학살 중인 진호를 겨누었고, 곡소쌍로가 진호를 향해 돌진할 때 여몽이 활시위를 놓았다. 세 발의 폭뢰전이 바람을 갈랐다.

쉬익~

진호가 갑자기 행동을 멈췄다. 광기로 인해 이성을 잃으면서 본능이 강해진 덕에 위험을 감지한 것이다. 진호는 녹색 실선을 휘둘러 세 발의 폭뢰전을 두 동강 내버렸다.

콰콰쾅!

대폭발이 일어났고 수십여 장 일대가 불바다로 변했으며, 지면은 충격을 견디지 못하고 무너져 내렸다.

산사태가 발생한 것이다.

우르르릉~

굉음이 잦아들고 먼지가 가라앉자 바뀌어 버린 지형이 모습을 드러냈다. 수백여 명이 싸우고도 남았던 평지 대신 보기에도 아찔한 절벽이 생겼고, 그 어디에도 혈전의 흔적은 남아 있지 않았다. 모조리 산사태에 휩쓸려 매몰된 것이다.

육자헌과 송도렴은 폭뢰전의 위력에 경악했다.

"어, 엄청나군!"

"으음……."

여몽도 폭뢰전을 처음 사용한 탓에 놀라움이 컸다. 그는 자신도 모르게 고개를 저으며 신음성을 흘렸다.

송도렴이 아연실색한 얼굴로 입을 열었다.

"…정녕 폭뢰전을 더 이상 만들지 못한다는 건가?"

여몽은 고개를 끄덕였다.

육자헌이 주변을 훑어보다가 입을 열었다.

"생존자는 한 명도 없겠군."

"그럼 이만 돌아가세."

송도렴이 딱딱하게 표정을 굳히며 말했다. 폭뢰전의 경이적인 위력에 넋이 나갔다가 시간이 흘러 차분해지자 그는 무사답지 않게 비겁한 수단을 썼다는 것을 깨달은 것이다.

여몽도 비슷한 생각을 했는지 말없이 고개를 끄덕였고, 육자헌도 더 이상 이곳에 있고 싶지 않은지 시선을 거두었다. 세 사람은 군소리없이 현장을 떠났다.

엉망진창으로 변한 수풀 속에서 갈미홍과 추화가 일어났다. 두 여인의 머리는 산발이었고 옷가지는 군데군데 찢겨 나간 채 곳곳에 생채기와 혈흔이 가득했다.

"빠드득. 폭뢰전을 쓰다니⋯⋯."

갈미홍은 폭뢰전의 존재를 알고 있었다. 그녀는 자금성의 여관으로 암약하면서 수많은 정보를 수집했던 것이다.

"휴우~ 운이 나빴다면⋯⋯."

갈미홍과 추화는 폭뢰전이 폭발할 때 발생한 폭풍에 떠밀려 튕겨 나갔다가 수풀 속으로 추락했다. 그 덕분에 산사태에 휘말리지도 않았고, 크게 다치지 않았다.

갈미홍은 폭발의 여파로 생겨난 절벽을 훑어보다가 시선

을 아래로 돌렸다. 무려 이십여 장 깊이였다.

"살아난 자가 없겠군."

그녀는 난감한 표정을 지었다. 은형대가 전멸한 것은 별 상관 없지만 곡소쌍로의 죽음은 그녀에게 심각한 문제였다.

"끄윽."

"응?"

절벽 밑에서 신음성이 들려오자 그녀는 고개를 내밀었다. 그녀의 얼굴이 환해졌다. 산사태에 휩말려 매몰됐을 거라고 생각했던 곡소쌍로가 절벽에 매달려 있었던 것이다.

갈미홍은 금사연편을 절벽 밑으로 휘둘러 곡로의 손목을 휘감았다. 구명줄로 변한 금사연편이 곡소쌍로를 구했다.

멍멍~ 멍멍~

요롱이가 매몰된 지역을 이리저리 뛰어다니며 미친 듯이 짖어댔다. 그러다가 한곳을 파고들어 갔고, 깊이는 이 장이 넘었다. 두더지가 울고 갈 정도로 대단했다.

낑~ 낑~

요롱이가 지하 이 장 깊이에 매몰된 진호를 발견했다. 진호는 낑낑거리며 볼을 핥는 요롱이 덕분에 정신을 차렸다.

'어, 어떻게 된 거지?'

진호는 녹색 거미가 발작하자 이성을 잃어버려 지금까지 무슨 일이 있었는지 기억나지 않았다.

'여기는 어디지?'

요롱이가 구멍을 뚫어 숨을 쉴 수가 있고 어스름한 빛도 들어와 주변을 볼 수도 있었다.

'…땅속인가?'

밖으로 나가려 해도 목 밑부터는 땅속에 묻혀 있고 요롱이가 만든 구멍은 너무 좁았으며, 한 줌의 힘도 남아 있지 않았다. 게다가 내상과 외상이 심했다. 그러나 그 덕에 녹색 거미가 외부 활동을 접고 진호의 상처를 치료하는 중이었다.

'빌어먹을!'

이성을 잃고 저지른 일들이 서서히 떠오르자 진호는 욕지거리가 올라왔고, 화가 치밀었다.

진호는 격분했지만 일단 몸 상태부터 확인해야 한다는 이성은 남아 있었다. 곧바로 신체를 점검했고, 녹색 거미가 치료 중이라는 것을 알아챘다. 진호는 손가락부터 움직이려고 했지만 움직이지 않았다. 육체가 녹색 거미에 장악당한 것이다.

'빌어먹을! 없애 버리겠어!'

진호는 자기 몸이 타의에 의해 움직였다는 것에 분노했고, 녹색 거미를 향한 증오심은 이성을 잃을 정도로 컸다.

우우웅~

녹색 거미가 치료를 멈추고 진호의 의식을 제압하려고 행동에 나섰다. 마치 진호의 생각을 읽고 움직이는 것 같았다.

피 말리는 싸움이 시작됐다. 진호의 몸속을 녹색의 촉수가 뻗어나갔고, 순식간에 장악해 버렸다. 내공으로 막으려고 해도 폭주할 때 대약을 소모해 단전이 텅 비어 있는 상태였다.

막을 힘이 없었다.

녹색 거미의 다음 목표는 진호의 의식이었다. 진호는 신경이 갈가리 찢겨져 나가는 통증을 느꼈다.

'크으윽!'

진호는 목과 혀가 마비돼 비명조차 지를 수 없었다.

점차 의식이 멀어져 갔고 녹색의 촉수가 뇌를 잠식해 갔다. 더 이상의 통증을 이기지 못해 의식이 끊어진 순간 진호는 꿈과 현실의 경계에 들어섰다.

고통도 없고 감각도 없다.

시간이 흐르는지 아니면 멈췄는지도 인식하지 못했다. 의식이 끊어졌지만 그걸 의식하는 자아가 숨 쉬고 있었다. 또 다른 진호가 진호를 보는 것 같았다. 의식이 분리된 것이다.

'…결단.'

파악!

구층연심법의 칠층 공부인 결단의 요결을 떠올리자 한순간에 풀려 버렸다.

화르륵~

모공이 일시에 열리면서 대지의 기운을 빨아들였고 단전에는 강렬한 화기가 타올랐다. 화기가 임독양맥을 따라 이동하더니 몸 전체로 퍼져 나갔다.

깨갱!

요룡이가 놀라 뒷걸음치며 구멍 밖으로 도망쳤다.

무시무시한 열기가 구멍을 통해 지면 밖으로 분출됐다. 새파란 화염이 치솟더니 순백의 화염으로 뒤바뀌었다.

진정한 삼매진화였다.

녹색의 촉수는 한순간에 녹아내렸고, 녹색 거미는 요동치며 괴로워했다. 진호의 내외상이 한순간에 치료됐고, 단전에 대약이 재형성됐다. 삼매진화가 단전에서 요동치며 타올랐다.

'…도자기.'

단전은 불가마처럼 타올랐고, 대약은 일종의 토기였다. 선명하게 타오르는 진홍의 불꽃이 토기를 도자기로 만들 듯 삼매진화의 홍련이 대약을 달궈 단(丹)을 만들었다.

결단을 이룬 것이다.

화라라~

백원도의 일백 초식이 한순간에 펼쳐지더니 찰나의 순간에 하나로 모였다. 일 초이면서도 백 초이며, 백 초인 동시에 일 초인 것이 백원도의 진정한 무예였다. 게다가 백원도의 운기법들이 한 종류의 내공으로 통합됐다. 결단의 요결이 풀리자 각 운기법의 연결점이 나타난 것이다. 기이하게도 연관성이 없던 두 종류의 내공이 상호 연동 작용을 일으킨 것이다.

퍼엉!

진호가 지면 밖으로 뛰쳐나왔다.

하늘 높이 솟아오른 진호는 새하얀 불꽃에 휩싸인 채 느린 속도로 하강해 지면에 발을 디뎠다.

우두둑! 우두둑!

뼈가 뒤틀리며 이상적인 골격으로 변했고, 근육과 장기가 강화됐으며, 화상을 입은 녹색 피부와 녹색 모발이 재로 변하면서 백옥처럼 투명한 피부가 드러났다. 이번에도 대머리에 눈썹이 없는 괴상한 꼴로 변했지만 한순간에 불과했다.

백염이 모공 속으로 빨려 들어가자 칠흑처럼 검은 모발이 자라났고 선명한 눈썹이 생겼다. 결단을 이루면서 환골탈태(換骨奪胎)를 이룬 것이다.

번쩍!

진호가 눈을 뜨자 태양처럼 찬란한 광채가 순간적으로 쏟아지더니 호수처럼 맑고 고요하게 변했다. 칠흑처럼 어둡고 심연처럼 깊은 신비한 눈동자였다.

멍멍.

요롱이가 꼬리를 흔들며 달려왔다. 진호가 미소를 지으며 요롱이의 머리를 쓰다듬었다. 요롱이는 꼬리를 흔들며 좋아라 하더니 땅속을 뒤지다 찾은 흑망을 입에 물고 되돌아왔다.

진호는 왼손을 뻗어 흑망을 받아 들었다. 그런데 왼손의 손등에 녹색 거미를 대신해 불꽃 모양의 녹색 문신이 새롭게 자리를 차지하고 있었다. 녹색 불꽃의 문양은 녹색 거미처럼 불길하지 않고 맑고 선명한 기운을 풍겼다.

"뭐야, 이건?"

그제야 녹색 불꽃 문양이 진호의 눈에 들어온 것이다.

대약이 삼매진화로 인해 단이 됐듯 녹색 거미도 삼매진화로 인해 또다시 새롭게 진화한 것이다. 녹잠고였다면 삼매진화에 소멸했겠지만 녹색 거미가 단순한 고독이 아니었기에 일어난 현상이다.

화르르!

진호가 삼매진화를 일으켜 왼손에 집중시켰다.

녹색 불꽃 문양이 은은한 녹색 광채를 뿌리며 타오를 뿐, 그 외의 변화는 보이지 않았다. 게다가 녹색 거미처럼 이물질로 느껴지지도 않았고, 마치 손등에 그려진 문신처럼, 혹은 피부처럼 자연스럽게 느껴졌다.

"망할! 찰거머리가 따로 없구나."

진호는 투덜거리며 삼매진화를 거두고 주변을 둘러봤다. 산사태로 매몰돼 초토화된 지역이 시야에 들어왔다.

"무슨 일이 벌어진 거지?"

폭뢰전에 의해 발생한 산사태를 진호가 알 리 없다. 게다가 녹색 독인이었을 때의 기억은 드문드문 날 뿐, 상당수의 기억이 단절돼 누락됐다.

"…모르겠군."

진호는 발등을 핥으며 꼬리를 흔드는 요롱이의 머리를 쓰다듬다가 자신이 알몸인 것을 깨달았다. 수중에는 요롱이가 챙겨준 흑망밖에 없고, 옷과 돈은 물론 유용하게 써먹던 동창의 영패도 삼매진화의 열기에 녹아 사라졌거나 흙더미에 매몰된 것이다.

"다른 건 모르겠지만 검은 장갑은 아쉽군."

묵린대망의 머리 껍질로 만든 장갑은 진화한 고독인 녹색 거미마저 제어했던 보물이나 삼매진화에 타버려 재가 됐다.

녹색 불꽃 형태로 바뀐 녹잠고가 어떤 영향을 끼칠지 모르는 상황에서 검은 장갑의 소실은 불안감을 일으키게 만들었다.

"쩝! 지금까지 문제없었으니까 앞으로도 잘되겠지."

진호는 손등의 녹색 불꽃 문양을 응시하며 미소를 짓고는 알몸이 된 자신의 몸을 천천히 훑어봤다.

"…피부가 너무 곱고 하얗군. 계집이 따로 없어."

투덜거리면서도 왠지 마음에 든다는 표정이다. 진호는 자기 신체를 한참 동안 이리저리 살피다 입을 열었다.

"으음… 옷을 어떻게 구한다……?"

참으로 낙천적이고 태평스런 말투였다.

멍멍.

요롱이가 황톳물이 흐르는 거대한 강을 향해 짖었다. 진호도 한숨을 내쉬며 탄식했다.

황하(黃河)가 앞을 막아선 것이다.

"요롱아, 냄새를 찾아봐라."

진호는 호랑이 가죽을 두르고 있었다. 옷이 필요한 진호를 위해 불쌍한 호랑이 한 마리가 자기 가죽을 바친 것이다. 사실은 개고기에 맛들인 호랑이가 요롱이 냄새를 맡고 어슬렁어슬렁 나타났다가 진호의 마수에 희생된 것이지만.

어쨌든 고기는 진호의 뱃속으로 들어갔고, 그 덕분에 요롱이는 개 주제에 호랑이 고기를 먹는 진기한 경험을 했다.

요롱이가 코를 박고 주변을 돌아다니다 멈췄다. 혹시나 해서 황하를 넘었지만 마찬가지였다. 갈미홍 일행이 황하를 타고 북상했던지 아니면 남하를 한 것이다.

"제기랄! 놓친 건가."

소오태산에서 다시 재개한 추적이 산서와 섬서의 경계를 가르는 황하에서 끝나고 말았다. 진호는 강변에 앉아 도도히 흐르는 황하를 물끄러미 쳐다보다가 벌떡 일어섰다.

"그렇지! 아직 단서 하나가 남아 있어!"

진호는 북경으로 발길을 돌렸다.

제25장

본명을 밝히다

터벅터벅.
양개의 발걸음은 납덩이처럼 무거웠다.
"하아……."
양개가 한숨을 내쉬다가 소매에서 사직서를 꺼냈다.
출근하자마자 제출했다가 되돌려 받은 사직서였다. 게다가 사직서를 낸 일 때문에 장 첩형에게 불려가 곤욕을 치렀다.
"오늘은 이만 집에 돌아가자."
집에 간들 반기는 처자식도 없다.
혼자서 텅 빈 집구석을 지키다 아침 해가 뜨면 기계적으로 출근했다가 퇴근하기를 반복할 뿐이다.

'…아이들이 보고 싶다.'

양개는 처가로 대피시킨 가족들을 불러들이지 않았다. 동창을 떠나겠다는 마음을 아직 돌리지 않았던 것이다.

"양 교위 어른."

동창의 정문을 나서려는 양개를 부르는 자가 있었다.

양개가 고개를 돌렸다. 삼십대 중반의 음침한 인상의 사내가 양개에게 예를 올렸다.

"누구신가?"

"추밀대(追密隊) 제팔위의 위령인 곽표입니다."

"아! 자네가 곽표란 말인가?"

엽견(獵犬)이라 불리는 곽표는 동창 내에서도 유명한 인물이었다. 무공은 그리 높지 않지만 추적과 염탐의 달인이며 일단 목표를 정하면 절대로 물러나는 일이 없어 동창에서조차 지독하다는 평가를 받고 있었다.

"네. 소인이 사냥개라고 불리는 곽표입니다."

"그래, 무슨 일인가?"

"예전부터 몇 가지 문의하고 싶은 게 있어 교위 어른을 만나려고 했습니다만… 그 당시 교위 어른의 사정이 그리 좋지 않으셔서 찾지 않다가 지금에서야 찾게 됐습니다."

양개는 소문으로 듣던 곽표의 성향을 떠올렸다.

곽표는 자신보다 약한 자는 괴롭히지 않고 최대한의 배려를 아끼지 않지만, 자기보다 강한 자는 반감을 가지고 맞서는 기질이 강했다. 그래서 동료나 아랫사람들은 좋은 평가를 내리지만 윗사람들은 고개를 저었다.

'후우… 이 친구는 날 강자로 보는군.'

양개는 도전적인 곽표의 시선에 쓴웃음을 짓고 말았다.

"그래, 묻고 싶은 게 뭔가?"

"여기서 질문하기는 어렵습니다."

곽표가 문지기와 오가는 사람들을 힐끗 쳐다보며 말하자 양개는 고개를 끄덕였다.

"그럼 내 집무실로 가지."

"네."

두 사람은 양개의 집무실로 갔다.

집무실에 도착하자마자 양개가 입을 열었다.

"이제 말하게."

"이자를 기억하십니까?"

곽표가 탁자에 내려놓은 건 진호의 초상화가 그려져 있는 수배 전단이었다. 양개는 수배 전단을 물끄러미 쳐다보다가 말없이 고개를 끄덕였다.

"교위 어른의 설명을 토대로 화공이 그린 겁니다."

양개가 화도산에서 돌아온 뒤 동창에서 문책을 받았고, 그 당시 진호의 수배 전단도 만들어졌다. 그러나 영락제가 임종하는 등 국가 대사가 연이어 벌어지는 바람에 동창은 진호를 수배하지 않았고, 뒤쫓지도 않았다.

"곽 위령이 이걸 왜 가지고 있는 건가?"

"소인은 지난 일 년 동안 이자를 뒤쫓았습니다. 그러나 이자의 흔적조차 찾아내지 못했습니다."

"자네에게 그 임무가 떨어졌군."

"네."

"쯧쯧. 고생 많이 했겠군."

양개가 혀를 차며 위로하듯 말하자 무표정했던 얼굴이 순간적이나마 일그러졌다.

"소인은 가장 먼저 화도산을 찾았습니다. 넉 달 가까이 화도산을 샅샅이 뒤졌지만 그의 흔적도 찾지 못했습니다. 소인은 역적 방각과 그가 화도산을 떠났다고 판단 내리고 추적 범위를 사방으로 넓혔습니다."

"찾았는가?"

"네."

곽표는 품속에서 또 다른 수배 전단을 꺼냈다. 동창이 만든 수배 전단은 아니었지만 진호가 그려져 있었다.

"이건?"

"촉중당문이 만든 수배 전단입니다."

"그들이 왜?"

"독군 당백양을 아십니까?"

"그를 모를 리 있겠나."

"그럼 독군이 죽었다는 것도 아시겠군요."

양개는 고개를 끄덕이며 입을 열었다.

"처음엔 헛소문이라고 생각했네. 천하의 독군이 무명지배, 그것도 나이 어린 청년에게 패사(敗死)했다는데 어떻게 믿겠는가? 사실은 아직도 나는 믿지 않고 있네."

"독군의 죽음은 확실합니다. 그리고 독군을 패사시킨 자가 바로 이자입니다."

곽표가 수배 전단을 가리키며 말했다.

양개는 깜짝 놀라며 믿을 수 없다는 표정을 지었다. 그는 독군이 진호에게 죽었다는 것을 처음 안 것이다.

'그가 그렇게나 강해졌단 말인가?'

양개는 화도산에서 팽가섭과 싸우던 진호를 떠올렸다. 그때도 강하기는 했지만 천하구대고수의 반열은 아니었다.

'그 후로 강해졌다는 뜻인데… 이렇게 빠르게 강해질 수도 있는 건가? 과연 가능할까?'

곽표가 무표정한 얼굴을 가면처럼 둘러쓰고 양개의 표정을 훔쳐봤다. 그의 눈에 의심이 기운이 떠올랐다.

"어흠!"

양개가 그걸 깨닫고 헛기침을 하자 곽표의 눈이 무심해졌고, 그로 인해 곽표의 음침한 인상이 도드라졌다.

곽표는 또 한 장의 수배 전단을 꺼냈다.

이번에도 진호의 수배 전단이었고, 다른 수배 전단과 달리 초홍이란 이름이 적혀 있었다.

"초홍?"

양개가 수배 전단에 적혀 있는 이름을 읽으며 고개를 갸웃거리자 곽표의 눈에 실망 어린 기색이 떠올랐다가 사라졌다.

"장강의 수적 집단에 퍼져 있는 수배 전단입니다."

"수적들이 이자를 찾는 이유라도 있는가?"

양개가 수배 전단을 가리키며 질문했다.

"장강십팔타의 총타주를 패배시켰고, 중요 인물 몇 명이 그의 손에 죽었다는 겁니다."

"으음… 수룡왕마저 패했단 말이지. 그렇다면 독군의 죽음도 납득이 가는군."

"그는 무서울 정도로 강합니다."

양개는 고개를 끄덕이다가 곽표를 노려보며 입을 열었다.

"어째서 그라고 표현하는가? 초홍이란 이름이 있는데."

"가명입니다. 본명은 따로 있습니다."

"근거가 있는가?"

"소인은 그와 수룡왕이 싸웠다는 장사현에도 가서 비밀리에 조사를 했습니다. 거기에서 놀라운 것을 발견했습니다."

"뭔가?"

양개가 눈을 동그랗게 뜨며 질문했다.

"그자가 동창의 인물로 사칭했고, 초홍이란 이름은 장사의 남궁세가에 들어가려고 장사 지현의 조카로 위장하면서 사용한 겁니다. 당연히 초홍이란 이름은 가명이지요."

"으음… 장사의 지현이 그를 동창의 인물로 착각한 이유가 뭔지 모르겠군."

"그는 동창의 영부를 사용했습니다."

"화도산에서 사망한 장 위령이나 이 위령의 영부가 그의 수중에 들어간 거로군."

양개의 얼굴이 어두워졌다.

화도산에 같이 갔다가 영원히 돌아오지 못할 곳으로 떠나 버린 쌍마륜 장우와 철괴리 이괴가 기억나면서, 복수는 하지도 않고 도리어 원수인 진호와 친분을 쌓은 자신의 모습을 떠올리며 양개는 죄책감을 느꼈다.

"이 위령의 영부였습니다. 장사 지현과 중경 수군영의 책임자에게 확인을 했습니다."

"중경 수군영?"

"그자는 낙산에서 독군을 죽이고 중경으로 이동했습니다. 중경에서 악양으로 이동할 때 동창의 이름을 사용해 수군의 쾌속선을 빌렸더군요."

"허!"

양개가 놀랍다는 듯이 탄성을 내뱉었다.

"문제는 그가 장사에서 행방을 감춘 후부터 입니다. 그자는 북경에 있습니다."

"……."

"상궁감의 반역과 천군단 사건 등, 여러 사건마다 그의 흔적이 남아 있습니다. 그리고 교위 어른도 엮여 있더군요."

곽표의 별명인 엽견은 거짓이 아니었다.

양개의 안색이 변했다.

"진정으로 말하고 싶은 걸 말해보게."

"그자는 누굽니까? 아니, 그자의 진짜 이름은 뭡니까?"

"모르네."

진호는 아직도 양개에게 본명을 밝히지 않았다.

곽표의 눈빛이 흐려졌다.

"지금까지 조사했던 내용을 모두 폐기하고 다른 임무를 맡을 때까지 대기하라는 명령이 내려왔습니다."

"이해할 수 없는 일이군."

"장 첩형 대인께서 손을 쓰신 겁니다."

"……."

"장 첩형 대인은 양 교위 어른을 심복으로 삼으려고 역적인 방각을 비롯해 동창의 형제들을 참살한 흉적을 외면했고, 소인의 임무마저 막았습니다."

곽표가 한탄 어린 푸념을 늘어놓았다.

양개는 침묵했다.

"양 교위 어른, 소인은 지금까지 맡았던 임무를 한 번도 포기한 적이 없습니다."

"동창은 상명하달의 조직이네. 옳고 그름을 떠나 상부의 뜻을 거스르면 나락을 구경하지. 내가 동창을 떠나려 하는 이유도 거기에 있다네."

"어려울 겁니다. 양 교위 어른이 말씀하신 대로 동창은 상명하달의 조직. 상관인 장 첩형 대인의 명령을 양 교위 어른은 거부할 수 없기 때문입니다."

양개는 입을 다물었다.

곽표는 자리에서 일어나 양개에게 인사하고 문 쪽으로 움직였다. 문을 열고 밖으로 나가려던 곽표가 고개를 돌렸다.

"양 교위 어른, 장 첩형을 조심하십시오."

"자네도 조심하게."

곽표는 히죽 웃고는 밖으로 나갔다.

문이 닫히자 양개는 한참 동안 고민하다가 사직서를 찢어 버렸다. 의미가 없어졌기 때문이다.

'빠져나갈 방도를 찾아야겠구나.'

사직서 따위론 동창을 벗어날 수 없음을 양개는 다시 한 번 깨달았다. 양개의 고민은 깊어만 갔다.

"응?"

양개가 불현듯 정신을 차렸을 때는 집무실 내부는 어둠이 깔려 있었다. 그는 촛불을 켜려다 귀가하기로 결정했다.

밤거리는 어두웠고 인적이 드물었다.

딱! 딱!

저 멀리서 야경꾼의 타편성이 들려오고, 밤하늘을 가르는 은하수가 아름답게 빛나고 있었다.

양개는 집을 향해 묵묵히 걸어갔다.

"하아……."

"양 형, 웬 한숨이 그리 깊은 거요? 땅바닥이 꺼지겠소."

양개가 화들짝 놀라며 뒤돌아섰다.

갈미홍 일행을 황하까지 추적했다가 북경으로 발길을 돌린 진호가 양개 앞에 나타난 것이다.

"무사했구려."

"그럭저럭……."

"상궁감은 어떻게 됐소?"

"황하까지 추적했지만 결국 놓쳤소."

"동창의 비선이 총동원됐는데도 소오태산까지 추적하는 게 한계였는데… 과연 그대는 다르구려."

"그래 봤자 놓친 것은 마찬가지… 오십보백보요."

양개는 미소를 짓다가 곽표가 기억이 났다. 그는 진호의 손을 붙잡고 골목길로 들어간 뒤 이리저리 살펴보았다.

진호가 입을 열었다.

"우릴 감시하는 자는 없소."

"그렇다면 다행이지만……."

"무얼 그리 걱정하는 거요?"

양개는 곽표에 대한 이야기를 꺼냈다.

진호는 흥미진진하다는 표정을 지으며 경청했다.

"동창에 재미있는 사람도 있군요."

"곽표는 사냥개요. 일단 정한 표적은 절대로 포기하지 않고 끝까지 뒤쫓는 집요하고 지독스런 추적자이지 결코 재미난 사람이 아니오."

"요롱이보다 낫군."

"하아……."

진호가 가볍게 생각하는 듯 보이자 양개는 절로 한숨이 나왔다. 양개는 곽표의 위험함을 인식하게 만들고 싶었지만 별다른 방도가 없어 답답하기만 했다.

진호는 피식 웃으며 입을 열었다.

"그보다 저녁은 드셨소?"

"아직……."

"잘됐군. 저녁이나 같이 합시다."

진호는 양각호동에 마련한 안가로 양개를 안내했다. 우물을 중심으로 소라처럼 원을 그리며 뻗어나간 여러 개의 좁은 길 양편에 소규모의 사합원 구조의 집들이 다닥다닥 붙어 있는 양각호동은 미로 같은 구조였고, 진호의 안가는 별다른 특징 없는 집들 중에 하나였다.

"어서 오세요."

산예가 대문을 크게 열어젖히고 두 사람을 반겼다.

"오랜만입니다."

양개의 태도는 정중하기 그지없었다.

산예는 활짝 웃으며 진호와 양개를 거실로 안내했다. 두 사람이 원형 탁자 앞에 앉자 산예는 밖으로 나갔다가 찻주전자를 들고 들어와 차를 따랐다. 그윽한 다향이 거실에 가득 찼다.

"운남에서 좋은 차가 들어왔다고 해서 구입했답니다."

"좋은 차군요. 잘 마시겠습니다."

산예는 무인 특유의 날카로운 분위기가 사라졌고 평범한 여염집의 주부처럼 변했다.

"뭐 해? 바쁘단 말이야!"

실외에서 들려오는 날카로운 목소리에 산예의 얼굴이 일그러졌다. 목소리의 주인은 상아였다.

"간다, 가!"

산예도 만만치 않은 목소리로 대응하더니 진호와 양개에게 요조숙녀처럼 우아한 태도로 인사하고 밖으로 나갔다. 그녀는 종종걸음으로 주방에 들어갔다.

"이년아! 노닥거릴 시간 없단 말이야!"

상아가 국자를 휘두르며 짜증을 부렸다. 그녀는 양각호동의 안가에서 진호와 산예와 함께 동거하면서 성격이 많이 변했다. 아니, 본모습을 드러냈다는 게 정확할 것이다.

산예가 상아를 가리키며 말했다.

"너! 진짜 너의 전직이 궁녀였니?"

"무슨 개 뒷다리 긁는 소리야?"

"오랜만에 초 형이 돌아왔고 손님도 오셨는데 교양없게 큰 소리를 내는데 황궁에서 그렇게 배웠니?"

"개처럼 꼬리치는 네년의 모습이 상상돼서 그런다, 왜!"

"…정말 입이 험하구나."

산예가 고개를 설레설레 저었다.

"놀고 있네. 어서 음식이나 날라!"

"너는?"

"난 요리했잖아. 불만있으면 앞으로 네가 요리해."

산예는 상당한 수준의 무력을 보유한 무인이다.

어린 나이에 한양군주의 낭자군으로 발탁돼 강도 높은 수련을 받느라 여인의 기본 덕목인 요리와 청소, 바느질과는 거리가 멀 수밖에 없었다. 그에 비해 상아는 무공을 익혔지만 신분이 궁녀였던 터라 살림살이에 능했다.

결단의 경지에 도달하면서 발생한 삼매진화로 옷과 돈을 잃어버려 늑대를 사냥해 가죽을 벗겨서 몸에 두르고 돌아온 진호에게 새 옷을 만들어 입힌 것도 상아였다.

"어머머! 초 대가. 개 껍데기를 입고 돌아오면 어떻게 해요! 초대가처럼 귀공자풍의 남자는 그에 어울리는 멋진 옷을 입어야 한단 말이에요."

상아는 진호에게 옷을 만들어주면서 이렇게 쫑알거렸고, 진호는 늑대 가죽이라고 항변했었다.

두 사람 사이에 묘한 분위기가 흐르자 산예는 한편으로는 질투했고 다른 한편으로는 부러웠다. 그래서 상아가 만든 옷보다 더 좋은 옷을 만들어야겠다고 그녀는 결심했었다.

 '언젠가 꼭!'

 산예는 얼굴을 살짝 붉히며 맹세했었다.

 그녀와 상아의 불편한 동거가 시작되면서 두 여인의 혈투는 시작됐고, 언제나 산예의 패배로 끝났다. 그래서 산예는 몰래 살림살이를 배우고 있었지만 아직은 솜씨가 서툴러 상아에게 선보이지는 못했다.

 "뭐 해? 어서 날라."

 빠드득.

 산예가 이를 갈며 음식을 날랐다. 실내에 들어가자 그녀의 표정이 나긋나긋하게 변했고, 우아한 손놀림으로 음식이 담긴 접시들을 식탁에 내려놓았다. 술병과 술잔을 내려놓고 밖으로 나오자 상아가 그녀에게 손짓했다.

 "또 뭐니?"

 산예가 심통 맞은 표정으로 노려보았다.

 상아는 히죽 웃더니 산예의 손을 붙잡고 자기 방으로 들어갔다. 방 안에 술과 음식이 차려져 있었다.

 "…이건 뭐야?"

 "우리끼리 축배를 들자는 거지."

 "왜?"

"초 대가가 돌아왔잖아."

둘 다 진호의 본명은 모르고 초홍으로 알고 있었다.

산예가 피식 웃으며 착석하자 상아는 술잔에 술을 따랐다. 두 여인은 술잔을 높이 들어올리며 외쳤다.

"초 대가의 귀가를 축하하며!"

"축하하며!"

두 여인은 술잔을 들이켰다. 오랜만에 휴전한 두 여인은 평화롭고 행복한 만찬을 즐겼다.

두두두!

두 마리 말이 끄는 마차가 석양을 향해 질주했다.

삼십여 명의 기마가 맹렬한 속도로 마차를 뒤쫓았다. 흑포를 두른 기마병들은 일 장 삼 척의 장창을 앞세웠고, 일부는 북방의 기마 부족처럼 각궁을 꺼내 활시위를 걸었다.

푸슝, 푸슈슝!

화살들이 바람을 가르며 날아갔고, 한 대도 남김없이 모두 마차의 뒷부분에 명중됐다. 맹렬한 속도로 달리는 마상에서 활을 쐈는데 한 대의 오발도 없었다.

기병 전원이 명사수였다.

"속도가 늦춰졌다. 모두 전속으로 질주해라."

화살 세례 때문인지 마차가 약간이나마 속력이 떨어졌고, 기병의 수좌는 부하들을 독려했다.

두두두두!

기병들이 박차를 가하자 전마(戰馬)들이 속력을 올렸고, 마차는 순식간에 따라잡혔다.

"포위해라!"

기병들이 삼면에서 포위했다.

휘익~

마차 안에서 검을 든 늙은 도사가 튀어나왔다. 그는 한왕부의 모사였던 현도인이었다.

탁!

현도인은 지면에 착지하자마자 부드럽게 원을 그리며 뒤돌아서면서 기마대를 향해 검을 휘둘렀다.

차라라~

검이 부챗살처럼 퍼져 나갔다.

무당파의 구궁영검(九宮影劍)이었다.

히이잉~

"으아악!"

인마가 동시에 양단됐다.

현도인의 구궁영검은 허상을 만드는 환검(幻劍)이 아니라 검을 빠르게 움직여 실재의 검을 뿌리는 산검(散劍)이었다. 게다가 사람과 말의 몸통을 가르는 내력까지 실려 있었다.

"죽여라!"

기병들이 언월도를 휘둘렀다.

현도인은 순식간에 좌우로 나눠져 화살을 피했다. 빠른 속도로 갈지자로 이동해 잔상만 나타난 것이다. 무당파의 비전 신법인 세류표(細流飄)였다.

"그대로 짓밟아 버려!"

창을 앞세운 기마들이 현도인을 향해 돌진했지만 도리어 죽음만을 재촉했다. 기병들 속에 들어간 현도인이 미친 듯이 검을 뿌렸고 수십여 개로 늘어난 검영이 피를 불렀다.

"으아악!"

"크악!"

묵직한 장병기인 장창과 언월도가 현도인의 가느다란 검을 만나자 장난감으로 돌변했다. 목재인 자루는 물론 두터운 칼날마저 두부처럼 잘려 나갔다.

"거, 검강이다!"

현도인의 검에 푸른빛 막이 씌어져 있었다. 강기의 이단계에 도달한 검강이었다.

"모, 모두 피해라!"

기병의 우두머리가 다급히 외쳤지만 때는 이미 늦었다.

현도인이 빙글빙글 회전하면서 회오리바람을 일으키며 하늘 높이 치솟아올랐다. 검강의 푸른빛이 햇살처럼 산산이 부서져 퍼져 나갔고, 피가 회오리에 휘말려 소용돌이쳤다.

"크아악!"

"으악!"

기마대가 순식간에 몰살당했다.

현도인은 살육을 끝마치자 미친 듯이 질주하는 마차를 따라잡았다. 그는 아무 일 없다는 듯 마차를 탔다.

진호와 양개는 많은 대화를 나눴다.

외부에 발설해서는 안 되는 내용과 무수한 극비 정보가 오갔고, 다음날 저녁 진호에게 필요한 위조 신분증과 동창의 영패 등을 가지고 돌아왔다.

"양 형, 고맙소."

하루 만에 위조 신분증을 만드는 일은 쉽지 않았고, 동창의 영패를 빼돌리는 건 위험하기까지 했다. 그러나 고맙다는 진호의 한마디에 양개는 만족감을 느꼈다.

양개는 두루마리를 꺼냈다.

"동창이 각 지역에 심어둔 비밀 지부들의 위치와 접선할 수 있는 흑화(黑話)를 적어뒀소."

양개는 세심한 배려마저 잊지 않았다.

진호는 말없이 고개를 끄덕이고 두루마리를 받았다.

"그럼 나는 이만 가보겠소."

"양 형."

의자에서 일어섰던 양개가 진호를 쳐다보았다.

"내 이름은 진호요."

"고맙소."

양개의 얼굴이 밝아졌다.

신뢰한다는 의미가 담겨 있었기 때문이다. 그래서 양개는 기뻤고, 고맙다고 말한 것이다.

"일을 끝내고 돌아오면 술이나 한잔합시다."

"술은 내가 사겠소, 진 형."

"기대하리다."

"그 대신 독군과 수룡왕을 어떻게 이겼는지 이야기나 해주시오. 사실 그게 너무 궁금했소."

진호가 미소를 지으며 고개를 끄덕였다.

양개는 경쾌한 걸음으로 양각호동의 안가를 나갔다.

산예와 상아가 들어왔다.

"초 형, 양 대인의 표정이 무척 밝던데… 무슨 좋은 일이라도 있었던 거야?"

"내가 본명을 밝혔거든."

"본명?"

산예가 눈을 동그랗게 떴고 상아는 그게 무슨 소리냐는 표정을 지었다. 두 여인은 초홍을 본명으로 알고 있었다.

"내 이름은 진호야."

산예의 얼굴이 서리가 깔린 것처럼 차갑게 변했다. 그녀는 진호가 지금까지 본명을 숨겼다는 것에 충격을 받았고, 양개에게 먼저 본명을 밝혔다는 사실에 가슴이 아팠다.

그녀는 배신당한 여자처럼 깊은 상처를 입었다.

"왜 그래?"

진호가 의아하다는 표정을 짓자 산예는 부르르 떨다가 벽에 장식처럼 걸어놓았던 검을 뽑았다.

칼끝이 진호의 턱밑에서 멈췄다. 산예의 눈동자가 쉴 새 없이 흔들렸고, 검은 사시나무 떨듯 떨리고 있었다.

"나는 당신에게 어떤 존재야?"

산예의 질문을 자기 자신에게 향한 것이다. 진호에게 질문하는 동시에 그녀의 내면은 해답을 갈구했다.

한왕부에서 진호를 처음 만나고 친구처럼 지냈던 시절…….

자금성에서 고립돼 죽음을 기다리다 진호에게 구원받고, 치료 때문에 몸을 보이고 만지게 놔둔 일… 그리고 그때부터 변해 버린 말투와 마음… 양각호동의 안가에서 지내면서 친구처럼 지내던 시절의 말투로 돌아갔지만…

마음만은 예전으로 돌아가지 않았다.

"으음……."

진호도 신음성을 흘리며 고민했다.

'하긴 그런 일이 있었는데 예전처럼 친구로 지내는 건 무리였겠지. 산예는 지금까지 무리를 했던 거야.'

제아무리 치료 때문이라지만 반라의 몸을 보이고 만지는 것마저 허락했다. 그때 달라진 말투는 변해 버린 마음의 반영이다. 그런데 예전처럼 친구로 지내게 되자 진호는 의식적이든 무의식적이든 과거를 거부했다.

'내 이기적인 생각이 산예를 아프게 했구나.'

어떤 식으로든 해결했어야 했다. 그런데 비겁하게 어물쩍 넘겨 버렸고, 양개에게 먼저 본명을 밝힌 일이 도화선이 되어 산예가 아픔과 상처가 드러낸 것이다.

"미안해, 내가 잘못했어."

산예의 눈동자가 심하게 흔들렸다. 진호는 그녀의 눈 속에 숨겨져 있던 아픔과 슬픔을 발견했다.

"내가 듣고 싶은 말은 그게 아니야."

"…사실 잘 모르겠어."

산예의 얼굴이 절망으로 일그러져 버렸다.

진호가 입을 열었다.

"보요가 산예를 구해달라고 했을 때… 나는 내 정신이 아니었어. 산예를 찾으려고 자금성을 뒤질 때는 미칠 것 같았어. 제발 살아만 있어달라고 수없이 되뇌었지. 심하게 다친 산예를 찾아냈을 때 나는 안도했어."

진호의 턱밑을 겨누던 칼끝이 바닥으로 향했고, 산예의 흔들리던 눈동자가 물기를 머금었다.

"산예를 치료할 때 나는 기뻤어. 죽을 먹여줄 땐 행복했지. 그러다 산예가 자기 손으로 숟가락을 잡았을 땐 화가 났어. 산예의 상태가 좋아진 건데… 왜 화가 났는지 나는 아직도 그 이유를 모르겠어."

"…바보."

"그래, 난 바보야. 그래서 산예가 나에게 뭘 묻는 건지 아직도 모르겠어."

땡그랑.

산예의 손에서 흘러내린 검과 눈물이 바닥에 떨어졌다.

"바보. 그거면 충분해."

"……."

산예가 진호의 품속으로 뛰어들었다. 진호는 산예를 부드럽게 안아주웠다.

"나중에… 조금 더 나중에 이야기해."

"…응."

상아는 슬그머니 밖으로 나갔다.

"쳇! 이번만큼은 넘어가겠어."

그녀의 입가에 씁쓸한 미소가 떠올라 있었다.

제26장

산예와 상아의 동행

호북성 균현의 무당산.

화려한 팔인교가 무당산의 관문인 해검지를 향하고 있었다. 오십여 기의 기병과 이백여 명의 관병들이 호위하는 팔인교의 위세는 당당하기 그지없었다.

해검지를 지키는 무당파의 도사들은 팔인교의 행렬을 발견하고는 다들 긴장했다.

"사제, 자네가 가서 보고하게."

"알겠습니다, 사형."

해검지의 책임자인 명진(明進) 도사는 총애하는 사제에게 전령 업무를 맡기고 남아 있는 사제들에게 시선을 돌렸다.

"검진(劍陣)을 펼치되 검은 숨겨라."

"네, 사형."

일곱 명씩 모여 북두칠성의 자리를 잡았다.

해검지 앞에 삼 개 조의 무당칠성검진(武當七星劍陣)이 펼쳐졌다. 스물한 명의 도사들은 검진을 펼쳤지만 명진 도사의 명령대로 검을 등 뒤로 숨겼다.

두두두!

말 세 마리가 달려왔다.

좌우의 두 기병은 창칼로 무장했지만 가운데에 있는 중년 관리는 관복을 입고 있었다. 그들은 해검지 앞에서 멈췄다.

"무량수불. 손님들은 뉘십니까?"

"영왕 전하께서 무당산을 방문하시기로 결정하셨다. 무당의 도사들은 전하를 모실 채비를 하라."

명진 도사가 질문하자 관복을 입은 중년 관리가 황족이 무당산을 방문하려 함을 통보했다.

"무량수불. 빈도는 영왕 전하께서 방문하신다는 내용을 전달받은 바 없소이다."

"전하께서 결정한 비공식적인 일정이오."

중년 관리가 매우 불쾌하다는 표정을 지었다.

그러나 명진 도사는 무당칠성검진을 해제하지도 않았다. 설사 관부와 부딪치더라도 해검지를 책임진 이상 창칼로 무장한 기병들을 무당산에 오르게 놔둘 수는 없었다.

"잠시만 기다려 주십시오."

명진 도사는 무당칠성검진을 구성한 사제들을 훑어보며 황족의 방문을 알릴 전령을 누구에게 시킬까 고민했다. 그러다 막내인 명현 도사가 뭔가를 말하려고 머뭇거리는 모습이 명진 도사의 눈에 들어왔다.

"명현 사제, 할 말이라도 있는가?"

"네."

명현 도사가 관리의 눈치를 보며 머뭇거렸다.

명진 도사가 입을 열었다.

"가까이 오게나."

"네, 사형."

명현 도사가 빠진 칠성검진은 삼 인씩 모여 두 개의 삼재진(三才陣)을 구성했다. 무당파의 저력이 느껴졌다.

"말해보게."

명진 도사는 옆에 온 명현 도사에게 말했다.

"사형, 소제가 알기로는 자소궁의 현학(玄鶴) 사숙께서 영왕 전하와 친분이 있습니다."

"정말인가?"

"네, 사형."

"그럼 자네가 자소궁에 가서 현학 사숙께 알리게."

"알겠습니다."

명현 도사가 떠나고 얼마 지나지 않아 자소궁에서 현학 도장이 십여 명의 도사들을 이끌고 내려왔고, 무당 본산에서도 장로들이 몰려나왔다. 중년 관리가 현학 도장에게 포권을 했다.

"현학 도장님, 오랜만에 존안을 뵙습니다."

"영왕부의 좌장사가 아니시오."

"소관을 기억하시는군요."

"빈도가 어찌 좌장사를 잊을 수 있겠소이까!"

"하하하~ 감사합니다."

영왕부의 좌장사가 환하게 웃었다.

"그런데 영왕 전하께서 왕림하셨다는데 사실입니까?"

"네. 왕야께서 현학 도장님을 만나러 오셨습니다."

"어허! 이런 황공할 데가 있나!"

현학 도장은 영왕부의 좌장사와 함께 팔인교를 마중하러 발걸음을 옮겼다. 무당파는 영왕 일행을 자소궁으로 모셨다.

그날 밤…….

영왕을 수행한 늙은 하급 관리가 무당파 장문인의 거처를 몰래 방문했다. 그는 지밀의 우장이었다.

두 사람은 밤새도록 대화를 나눴다.

이틀 후.

늙은 도사 세 명과 중년 도사 일곱 명이 장문인의 특별한 명령을 받고 무당산을 떠났다. 그들 중에 무당제일검이라 불리는 자소궁의 현학 도장도 포함돼 있었다.

영왕은 목적을 이루었다는 듯이 다음날 무당산을 떠났고, 지밀의 우장은 여전히 하급 관리 임무를 수행했다.

양각호동의 안가.

진호는 산예와 상아에게 갈미홍을 황하에서 놓친 것부터 몰락한 한왕부가 어떤 사정에 처했는지를 알려줬다.

"그럼 아직 숨어 있은 게 좋겠군요."

상아의 얼굴에 음영이 드리워졌다.

그녀는 아직도 잠을 자다가도 꿈속에서 갈미홍이 나타나면 놀라서 잠을 깼고, 산예와 토닥이며 놀다가도 갈미홍을 떠올리면 소스라치게 놀라며 두려워했다.

"상아는 양 형이 사망한 것으로 조작했으니까 더 이상 위험은 없을 거야. 그리고 상궁감은 지금 자기 코가 석 자라 머릿속에 상아는 없을 거야. 그러니까 안심해도 돼."

"그러면 다행이지만······."

상아는 불안해하는 기색을 숨기지 못했다.

진호가 손을 잡고 토닥여 주자 그녀는 마음이 편해지는지 혀를 살짝 내밀고는 장난스럽게 웃었다.

"에헤헷."

그에 비해 산예의 얼굴은 짙은 음영이 드리워져 있었다. 그녀는 사망했거나 감옥에 갇혔다는 한왕부 사람들을 생각하며 답답해했다. 상당수가 아는 사람이기 때문이다.

"하아… 한왕, 그 한 사람의 욕심 때문에 너무 많은 사람이 죽고 다쳤어."

산예가 탄식하며 독백했다.

진호가 그녀의 표정을 물끄러미 쳐다보다가 입을 열었다.

"인과응보야."

"그렇기는 하지만……."

산예가 우울한 표정으로 말했다. 그녀는 낭자군의 자매들이 몰살당한 후부터 한양군주와 한왕부를 증오했다. 그러나 한왕부에서 자란지라 마냥 증오할 수만 없었다.

한왕부의 몰락은 그녀의 심정을 복잡하게 만들었다.

'이런! 안 되겠어!'

산예를 바라보는 진호의 눈동자에 안타까움과 연민이 서려 있자 상아가 분위기를 바꿔야겠다고 마음먹었다.

"한왕부의 잔당들은 모두 잡혔나요?"

상아의 의도적인 질문은 효과를 발휘했다.

"한왕을 비롯해 중요 인사들은 대부분 옥에 갇혔고, 도망친 피라미들도 속속 붙잡히는 중이야. 다만 한양군주와 왕부장사사의 좌, 우장사, 모사였던 현도인은 체포하기 전에 종적을 감춰 버려 현재 어디에 있는지 파악조차 하지 못했다더군."

상아의 수작은 멋지게 성공했다.

진호는 한왕부 사태를 설명하느라 상아에게 시선을 돌렸고, 산예는 한양군주가 거론되자 번민에 빠졌다.

낭자군은 한양군주를 위해 창설한 조직이었다.

한양군주를 위해 죽는 게 당연했다. 그녀의 모략으로 인해 낭자군이 몰살당했지만 죄를 묻기는 어려웠다. 그렇다고 모르는 척 잊어버리기에는 산예의 상처가 깊었다.

"복수할 명분이 없어. 하지만 자매들의 죽음은 옳지 않아. 불공평한 일이야. 이대로 묻기에는 너무 억울해."

산예가 무의식적으로 심중의 말을 내뱉었다.

진호가 입을 열었다.

"한양군주의 죄는 커. 그녀는 신뢰를 저버렸어."

"그럼 복수해도 될까?"

산예가 고개를 들어 진호를 바라보며 질문했다. 진호는 그녀를 지그시 쳐다보며 입을 열었다.

"그건 네 자신에게 물어봐. 네 자신이 답을 알고 있어."

진호의 대답은 담담했다.

산예는 한참 동안 고민하다가 입을 열었다.

"호, 부탁이 있어."

그녀는 그날 이후부터 진호를 호라고 불렀다.

진호도 그녀가 부르는 호라는 애칭을 즐겁게 받아들였다.

"뭔데?"

"한양군주와 만나야겠어."

"결심이 섰어?"

"아직은 아니야. 일단 그녀의 얼굴을 마주 보고 물어봐야겠어. 그 다음에 결정할래."

"알았어. 그럼 같이 가자."

"나는요?"

상아가 벌떡 일어서며 말했다.

"뭘?"

"설마하니 나 혼자 빈집을 지키라는 말이에요?"

"안전하니까 걱정 마."

"빈집을 지키며 밤마다 두려움에 떠는 건 싫어요. 나도 따라가게 해줘요."

"고생할 텐데……."

진호가 상아를 훑어보며 말했다.

그녀는 궁중 의상을 버리고 여염집 처자처럼 평범한 옷을 입었지만 아직까지 화려한 치장을 버리지는 못했다. 어디를 봐도 힘든 여행과는 거리가 멀었다.

"궁중에서도 고생은 많이 했어요."

"후회하지 않을 자신이 있다면 따라와도 좋아."

"걱정일랑 붙들어매세요."

상아는 산예와 달리 인질이었다가 식객이 됐다. 이젠 진호

곁을 떠나도 되지만 그녀는 그럴 생각이 없었다. 그녀는 진호만이 자신을 지켜줄 수 있음을 본능적으로 알아챈 것이다.

산예가 상아의 동행을 불편해하는 기색을 보였다.

"불만이니?"

상아는 대뜸 공격조로 말했다.

"하아~"

산예는 한숨을 내쉬며 고개를 돌렸다.

'도대체 궁녀였다는 아이가 입이 왜 이리 험한 거야?'

상아가 연락책으로 온유원을 제집처럼 드나들면서 보고 들은 건 호색한들의 음담패설과 욕설들이었다. 좋은 건 배우기 어려워도 나쁜 건 쉽게 물드는 법이다.

상아의 입이 험해지는 건 시간문제였다.

그러나 지엄한 궁성에서 함부로 혀를 놀릴 수 없는 법. 그녀는 속으로 끙끙 앓았고, 시간이 흐를수록 심성이 꼬여갔다. 진호에게 붙잡히고 산예와 지내는 동안 그녀는 하고 싶은 말을 내뱉을 수 있었고, 그 덕에 입은 험해졌어도 성격은 밝아졌다.

"불만있으면 한숨 쉬지 말고 말로 해."

산예는 이십대 중후반이지만 상아는 이십대 초반이다.

동생뻘인 상아가 반말을 지껄이며 대드는데 좋을 리 없다. 그럼에도 산예는 그녀의 행동을 용납했다. 친동생처럼 사랑했던 보요의 모습을 상아에게서 발견했기 때문이다.

다음날 아침.

진호와 산예, 상아는 요롱이를 앞세우고 경항대운하의 출발지인 선착장으로 떠났다. 선착장에는 양개가 마련한 군용의 쾌속선이 진호 일행을 기다리고 있었다.

"어서 오십시오, 대인."

쾌속선의 정장은 진호를 동창의 요인으로 알고 있었다. 그래서 정체 모를 짐승과 묘령의 여인을 둘이나 데려와도 앗! 소리조차 내지 못했다.

'썩을 놈! 고자의 명령이나 받는 주제에 계집을 둘이나 차고 다니다니! 그것도 더럽게 예쁜 계집들을······.'

정장은 질투심이 났지만 표시 내지 않았다.

눈앞에 있는 청년은 요귀들의 집합소라는 동창의 인물이었기 때문이다. 동창의 문지기조차 쾌속선의 정장 정도는 간단하게 목을 딸 수 있는 권력을 가지고 있었다.

'쳇! 나도 출세를 해야지 원······.'

쾌속선의 정장은 속으로 하늘을 원망했다.

진호 일행이 승선하자 그는 애꿎은 부하들에게 화풀이하며 쾌속선을 출발시켰다. 쾌속선은 경항대운하를 타고 남하했다가 황하로 들어섰다. 거세게 흐르는 황하의 혼탁한 황톳물을 거스르면서도 쾌속선은 군용선답게 하루에 백 리를 갔다.

쾌속선은 하남과 섬서와 산서의 경계점에서 멈췄다.

진호 일행은 섬서 쪽에서 하선했다.

"…여긴 어디예요?"

상아가 조그만 나루터를 중심으로 수십여 채의 민가들로 이루어진 궁색한 벽촌을 둘러보며 힘없이 질문했다.

산예가 그녀를 보며 혀를 찼다.

"쯧쯧. 그러게 왜 따라와."

"너 혼자 보내면 진 대가에게 꼬리칠 거잖아."

상아는 심한 뱃멀미로 고생한 탓에 낯빛이 파리했고, 서 있는 것조차 힘겨워했다. 그런데도 산예가 한마디 하자 독 오른 살쾡이로 돌변했다. 참으로 대단한 아가씨였다.

"어휴~ 그만 하자, 그만 해."

산예가 쓴웃음을 지으며 손사래를 쳤다.

상아는 턱을 치켜세우고 의기양양한 표정을 지었지만 그것도 잠시에 불과했다. 사시나무처럼 바들바들 떠는 허벅지를 붙잡고 휘청거리는 허리를 겨우 고정시켰다.

그야말로 쓰러지기 일보 직전이었다.

"저기서 쉬었다 가자."

진호가 작은 초가를 가리켰다.

초가는 술과 가벼운 식사, 차를 파는 작은 주점으로, 나루터를 오가는 몇 안 되는 손님들을 상대로 근근이 생계를 유지하는 곳이었다. 당연히 상태가 좋을 리 없다.
"퉤! 뭐야, 이건?"
상아가 차를 한 모금 마시더니 내뱉었다.
주막의 노파가 못마땅하다는 얼굴로 상아를 노려보았다. 노파의 시선은 상아의 가슴을 매우 뜨뜻하게 만들었다.
"아니, 이 할망구가!"
"먹기 싫으면 나가!"
노파는 상아를 불공대천의 원수처럼 대했다. 당연히 '네, 주인마님' 하고 나가줄 상아가 아니다.
"아니, 이놈의 할망구가! 차를 시켰더니 마시지도 못할 흙 탕물을 내놓은 주제에 뭘 잘했다고 떠들어!"
"하, 할망구!"
"그래, 이 할망구야!"
상아는 한 치도 지지 않았고 노파도 만만치 않았다. 젊고 늙은 두 여인의 말싸움은 갈수록 수위가 높아졌고, 진호와 산예는 고개를 설레설레 저었다.
"으음… 역시 상아를 데리고 온 건 실수였어."
진호가 한숨을 내쉬었다.
상아는 배를 탄 지 반나절이 지나기도 전에 두통과 구토 증세를 호소하며 주변 사람들을 무던히도 괴롭혔다. 진호는 그때부터 상아를 동행시킨 일을 후회했다.
산예가 흙냄새가 가득한 차를 밀어내고 입을 열었다.

"황하의 물을 그대로 떠다가 찻물을 썼나 봐."

"맑고 깨끗한 물은 구하기 힘들지. 특히 차를 맛있게 우려내는 물은 천하를 샅샅이 뒤져도 몇 군데 없어."

"황하 옆에서 그런 물을 찾는 건 사치겠지?"

"아마도. 그런데 상아와 계속 동행해도 괜찮겠어? 갈수록 말썽 부릴 텐데……."

산예가 고개를 저었다.

"전직 궁녀인 주제에 입도 험하고 예의도 모르며 방자한 태도로 일관하지만… 상아는 착하잖아."

"하긴 주모와 말싸움은 해도 무력을 쓰지는 않으니……."

상아는 갈미홍의 제자로 오독일파의 무공을 수련했다. 각종 독공을 비롯해 비전지학을 배우지는 못했지만 용독과 해독에 능했고 무공만 따져도 산예와 버금갔다.

"아아악! 나 갈래!"

상아가 씩씩거리며 쾅쾅 발걸음을 사납게 굴렸다. 그리곤 어서 나가자고 앙탈을 부렸고, 진호가 동전을 식탁에 내려놓자 냅다 집어 들고는 먹지도 못하는 걸 내놓고는 뻔뻔하게도 나가라고 했는데 왜 돈을 주냐며 앙앙거렸다.

"돈 내놔!"

주모가 득달같이 달려와 이차전을 벌였다.

진호와 산예는 고개를 설레설레 저으며 밖으로 나갔다.

멍멍.

문밖에서 기다리고 있던 요롱이가 진호를 반겼다. 그런데 요롱이 앞에 놓였던 개 밥그릇이 멋들어지게 엎어져 있었다. 요롱이도 나름대로 맛없는 음식에 대해 응징한 셈이다.

상아는 주점 안에서 한참이나 싸운 뒤 나왔다.

"망할 놈의 집구석! 내 다시는 오나 봐라!"

결국 돈을 빼앗겼는가 보다.

씩씩거리며 힘찬 걸음걸이로 앞장서는 상아, 뱃멀미로 후들거렸던 게 연기였다고 보일 정도였다. 그녀는 애꿎은 돌멩이를 발로 차며 화풀이를 했다.

진호와 산예는 그녀의 행동이 귀여웠는지 입가에 웃음이 떠올랐다. 황하를 등에 지고 서쪽으로 발길을 잡은 진호 일행은 저녁이 되기 전에 화음현에 도착했다.

그들은 일단 객잔부터 찾았다.

"여기라면 머물러도 되겠어요."

상아가 가리킨 화양객잔(華陽客棧)은 화음현 최고의 객잔으로 겉으로 보기에도 으리으리했다.

산예는 곤혹스런 표정을 지었다.

"비쌀 것 같은데……."

"이 정도는 되어야 이 몸이 숙박할 가치가 있어. 이래 봬도 나는 자금성에서 읍……!"

산예가 상아의 입을 막았다.

상아는 자기 입을 막은 산예의 손을 떼어내며 말한다.

"왜 그래? 누구 질식사시킬 일 있어?"

"아이고! 이것아!"

수많은 사람들이 오가는 객잔 앞이다. 이런 곳에서 입을 함부로 놀려댔다간 골치 아픈 일에 휘말릴 수 있다.

진호가 피식 웃고는 화양객잔에 들어가자고 눈짓했다.

화양객잔 내부는 손님들로 우글거렸다.

"어서 오십시오."

점소이가 여타 객잔들과 달랐다. 고급 객잔답게 점소이들의 복장도 통일돼 있었고, 행동거지도 삿되지 않았다.

점소이는 진호 일행의 면면을 순식간에 훑어보더니 이층으로 모셨다. 손님들로 득시글거리는 일층은 시끌벅적했고, 상아와 산예에게 추파를 던지는 사내들도 있었다. 점소이는 늑대 같은 사내들 때문에 진호 일행을 이층으로 모신 것이다.

이층은 일층보다 고급스러웠고 손님들이 적어 한산했다. 같은 음식이라도 위층에선 비싸게 받기 때문이다.

"무엇을 드시겠습니까?"

"잘 하는 걸로 알아서 내오게."

"네, 잠시만 기다려 주십시오."

"오늘 밤 숙박할 거니까 깨끗한 방 두 개를 준비해."

"알겠습니다."

상아가 시비성이 다분한 명령조로 말했지만 점소이는 예의를 잃지 않았다. 확실히 고급 객잔은 달랐다. 상아는 그제야 만족스럽다는 표정을 지으며 입가에 미소를 떠올렸다.
"여기는 그 망할 곳과는 다르네."
"가격이 다르니까."
산예가 퉁명스럽게 말했다.
"뭐가 불만이니?"
"너는 누가 돈을 내는지 아니?"
상아가 슬며시 고개를 돌렸다. 그녀는 빈털터리였다. 물론 돈을 누가 내냐고 따지는 산예도 돈이 있을 리 없다.
물주는 진호였다.
"식사나 하자."
때마침 요리가 나왔다. 육류를 지지고 볶아 만든 각종 요리부터 황하에서 잡은 어류들로 만든 진미들이 식탁에 화려하게 차려졌고 진귀한 명주도 나왔다.
"…비싸겠다."
"좀생이처럼 왜 그러는 거야? 음식은 가격이 아니라 맛이 중요해! 알겠어?"
"어휴~"
난감해하는 산예와 달리 상아는 돈도 없으면서 뻔뻔하게 나왔다. 산예는 걱정 반 우려 반의 얼굴로 진호를 보았다.
"걱정 말고 맛있게 먹어."
산예는 그제야 안도하며 젓가락을 들었다.
저녁 식사는 만족스러웠다. 객실도 깨끗하고 아늑해 하룻

밤 만에 선상 생활의 피로를 대부분 풀 수 있었다.

"아~ 이제야 살 것 같아."

해가 중천에 뜰 때 상아는 침상에서 일어나 기지개를 켰고, 먼저 일어난 산예가 그녀를 위해 세숫물을 떠다 놓았다.

상아는 혀를 내밀고 헤헤 웃고는 세수를 하고 몸단장을 끝냈다. 두 여인이 여장을 꾸리고 객실을 나오자 복도에서 기다리고 있던 진호가 입을 열었다.

"먼저 식당에 가서 음식을 시켜."

"왜요?"

상아가 질문했다.

"만날 사람이 있어."

"오래 걸려요?"

"잠깐이면 될 거야."

"그럼 음식을 시켜놓고 기다리고 있을게요."

"그동안 요롱이를 부탁해."

진호의 발치에서 늘어져 있던 요롱이가 귀를 쫑긋 세우더니 산예에게 굼실거리며 걸어갔다.

"가자, 요롱아."

산예와 상아가 식당으로 향하자 요롱이가 뒤따랐고, 진호는 화양객잔의 후원 쪽으로 걸어갔다.

어제저녁 진호 일행을 접대한 점소이가 후원 입구를 서성거리며 누군가를 기다리고 있었다. 진호가 나타나자 점소이가 허리를 숙였다. 그는 진호를 기다렸던 것이다.

"점주(點主)께서 기다리고 계십니다."

"안내하게."

"네."

점소이는 후원의 구석에 있는 작은 별채로 안내했다. 그곳은 화양객잔의 집사가 거처하는 숙소였다.

"들어가십시오."

"수고했네."

진호가 별채 안으로 들어가자 점소이는 경비를 섰다.

역삼각형 얼굴에 쭉 째진 눈매의 사십대 중년인이 진호를 반겼다. 그의 외부 신분은 화양객잔의 집사이지만 실제로는 화웅현의 동창 지부장이었다.

진호가 양개에게 받은 동창의 영부를 내밀었다.

"섬서 삼점주가 교위 어른을 뵙습니다."

화양객잔은 동창의 비밀 거점이었고, 섬서 삼점주는 화음현 일대의 첩보를 담당하는 책임자였다.

"상부에서 준비하라는 것은 마련했는가?"

"여기 있습니다."

섬서 삼점주가 봉인된 서찰을 꺼냈다. 누런색 봉투에 특이급이란 붉은 딱지가 붙어 있었다. 진호가 봉인을 뜯어내고 봉투에서 서찰을 꺼내자 섬서 삼점주가 등을 돌렸다. 특이급의 정보는 그의 신분으론 봐서도 안 되고, 알아서도 안 되기 때문이다.

화르르~

갑자기 화염이 치솟자 섬서 삼점주는 황급히 뒤돌아섰다.

서찰이 불타고 있었다. 진호는 어느새 나갔는지 보이지도 않았다. 섬서 삼점주는 안도의 한숨을 내쉬었다.

"휴우… 무사히 넘어갔구나."

정예화된 조직이라도 분파나 외부의 지부는 느슨하게 마련이다. 그런 곳은 본청의 상관이 나타나면 두려움에 떠는 법이다. 지은 죄가 없다고 해도.

두 여인과 한 마리의 개가 식당에 도착했다. 식당은 손님들로 가득 차 빈자리 하나 없었다.

"이상해……."

산예가 식당을 훑어보며 눈살을 찌푸렸고, 상아는 그게 뭔 소리냐는 표정을 지었다.

"너무 조용하잖니."

"으응? 그러고 보니 그렇기는 하네."

식당은 만석임에도 불구하고 침묵이 흐르고 있었다.

누구 하나 떠들지 않았고, 음식 먹는 소리조차 내지 않으려고 다들 조심스러웠다. 게다가 부유해 보이는 사람들도 위층에서 식사하지 않고 아래층에 모여 있었다.

"아무래도 저자들 때문인가 본데……."

우람한 덩치를 자랑하는 거한 두 명이 칼집을 품에 안은 채 팔짱을 끼고 오만한 자세로 계단을 지키고 있었다.
　상아의 눈이 별처럼 반짝거렸다.
　"안 돼!"
　산예가 상아의 팔을 붙잡았다.
　"왜에?"
　"알 텐데."
　"쳇!"
　상아가 입술을 삐죽이며 고개를 돌렸다.
　"사고 치지 말고 조용히! 알겠지."
　"그렇지만 자리가 없잖아."
　"기다리자."
　"아! 저기 있다."
　"어디?"
　상아가 가리킨 곳에 빈자리는 없었다.
　산예는 '아차! 속았다!'라고 외치며 고개를 돌렸지만 때는 이미 늦어버렸다. 옆에 있어야 할 상아가 어느새 계단 쪽으로 쪼르르 달려가고 있었다.
　"이런!"
　산예가 고개를 저으며 빠른 걸음으로 상아를 뒤쫓았다. 그에 비해 요롱이의 걸음은 느림보 그 자체였다.
　상아는 계단 앞에 도착하자마자 입을 열었다.

"비켜주실래요?"

상아는 자금성에서 열 손가락 안에 들어가던 미녀였다. 그녀는 상궁감이었던 갈미홍의 밑에서 일하는 바람에 황상의 승은과는 거리가 멀어 궁녀로 지냈다. 그런 상아가 고급 객실에서 편히 쉬고 궁중의 화장법으로 치장하자 수컷들의 눈이 홀랑 돌아버릴 정도로 아름다웠다. 그런데 이상하게도 계단을 지키고 있는 두 덩치는 그녀를 보고도 무덤덤했다.

"올라갈 수 없소."

상아는 매우 불쾌했다.

위층으로 올라가지 못한다는 말보다 덩치들이 산적처럼 생긴 외모에 걸맞게 침을 질질 흘리며 탐욕스런 표정을 지어야 하는데 기이하게도 반응이 무덤덤했기 때문이다.

"어째서죠?"

"대륭표국(大隆鏢局)의 소국주님께서 중요한 손님들을 모시려고 이층을 통째로 빌렸소."

"그건 당신네 소국주 사정이고 나는 올라가서 식사를 해야겠으니 어서 비켜요."

"우리의 임무는 잡인의 통제를 막는 것이오."

"잡인!"

상아의 얼굴이 차갑게 변했다. 그녀의 손이 뱀처럼 꿈틀거리더니 잡인이라고 말한 덩치의 복부를 노렸다.

착!

산예와 상아의 동행 113

때마침 도착한 산예가 상아의 손목을 붙잡았다. 상아가 고개를 휙 돌리더니 매서운 눈빛으로 산예를 노려보았다.

산예의 눈빛도 만만치 않았다.

"놔!"

"안 돼!"

두 여자의 실랑이를 보던 한 덩치가 입을 열었다.

"윗분들이 언짢아하실 거요. 퍼뜩 물러나시오."

"이거야 원, 시장터의 노파들도 아니고……."

다른 덩치가 던진 말이 비수가 되어 두 여인의 가슴에 깊숙하게 박혀 버렸다.

"노파!"

"내가 시장터의 노파라고……."

산예와 상아의 눈이 마주치더니 둘 다 고개를 끄덕였다.

오랜만에 두 여인의 마음이 하나가 됐다.

"상아야, 네 마음대로 해."

산예가 방긋 웃으며 말했다.

휘리릭~

상아의 오른손이 좌측에 서 있는 덩치의 복부를 노렸다. 덩치는 오히려 자신의 배를 내밀었다.

"껄껄껄. 나긋나긋한 손길로 철포삼을 깰 것 같으냐?"

퍽!

상아의 손이 덩치의 배에서 한 치 정도 떨어진 곳에서 멈췄는데 덩치의 뱃살은 반 자 깊이나 움푹 들어갔다.

"커억!"

덩치가 토사물을 쏟아내며 엎어졌다. 오독일파의 무공을 수련한 상아에게 외문 기공인 철포삼은 종이 쪼가리에 불과했다.

"아니, 이년이!"

동료가 쓰러지자 우측에 서 있던 덩치가 칼을 뽑았다.

휘익~

덩치가 상아의 머리를 향해 칼을 휘둘렀다.

휘리릭~

상아의 손목과 팔꿈치가 기묘하게 휘면서 뱀처럼 도면(刀面)을 타고 흐르더니 덩치의 손목을 살짝 건드렸다. 오독일파의 공법(攻法)인 연피사(軟皮蛇)였다.

우두둑.

덩치의 손목이 기역 자로 꺾였고, 칼이 바닥에 떨어졌다.

"으아악~"

덩치가 손목을 붙잡고 비명을 지르며 무릎을 꿇었다. 상아가 수도를 날려 덩치의 목을 가격했다.

쿵.

바닥에 드러누운 덩치의 눈이 하얗게 뒤집혀졌고 떡 벌어진 입에서 게거품이 나왔다.

"꼭 같지도 않은 것들이 까분단 말이야."

상아가 손바닥을 탁탁 털며 계단을 올라가자 산예는 쓴웃음을 지었다.
'마음대로 하라고 했지만……'
산예는 바닥에 널브러져 있는 두 덩치를 보며 고개를 저었다.
'아~ 정말 나쁜 일은 시키면 시키는 대로 잘도 해치우는구나.'
어깨를 으쓱이며 계단을 오르는 상아의 뒷모습을 보며 산예는 살짝 한숨지으며 뒤따라 올라갔다. 흥분한 나머지 상아에게 마음대로 하라고 말은 했지만 막상 사건이 터지자 산예는 어깨를 움츠린 것이다. 요롱이는 아무 생각 없이 두 여인을 뒤따랐다.
마치 귀엽기만 하고 어리석은 애완동물이라고 주장하는 듯싶었다.

제27장

화수(華琇)

 화양객잔의 이층은 만석인 아래층과 달리 대부분의 좌석이 비어 있었고 수십여 명의 젊은이들이 중앙부를 차지하고 있었다. 그들은 복장이나 치장에 많은 노력을 가해 화려했다. 착용한 무구는 화려하기 그지없어 병기라기보다 장식품 같았다.
 이층에 올라온 상아는 그들을 보고 눈살을 찌푸렸다.
 '뭐야, 저치들은?'
 상아와 산예가 이층에 올라오자 웃고 떠들던 젊은이들은 입을 다물고 한 청년에게 시선을 돌렸다.
 그는 대륭표국의 소국주였다.

"너희들은 누구냐?"

대륙표국의 소국주는 화를 내며 일어섰다.

상아와 산예는 대꾸도 하지 않았다.

"이년들이 감히!"

"어허! 어디서 그런 상스런 말을 하는가? 화 소저께서 계시는 걸 잊었는가?"

"미, 미안하오, 목 형."

"나는 그대에게 형이라 불릴 만큼 친하지 않네."

목씨 성의 청년은 대륙표국의 소국주를 벌레 보듯 멸시하는 시선으로 노려보았다.

"그리고 잘못을 빌려면 화 소저께 하게."

젊은이 무리의 중심에 한 여자가 있었다.

그녀는 면사로 얼굴을 가렸지만 살짝 드러난 윤곽만으로도 미녀임을 알 수 있었다. 배부른 고양이처럼 나른함이 흐르는 그녀의 자태는 우아함이 풍겼다.

대륙표국의 소국주가 그녀에게 포권하며 입을 열었다.

"화 소저, 소인이 그만 이성을 잃어 실수를 저질렀습니다. 제발 용서해 주십시오."

면사로 얼굴을 가린 화 소저는 귀찮다는 듯이 고개를 까딱이고는 시선을 돌렸다. 그럼에도 대륙표국의 소국주는 감지덕지한 얼굴을 하고서 어린애처럼 기뻐했다.

"뭐야, 저 계집은?"

상아의 볼이 볼록 튀어나왔다.
대륙표국의 소국주가 상아를 향해 성큼성큼 걸어갔다.
"네가 지금 무슨 잘못을 저질렀는지 아느냐?"
"뭘 잘못했는데?"
상아가 허리춤에 손을 얹고 입을 삐죽 내밀었다.
대륙표국의 소국주는 면전에서 신성모독을 본 성직자처럼 분노와 증오심으로 온몸을 바들바들 떨었다.
"지, 지금 당장 화 소저께 잘못을 빌어라!"
"허! 꽤나 웃기는 놈이네."
"가, 감히! 장 표사! 황 표사!"
대륙표국의 소국주는 계단을 향해 큰 소리로 외쳤다.
상아는 눈을 껌뻑이다가 입을 열었다.
"혹시 계단을 가로막았던 덩치 둘을 부르는 거니?"
"그렇다!"
"너, 바보 아니니? 우리가 어떻게 올라왔겠니? 제발 생각 좀 하고 살아라."
"그, 그럼 네년이 장 표사와 황 표사를 해쳤단 말이냐?"
"지금 나보고 년이라고 했냐!"
"그래, 년이라고 했다!"
상아의 얼굴이 일그러졌다.
"네가 대륙표국의 소국주니?"
"그렇다."

화수(華琇) 121

"계단을 지키던 덩치들은 대륙표국의 표사인 거니?"

"그렇다."

"쯧쯧. 웬만하면 네 아빠한테 가서 오래 살고 싶다면 현판을 떼라고 해. 그런 얼치기들을 데리고 표행에 나섰다가는 어린애들한테도 표물을 뺏기겠다."

상아가 혀를 차며 조롱하자 대륙표국의 소국주는 이성을 잃었다. 곧바로 검을 뽑아 상아의 목을 노렸다.

휘리릭~

상아는 연피사를 펼쳤다.

새하얀 손이 한 마리 뱀이 되어 대륙표국의 소국주가 내지른 검을 타고 흘렀다.

와드득!

"으아악~"

대륙표국의 소국주가 손목을 붙잡고 데굴데굴 굴렀다.

상아가 그의 손목뼈를 분질러 버린 것이다.

"역시 대륙표국의 문은 닫는 게 좋겠다."

상아가 오만스럽게 턱을 올리고 빈정거리자 산예는 고개를 저으며 청년 무리를 주의 깊게 노려보았다.

그들은 산예의 걱정과 달리 움직이지 않았다. 오히려 망신당한 화복청년을 조롱하며 박장대소했다.

"푸하하! 꼴사납군."

"흥! 볼썽사나운 두꺼비 따위가 턱도 없는 욕심을 부리려했으니 저런 창피를 당하지."

"맞네. 화 소저가 화음현에 들어서지만 않았더라도 표국의 나부랭이가 감히 우리와 합석이라도 할 수 있었겠는가?"

"지금까지 말은 안 했지만 저놈이 낀 뒤로는 불쾌하지 않은 적이 없었다네. 저 꼴을 보니 아주 시원하네."

상아와 산예는 '저런 잡것들이 있나?' 하는 표정으로 청년 무리들을 노려보다가 화 소저에게 시선을 돌렸다. 그녀는 아예 시선을 돌린 채 대륭표국의 소국주는 물론 주변에 몰려 있는 청년 무리에게도 관심을 두지 않았다.

상아는 은근히 부아가 치밀었다.

"진흙 속에서 연꽃은 피지만 개 떼 속에선 호랑이가 나오지 않는 법이지."

상아가 빈정거렸지만 화 소저는 여전히 반응이 없었다. 그러나 청년들은 달랐다.

쾅!

"무례하구나!"

목씨 성의 청년이 탁자를 내려치며 벌떡 일어났다.

다른 청년들도 분개했지만 목씨 성의 청년이 움직이자 다들 숨을 죽이고 관망세로 돌아섰다.

저벅저벅.

목씨 성의 청년이 상아에게 걸어왔다. 그가 걸음을 옮길 때마다 섬뜩한 기세가 피어올랐다.

그때,

뚜벅뚜벅!

아래층에서 누군가가 올라오고 있었다.

월월!

사지를 뻗고 바닥에 늘어져 있던 요롱이가 발딱 일어나 기쁜 듯이 짖었다. 상아의 얼굴이 환해졌다.

"진 대가."

진호가 이층 식당으로 올라왔다.

상아는 진호의 팔에 매달리며 쫑알거렸다.

"진 대가, 저들이 아무 죄 없는 나를 괴롭혔어요. 다시는 그러지 못하게 당장 혼을 내주세요."

진호는 아직도 손목을 붙잡고 데굴데굴 구르고 있는 대륙표국의 소국주를 힐끗 쳐다보고는 목씨 성의 청년에게 시선을 돌렸다. 산예는 상아를 보며 한숨을 내쉬었다.

"저 천박한 계집이 씻을 수 없는 죄를 지었다. 네놈이 그 대가를 치러야겠다. 자기 계집을 간수하지 못해 생긴 일이니 억울해할 필요는 없을 거다."

목씨 성의 청년이 상아를 손가락으로 가리키며 진호에게 말했다. 상아는 목씨 성의 청년이 손가락질하자 격분해 입술을 파르르 떨었다. 그러나 진호는 무덤덤했다.

목씨 성의 청년은 허리춤에서 황갈색 채찍을 풀었다.

휘익~

채찍이 구렁이처럼 꿈틀거리며 음산한 기운을 뿌렸다.

"네놈의 천박한 계집이 화 소저에게 저지른 무례에 대한 대가로 너의 얼굴을 찢어버리겠다."

목씨 성의 청년이 진호의 얼굴을 향해 채찍을 휘둘렀다.

파악!

"헉!"

목씨 성의 청년이 경악했다.

채찍이 진호의 얼굴 앞에서 멈췄기 때문이다. 마치 보이지 않는 손이 채찍을 붙잡은 것 같았다.

목씨 성의 청년은 당황함을 감추지 못하고 있는 힘껏 채찍을 잡아당겼다. 그러나 채찍은 요지부동이었다.

우우웅~

"커억!"

진호의 몸에서 가공할 기파가 해일처럼 쏟아졌고, 목씨 성의 청년은 피를 토하며 쓰러졌다.

"흐윽!"

"헉!"

기파가 후방에 있던 청년들마저 휩쓸어 버렸다. 청년들은 사색이 되어 뒤로 넘어지거나 식탁 밑으로 숨었다.

마치 호랑이를 만난 개 떼 같았다.

"꿀꺽."

상아는 청년들의 못난 꼬락서니를 가리키며 조롱하고 싶

었지만 침을 삼키고 입을 꾹 다물 뿐이었다. 진호가 뿜어낸 투기에 솜털이 놀라 일제히 일어섰던 것이다.

"호."

산예가 진호의 손목에 자신의 손을 얹었다. 솜털처럼 가벼웠지만 진호는 태산의 무게를 느꼈다.

"미안해."

진호가 투기를 거두자 산예는 식은땀으로 젖은 이마를 닦아냈다. 해일처럼 쏟아진 투기의 파동은 이층 실내를 장악했고, 모든 이들의 간담을 서늘하게 만들었던 것이다.

요롱이마저 고개를 팍 숙이고 눈치를 봤었다.

"대단하군요."

화 소저가 일어서며 말했다. 권태로움과 나른함에 젖어 있던 그녀가 처음으로 변화를 일으킨 것이다.

상아의 눈에서 불꽃이 솟구쳤다.

"흥!"

그녀가 콧방귀를 뀌었을 뿐 별다른 행동을 하지 않은 것은 진호의 기파에 놀란 가슴이 아직 진정되지 않았기 때문이다.

"화, 화 소저. 가, 가까이 오시면 안 됩니다."

목씨 성의 청년이 비틀거리며 일어섰다.

화 소저는 그를 쳐다보지도 않고 진호에게 다가갔다.

"나는 부모님 덕분에 눈이 높아서 어떤 남성에게도 흥미를 가진 적이 없었어요. 그런데 당신은 관심이 가는군요."

"호오! 부모가 누구인지 궁금하군."

상아가 빈정거렸다.

"혀를 함부로 놀리지 말거라. 화 소저는 기성(棋聖) 화곡함(華谷숨) 선배님과 금선(琴仙) 소백의(蘇帛誼) 선배님 부부의 무남독녀이시다!"

목씨 성의 청년이 버럭 소리쳤다.

놀랍게도 화 소저는 천하구대고수인 기성과 금선 부부의 딸이었던 것이다. 산예는 깜짝 놀란 표정을 짓고는 화 소저의 얼굴을 가린 면사를 뚫어지게 쳐다보며 입을 열었다.

"세상에나! 그럼 소저가 강북이교(江北二嬌)의 한 사람인 화수(華琇)란 말인가요?"

"네, 내가 화수예요."

그녀의 음성은 이름만큼이나 아름다웠다.

강남에 세 송이 꽃이 있다면 강북에 두 미녀가 있다고 강호의 호사가들이 떠들어댄다. 이중에 호북제일미 해어화 남궁산산이 강남삼화의 한 사람이었으니 진호는 강호의 오대미녀 중 두 명을 만난 것이다. 나름대로 염복이다.

'화, 화 소저가… 저, 저자에게 관심을 가졌어!'

'제기랄!'

진호의 기파에 나동그라져 꼴사나운 모습을 보인 청년들이 질투심이 가득한 눈으로 진호를 노려보았다. 바로 옆에 서 있는 목씨 성의 청년은 그들보다 더했다.

"화, 화 소저!"

목씨 성의 청년이 애절하게 불렀지만 화수는 시선조차 주지 않았다. 그의 얼굴은 보기에도 참담할 정도로 일그러졌다.

'화수는 내 여자야! 누구에게도 줄 수 없어!'

그러나 누구도 그에게 관심을 보이지 않았다. 게다가 그의 모든 것이라 할 수 있는 화수는 진호를 보고 있었다.

산예가 화수에게 말을 걸었다.

"화 소저의 이름은 여러 번 들었어요."

"나쁜 소문이 아니길 빌겠어요."

화수는 산예와 대화하면서도 진호에게서 시선을 떼지 않았다. 그 모습이 상아의 눈에 예쁘게 보일 리가 없다.

"흥! 기녀도 아닌데 계집의 이름이 시정잡배들의 혓바닥에서 오르내리는데 좋을 리가 있나."

"상아야, 말조심하렴. 화 소저는 그런 분이 아니란다."

"그래, 알았어. 나같이 못난 년이 잘난 년을 씹어봐야 내 못난 점만 부각되겠지."

산예가 화수의 역성을 들어주자 상아는 더욱 화가 났다.

화수는 살짝 이마를 찡그리더니 입을 열었다.

"네, 나는 잘났어요. 훌륭하신 부모님 덕분에 좋은 머리와 아름다움을 타고났고, 운이 좋아 불교의 법(法)과 도교의 행(行), 유교의 예(禮)를 배웠으며, 시서금화를 비롯해 제자백가와 육도삼략을 익힐 수가 있었어요."

화수는 상아의 독설이 거슬렸는지 빈정거림을 아끼지 않았다. 상아는 입술을 깨물며 어깨를 파르르 떨었다.
"그래, 네가 얼마나 예쁘고 잘났는지 얼굴 좀 보자."
화수도 이번만큼은 흥분했다.
그녀가 갑자기 면사를 벗어던졌다.
"아!"
"으음……."
산예가 탄성을 내질렀고, 상아는 패배감이 섞인 신음성을 흘려야 했다. 화수는 너무나도 아름다웠던 것이다.
'내가 왜 이런 실수를 했지?'
화수는 후회했다.
그녀는 타고난 아름다움 때문에 사내들의 탐욕스런 시선을 받으며 자랐다. 사내들의 끈적끈적한 시선이 몸서리치도록 싫었던 그녀는 면사로 얼굴을 가렸다.
'이 남자의 무심한 시선 때문이야.'
그녀는 총명했다.
순식간에 자기가 저지른 실수의 이유를 찾아냈다. 상아의 도발에 넘어간 게 아니라 진호에게 자신의 얼굴을 보여주고 싶었던 것이다. 아니, 진호의 무심한 시선이 다른 남자들처럼 숭배하는 시선으로 바뀌기를 원했다.
'이럴 수가……?'
진호의 시선은 변함이 없었다. 화수가 비록 아름답기는 하지만 진호는 벌써 남궁산산을 만나봤기 때문에 절세미녀의 아름다움에 어느 정도 면역이 생겼던 것이다. 게다가 산예와 특별한 감정을 교류한 뒤라 다른 여인이 눈에 들어오지 않았다.

화수는 실망했다.

실망은 분노와 집착을 불러들였다.

"나는 내 이름을 밝혔어요. 그쪽도 이름을 밝히는 게 예의 아닌가요?"

화수의 음성은 가시가 돋쳐 있었다.

상아는 쾌재를 불렀고 산예는 안타까움을 느꼈다.

'호에게 저런 식으로 행동하면 안 좋게 반응하는데……'

산예는 진호와 친구로 지냈고 지금은 친구와 연인의 경계에 서 있어 누구보다 진호의 심성에 정통했다. 그래서 위험한 경쟁자가 될 수도 있는 화수 앞에서도 담담했던 것이다.

아니, 산예는 진호를 절대적으로 믿었다.

"아래층에 자리를 잡아뒀어. 이만 내려가서 식사나 하자."

진호는 화수를 무시하고 산예에게 말했다.

화수는 충격을 받았다. 목씨 성의 청년은 그 이상으로 충격을 받고 이성을 잃었다.

"네놈이 뭔데 감히 화수를 무시하느냐?"

진호가 내뿜은 기파에 내상을 입고 나동그라질 때만 해도 겁에 질렸던 목씨 성의 청년이 당당하게 외쳤다.

"그대는?"

"나는 산서목가(山西沐家)의 후계자인 목일언이다!"

진호는 담담한 시선으로 목일언을 쳐다보았다.

목일언의 행동이 무모할지는 몰라도 비굴하지는 않았다. 그래서 진호가 그를 약간이나마 인정한 것이다.

그러나 화수는 달랐다.

"지금 뭐라고 말했죠?"

화수의 눈빛이 심상치 않았다.

목일언이 화수에게 손을 뻗으며 입을 열었다.

"화수, 나는 당신을 사랑하오."

"불쾌하군요."

"내가 지난 반년 동안 당신을 왜 따라다녔겠소? 오직 당신을 사랑하는 마음 때문이오. 나는 당신을 탐하려고 그대의 주변을 에워싼 사내들과 다르오."

"눈앞에서 사라져요."

"화수!"

"나는 내 이름을 부르라고 허락한 적이 없어요."

"화수!"

목일언이 피를 토하는 심정으로 화수의 이름을 불렀다.

화수가 탁자를 내려쳤다.

타앙!

"커억!"

목일언이 피를 토하며 쓰러졌다.

화수는 금선의 딸답게 음공의 달인이었던 것이다.

"두 번 다시 내 눈앞에 나타나지 마라! 내 눈에 뜨이는 날이 너의 장례를 치르는 날이 될 거다!"

"커억… 화, 화수!"

목일언은 피를 연신 게워내면서도 화수를 향해 손을 뻗었다. 그의 손은 안쓰러울 정도로 심하게 부들부들 떨렸다.

진호는 불쾌한 표정을 짓고는 아래층으로 내려갔다.

요롱이는 충견처럼 곧바로 뒤따랐고 상아는 희희낙락하며 폴짝폴짝 계단을 밟았다. 산예만이 안타까운 시선으로 화수를 바라보다가 한숨을 내쉬고 등을 돌렸다.

화수의 얼굴은 무참하게 일그러지더니 소름이 끼칠 정도로 싸늘한 시선으로 진호의 등을 노려보았다.

그녀의 얼굴은 악귀처럼 흉악했다.

동창의 간자 노릇을 하는 점소이가 화양객잔 밖에서 진호 일행을 기다리고 있었다.

진호 일행이 밖으로 나왔다.

"식사는 맛있게 드셨습니까?"

"괜찮았네."

"다행이군요."

점소이는 고개를 숙이며 상자를 내밀었다.

"그건 뭔가?"
"가시는 길에 요기나 하시라고 마련한 간식입니다."
"고맙네."
"그리고 집사 어른께서 편한 여행을 하시라고 준마 세 마리를 준비했습니다."
"성의를 잊지 않겠다고 전하게."
"네, 알겠습니다."

섬서 삼점주가 준비한 말들은 훌륭했다. 진호와 산예는 만족스럽다는 표정을 지으며 고개를 끄덕였다. 그러나 상아는 울상을 지으며 어쩔 줄을 몰라 했다.

"상아야, 왜 그러니?"
"히잉~ 난 말을 한 번도 타본 적이 없단 말이야."

상아는 말을 보며 울먹이다가 화려한 장식의 이두마차를 발견하자 손가락으로 가리키며 입을 열었다.

"…마차라면 탈 수 있는데."
"저건 위층 손님의 마차입니다."
"엥? 설마 화수?"
"네."

상아의 표정이 바뀌었다.

그녀는 진호에게 예쁘게 보이려고 꽃단장을 했다. 그중에 치마는 꽃단장의 기본이었으니 당연히 승마는 어려웠다.

쫘아악~

"이러면 돼!"

상아는 치마를 찢더니 무릎에 감아 통이 넓은 바지처럼 만들었다. 그리곤 용감하게 말을 탔다.

'에고… 아까워라.'

정말로 아끼던 치마였지만 과감하게 희생시켰다. 그러나 화수를 다시 보는 것보단 나았다. 화수의 순간적인 어리석음과 목일언의 무식한 용기 덕에 예상보다 일이 좋게 끝났지만…….

'망할 계집의 미모는 너무 위험해!'

상아는 화수의 아름다움을 떠올리며 입술을 깨물었다. 화수와 미모를 겨루어 이길 자신이 없는 이상 진호가 그녀와 마주칠 기회를 원천적으로 없애는 게 이상적이다.

"출발해요!"

힘차게 외쳤지만 정작 말이 달리자 상아는 곧바로 겁을 집어먹고 안색이 창백해졌다. 그러나 멈추지는 않았다.

다가닥! 다가닥!

멍멍!

세 마리 준마가 달려가고 요롱이가 뒤를 따랐다.

한 시진 정도 달리자 상아는 파김치가 되어 축 늘어졌다. 게다가 멀미가 심해 이만저만 고생이 아니었다.

'…차, 차라리 걸을래.'

진호가 상아의 새파란 낯빛을 보자 말을 세웠다.

"여기서 쉬었다 가자."

상아는 혼자 힘으로 내리지 못할 정도로 뻗은 상태였다. 진호의 도움을 받아 겨우 내렸고, 곧바로 드러누웠다.

"쯧쯧. 그냥 북경에 남아 있지 왜 사서 고생하니?"

"우… 웃기지 마! 죽어도… 따라갈 거야!"

악바리가 따로 없다.

산예는 고개를 설레설레 젓다가 상아의 이마에 물수건을 덮어줬다. 상아는 입술을 삐죽이다가 눈을 감았다. 요롱이도 그녀가 걱정되는지 머리맡에 앉아 낑낑거렸다.

"끄응… 네 마음은 잘 알겠는데 침은 바르지 마라."

끼잉~ 끼잉~

"쿡쿡."

상아와 요롱이를 보며 산예는 실소를 지으며 즐거워했다.

산예는 어느새 잠들어 버린 상아를 보다가 진호에게 시선을 돌렸다.

진호는 결가부좌를 한 채 명상에 빠져 있었다. 결단을 이루면서 무공을 바라보는 시선이 깊어지고, 응용도가 깊어진 후로 진호는 명상을 통한 수련에 들어섰다.

명상을 통해 일 초이며 백 초이자 만형(萬形)을 담은 백원도의 초식과 결단의 요결을 이음새 삼아 하나로 통합된 내공을 음미하며 진호는 새로운 영역을 개척해 나가고 있었다.

'아! 연허…….'

구충연심법의 팔단계 공부인 연허는 발을 지면에서 뗀 채로 뜬구름을 잡는 것처럼 공허해 진호는 지금까지 생각해 본 적도 없었다. 다만 녹색 거미의 공포에서 벗어나고자 지금까지 칠단계인 결단에만 매달려 있었다.

그러나 결단을 이루자 녹색 거미는 삼매진화의 불꽃을 이용해 또다시 새롭게 진화해 녹색 불꽃으로 태어났다. 진호는 녹색 불꽃의 문양이 어떤 힘과 위험을 안고 있는지 알아내지 못했지만 크게 신경 쓰지 않았고 두려워하지도 않았다.

오히려 여유가 흘렀다.

'백원도에 연허로 가는 길이 숨어 있다.'

갑자기 떠오른 생각이 확신으로 변했다. 그러나 백원도에 몰두하지는 않았다. 때가 되면 나타날 것이니 지금은 현재에 충실하자고 마음먹고 눈을 떴다.

"계속 그러고 있었어?"

산예가 그윽한 시선으로 진호를 바라보며 있었다.

"응."

산예가 고개를 살짝 옆으로 돌리며 대답했다. 그녀의 볼에 희미한 홍조가 떠올랐다.

"피곤할 텐데 쉬지 그랬어?"

"푹 쉬었어."

"상아는?"

"풋! 요롱이가 볼을 핥는데도 잘도 자고 있어."

진호가 고개를 돌려 잠든 상아를 보았다. 요룡이가 열심히 상아의 이마에 흐르는 땀을 혀로 핥고 있었다.
"…깨면 난리를 치겠군."
"아마 그럴걸. 유난히 깔끔을 떠는 애니까."
"그렇겠지. 그런데 시간이 많이 흘렀나 보군."
어느새 태양이 붉게 타오르며 서쪽 하늘에 걸려 있고 황홀할 정도로 아름다운 노을이 펼쳐져 있었다.
생각보다 명상 시간이 길었던 것이다.
"혹시나 해서 노숙 할 준비를 해뒀어."
"역시 산예다워."
진호가 미소를 지었다. 산예의 얼굴이 노을 때문인지 아니면 다른 이유 때문인지 붉게 물들었다.
'호, 나 혼자 행복할 수는 없어. 잠을 자면 꿈속에서 자매들이 찾아와 피를 흘리며 억울함을 호소해. 한양군주와 만나 꼬인 매듭을 풀면… 그때… 그때… 앞날을 이야기해.'
산예는 고개를 살짝 숙이고 가슴을 꼬옥 눌렀다.
그녀는 죄책감 때문에 더 이상 진호를 향해 발을 내밀지 못하고 있었다. 진호가 본명을 양개에게 먼저 밝혔을 때 참을 수 없는 서러움이 밀려와 억지로 누르고 있었던 감정이 폭발해 이성을 잃고 본심을 드러냈고, 그로 인해 새로운 관계로 만드는 물꼬는 뚫었지만 더 이상은 발전시키지 못했다.
그럼에도 두 사람 사이에는 그윽한 분위기가 흘렀다.

"에퉤퉤! 요롱아! 침 바르지 말랬지!"

깨갱!

상아가 깨어나자 그윽한 분위기는 개판으로 변했다.

요롱이가 억울하다고 멍멍 짖으며 도망쳤고, 상아는 펄펄 뛰며 뒤쫓았다. 제대로 잘 잤는지 상아는 힘이 넘쳤다.

"상아야, 요롱이는 그만 괴롭히고 세수부터 해."

"앗! 그렇지."

상아는 후다닥 달려오자 산예는 양가죽으로 만든 물 주머니를 들고 그녀에게 걸어갔다. 산예가 물 주머니의 매듭을 풀자 상아는 양손을 모아 내밀었다.

쪼르륵~

"아앙! 더 줘."

"안 돼! 여기서 노숙 하니까 물을 아껴야 해!"

"쳇! 너무해!"

상아는 투덜거리면서 잘도 물을 받아 얼굴을 씻고 가볍게 몸단장을 했다.

"배고프지? 밥 먹자."

"응."

화양객잔의 점소이가 마련한 간식거리를 묶은 보자기를 개봉하자 오 단의 나무 상자가 나왔다. 상자를 열 때마다 잘 차려진 음식들이 나왔다. 그런데 마지막 상자는 음식이 아니었다.

"어라? 이건……?"

마지막 상자에는 열 냥짜리 원보은이 스무 개나 들어 있었다. 은자 이백 냥의 거금이었다.
"…이게 어떻게 된 거야?"
산예가 의아하다는 표정을 지으며 진호를 쳐다보았다.
"횡재잖아!"
상아의 입이 귀에 걸렸다.
'도대체 이런 애가 어떻게 궁중 생활을 할 수 있었을까?'
산예는 상아를 보며 정말 궁금하다는 표정을 지었다.
상아는 원보은을 만지작거리며 황홀해했다. 전직 궁녀였던 상아는 갈수록 단순해지고 자기 좋은 대로 생각하고 멋대로 움직이며 민폐 성향을 드러내고 있었다.
"뇌물이군."
진호는 간단하게 대답했다.
산예는 뇌물을 받아야 할 이유가 궁금했지만 진호가 자세한 이야기를 피하려는 기색이 보이자 입을 다물었다.
어쨌든 좋은 일이니까.
"진 대가, 우리 서안에 가요. 예쁜 비단옷이 많대요."
상아가 원보은을 꼭 쥐고서 눈을 반짝였다. 진호는 어린애처럼 좋아하는 그녀가 귀여워 미소를 지었지만, 산예는 한숨을 내쉬며 한심하다는 듯이 상아를 쳐다보았다.
"에헤헤~"
상아는 서안의 장터에서 비단옷을 고르는 모습을 꿈꾸며

즐거워했다. 섬서성의 성도인 서안부(西安府)는 한나라와 당나라의 국도인 장안이었고, 천 년의 성쇠를 구가한 고도(古都)로 비단길의 최종 목적지로 서북 지역 최대의 성시(城市)였다.
 산예가 입을 열었다.
 "상아야, 서안은 갈 수 없어."
 "왜에~?"
 상아가 울상을 지으며 반문했지만 산예는 매몰차게 고개를 돌렸다. 산예는 이빨도 안 들어가겠다고 판단을 내린 상아는 곧바로 진호에게 달라붙었다.
 "아잉~ 진 대가."
 상아가 간드러진 애교를 부리며 진호에게 찰싹 달라붙은 채로 칭얼거리자 산예의 얼굴이 사납게 변했다.
 산예가 상아의 이성을 날려 버릴 묘수를 떠올렸다.
 "호."
 "응?"
 "이제 생각났는데… 호는 남자도 아니야."
 "그건 또 무슨 소리야?"
 "진정한 사내만이 미녀를 알아보는 법이야. 그런데 호는 절세미녀를 만났는데도 담담했잖아."
 산예가 뾰로통한 표정을 지었다.
 진호는 소녀 얼굴을 한 산예가 낯설었지만 귀엽게 보여 만면에 미소를 지으며 입을 열었다.

"나는 진정한 사내가 뭔지 아직은 모르겠어. 하지만 절세미인은 알고 있어."

산예는 물론 상아도 눈을 동그랗게 떴다.

"절세미인은 오만하기 그지없고, 방약무인한 데다 제멋대로 살며, 남과 미모를 다투려고 하지 않아. 세상에 자기 혼자만 있을 뿐 타인이 눈에 들어오지 않지."

"헤에… 그렇군요."

"화수가 그런 여자예요."

산예가 계속 화수를 언급하자 상아의 얼굴이 일그러졌다. 그녀를 생각할수록 위기의식이 팽배해졌기 때문이다.

'이 바보 같은 여자가! 왜 위험한 경쟁자를 계속 언급하는 거야? 그러다 진 대가가 그 망할 계집을 마음에 두면 어쩌려고 그러는 거야! 어유~ 답답해.'

상아는 원망 어린 눈으로 산예를 노려보며 왜 화수를 계속 언급하는 거냐고 눈빛으로 따졌다.

산예는 방긋 웃으며 고개를 돌렸다.

제28장
남궁세가의 멸망과 현도인의 죽음

 장강십팔타의 총단은 수룡왕이 중상을 입고 돌아온 후부터 숨 막히는 긴장의 나날이 이어졌다.
 "초홍을 찾아라!"
 수룡왕이 병석에서 일어나자마자 사자후를 터뜨렸다.
 장강의 수적들은 초홍이란 자에게 호법인 혈승과 전풍을 비롯해 십이흑창대 등 동료들이 모두 몰살당했고 하늘처럼 우러러보는 수룡왕마저 참패를 당했다는 것에 넋이 나갔다. 한세광이 남궁산산에게 암살당한 사건은 아예 묻혀 버렸다.
 "원한을 갚자!"
 장강의 수적들은 이 말을 입에 달고 살았다. 모든 조직망을 총동원해서 초홍을 찾았지만 소득은 없었다.

존재하지 않았기 때문이다.

시간이 흐를수록 수룡왕은 거칠어져 갔고 장강십팔타의 열두 장로들은 한숨만 늘었다.

"어허! 이를 어쩌면 좋겠소?"

"하아~ 난감합니다."

장강십팔타의 정보망으로 초홍을 찾지 못하자 장로들은 관부에 막대한 뇌물을 바치며 수배를 부탁했지만 어느 누구도 제대로 대답하는 자가 없었다.

"남궁세가에 갔던 교 타주가 돌아온다니까 어디 한번 좋은 소식을 기대해 봅시다."

"오~! 그렇군요. 교 타주가 도착할 때가 됐군요."

그 말이 끝나기 무섭게 전령이 회의장에 들어와 흑수채(黑水寨)의 교 타주가 돌아왔다는 소식을 알렸다.

"교 타주는 어디에 있느냐?"

"총타주님께 보고하러 용왕전(龍王殿)으로 갔습니다."

장강십팔타의 장로들은 부리나케 용왕전으로 발걸음을 옮겼다. 그들이 재빠르게 움직인 탓인지 아니면 교 타주가 미적거린 탓인지 용왕전 앞에서 만났다.

"교 타주, 오랜만이네."

"그동안 평안하셨습니까, 장로님들."

교 타주는 우람한 덩치에 얼굴엔 칼자국이 가득했고 눈빛은 살벌해 외모만으로도 훌륭한 수적 그 자체였다.

"초홍이 누군지 알아왔는가?"

"일단 들어가시죠."

교 타주가 용왕전을 가리키며 말했다.

장강 수적들의 장로들은 떨떠름한 표정을 지었다.

용왕전의 주인인 수룡왕은 진호에게 패배한 뒤부터 성격이 포악하고 화급해졌다. 말보다 주먹이 앞섰고 작은 실수조차 용납하지 못했다. 그는 상처 입은 맹수였던 것이다.

'에구구······.'

장로들은 용왕전에 들어갈 때마다 명부전을 들어가는 심정이 됐다. 그들은 수룡왕에게 깨질 때마다 초홍이란 이름을 저주하며 이를 갈았다. 싯누런 치아가 상할 정도로······.

"그전에 한 가지만 묻겠네."

"···초홍 말입니까?"

장로들이 일제히 고개를 끄덕이며 교 타주를 바라보았다. 교 타주는 그들의 시선이 부담스러운지 용맹스러운 용모와 어울리지 않게 안면을 살짝 붉혔다.

"당장 들어들 오라십니다."

교 타주가 입을 열려는데 용왕전의 호위가 초를 쳤다.

열두 장로들이 얼굴을 구겼다.

"장로님들도 입전하시랍니다."

호위가 열두 장로의 얼굴을 확실하게 구겨 버렸다. 장로들은 고개를 설레설레 저으며 도살장에 끌려가는 소처럼 느린 걸음걸이로 용왕전에 들어갔다.

수룡왕은 딱딱한 얼굴로 열두 장로와 교 타주를 반겼다.

"열두 장로가 총타주님을 뵙습니다."

"흑수채의 교동이 총타주님을 뵙습니다."

수룡왕은 이전과 달리 광포한 기세를 내뿜었다.

"보고해라."

"남궁세가는 초홍의 정체를 모르고 있었습니다."

"역시… 그놈들도 마찬가지였군."

"그리고 남궁력은 다시 끌고 왔습니다만 언제 숨이 끊어질지 모를 정도로 위독합니다."

장강십팔타에 잡혀온 남궁력은 무지막지한 고문을 받으며 머릿속에 있는 것을 모두 게워냈고, 그 대가로 폐인이 됐다.

수룡왕은 쓸모가 없어진 남궁력을 남궁세가에게 넘기고 진호의 정보를 받으려고 했다. 그러나 남궁세가가 진호의 정보를 알 리가 없었다. 당연히 협상은 결렬됐다.

"빌어먹을 초홍!"

수룡왕이 증오심을 내뿜으며 살기를 표출했다.

교동은 살기에 놀라 자라목이 됐고, 열두 장로도 수룡왕이 발작할까 두려워 황급히 고개를 돌렸다.

"다른 것은 없느냐?"

"저… 그게… 남궁세가에서 남궁력을 돌려주면 그 몸무게

만큼의 백은을 제공하겠다고 제의를 했습니다."

"그 외는?"

"어, 없습니다."

"이 망할 자식아! 내가 네놈을 유람이나 시키려고 남궁세가에 보낸 줄 아느냐!"

"허억! 자, 잘못했습니다."

수룡왕이 격노하자 교동은 거북이처럼 납작 엎드렸다.

열두 장로들은 다들 불똥이 튀지 않기를 바랄 뿐, 불쌍한 교동에게 도움의 손길을 내밀지는 않았다.

용왕전에 무거운 침묵이 흘렀다.

"총타주님, 참기선생(參基先生)이 도착했습니다."

"어서 들라 해라."

휘황찬란한 대머리가 불쑥 나타났다. 그는 불룩 튀어나온 배와 오동통한 엉덩이를 씰룩씰룩 흔들며 수룡왕에게 걸어왔다. 사람 좋아 보이는 미소가 입에 걸려 있는데… 승복을 입었다면 포대화상 그 자체라고 다들 말할 것이다.

수룡왕이 입을 열었다.

"오랜만이네, 해 선생."

"총타주께 문안 인사 올립니다."

"한동안 안 보이던데 어디를 갔다 왔는가?"

수룡왕이 싸늘한 말투로 빈정거렸지만 참기선생의 유들유들한 얼굴은 한 치의 변화도 보이지 않았다.

"몇 가지 알아볼 게 있어서 중원 천지를 돌아다녔습니다."
"그렇다면 선물이 있겠군."
"네. 만족스럽지는 못하지만 그럭저럭 괜찮을 겁니다."
수룡왕의 표정이 밝아졌다.
"풀어보게."
"에헴! 소인은 장사현의 현령부터 만났습니다. 그가 말하길 초홍이란 이름은 가명이며 본명은 자신에게도 밝히지 않았다는 겁니다. 그래서 소인이 현령에게 물었습니다. 그럼 너는 왜 그자에게 협력을 한 거냐고. 현령은 그자의 신분이 동창의 교위라 어쩔 수 없이 협력했다고 실토했습니다."
"그럼 초홍이란 이름이 가명이었단 말인가?"
"네, 그렇습니다. 그자는 남궁세가에 들어가려고 현령의 조카 흉내를 냈던 겁니다."
"그러니 아무리 뒤져도 안 나오지."
수룡왕은 물론 열두 장로들도 고개를 끄덕였다.
그들은 장강십팔타의 조직망을 총동원하고도 초홍을 찾지 못하자 일종의 무력감마저 느끼고 있었다. 그런데 그 이유를 알게 되자 그들은 안도감이 들었다.
'그럼 그렇지. 우리 조직망이 그렇게 무력하지는 않았어.'
일종의 자위인 셈이다.
수룡왕과 열두 장로들이 납득했다는 표정을 짓자 참기선생은 헛기침을 하고서 다시 입을 열었다.

"헤헴! 그자가 남궁세가에 침투하려던 목적은 아직 알아내지는 못했습니다만… 대충 짐작은 갑니다."

"혹시 남궁력이 토설했던 천군단이란 조직 때문인가?"

"네. 그자가 동창의 교위라면 건문제의 복위를 꿈꾸는 천군단을 뒤쫓는 게 당연한 일이죠."

"그럼 그놈이 독군을 죽인 이유는 뭐지?"

수룡왕이 질문했다.

"소인도 그 점이 궁금해 그자의 행로를 역으로 추적해 낙산에 가봤습니다."

"이유는 알아냈는가?"

"독군에게 공격을 당한 아미파의 여승들 중에 소인만큼이나 똑똑한 사람이 있더군요."

"호랑이가 여우에게 당했군."

수룡왕은 결코 어리석은 자가 아니다. 진호에게 패한 뒤 자존심에 깊은 상처가 생겨 성품이 광포해졌지만 머리가 돌이 된 것은 아니다.

"그래서 소인도 여우 짓을 좀 했습니다."

참기선생이 사람 좋아 보이는 미소를 지었다.

"궁금하군."

"낙산에서 그자의 정체를 알아내려고 나름대로 고생했는데 결국 이름조차 알아내지 못했습니다. 몇 가지는 알아냈지만 분통이 터지더군요."

"그래서?"

"그자의 약점을 촉중당문에 넘겼습니다."

"약점?"

수룡왕이 시퍼런 안광을 쏟아냈다.

열두 장로들도 눈을 동그랗게 뜨고 참기선생을 주시했다. 참기선생은 헛기침을 하면서 입을 열었다.

"에헴! 그자가 낙산의 포두인 감덕형과 백화산장의 여주인 감보에게 동기였던 어린 계집 넷을 맡겼더군요."

"어째서 그 계집들을 잡아오지 않고 촉중당문에 그 정보를 넘긴 건가?"

"곰이 재주를 부려야 돈을 챙길 수 있는 법입니다."

"으하하! 과연 해 선생은 달라."

수룡왕이 오랜만에 통쾌한 웃음을 터뜨렸다.

참기선생은 파리처럼 손바닥을 비비며 미소를 지었다.

"그물은 모두 쳤습니다. 걸리기를 기다리기만 하면 됩니다."

"자네야말로 나의 장자방일세."

수룡왕은 참기선생의 어깨를 두드리며 기뻐했다. 참기선생은 때를 놓치지 않고 허리를 굽실거렸다. 주인에게 위협을 주는 개는 보신탕으로 전락한다는 것을 알기 때문이다.

"해 선생, 장강십팔타가 사해로 뻗어나가려면 가장 먼저 할 일이 뭐라고 생각하는가?"

"용기를 가지고 한 걸음 내딛는 게 중요합니다. 하지만 빈집을 걱정해야 한다면 발을 내딛기 어렵죠."

"누가 빈집을 노릴 것 같나?"

"이웃입니다. 예를 들자면 상강을 이용해 동정호로 진출하려는 장사의 남궁세가가 되겠군요."

"역시 해 선생이군. 내 속을 훤히 들여다보는군."

남궁세가가 동정호에 총단을 만든 장강십팔타 때문에 중원으로 뻗어나가지 못하듯, 장강십팔타 역시 장사에 웅크리고 있는 남궁세를 경계하느라 함부로 움직이지 못했다.

참기선생이 헛기침을 하며 입을 열었다.

"총타주께서 항상 남궁세가를 염두에 두고 계시지 않으셨습니까! 그래서 알았던 겁니다."

"껄껄껄."

수룡왕의 날카로운 눈빛이 부드러워지자 참기선생은 내심 안도하며 입을 열었다.

"남궁세가를 치면 정파는 연합전선을 펼칠 겁니다."

"해결책은 있는가?"

"정파는 남궁세가의 멸문 이후에 움직일 겁니다. 각파의 이권이 맞물려 있어 뜻을 합치기가 어렵기 때문입니다. 하지만 남궁세가가 멸문당하면 상황은 달라집니다. 명성을 얻을 기회인 동시에 남궁세가의 영역을 먹을 기회이기 때문입니다."

참기선생의 분석은 정확했다.

수룡왕도 공감한다는 듯 고개를 끄덕였다.

"우리가 무너지면 남궁세가를 친들 의미가 없네."

"시간 싸움입니다. 정파연합이 이루어질 때까지의 시간을 어떻게 활용하느냐가 승부의 열쇠입니다. 우리는 그 시간을 이용해 흑도의 연합을 이루면 됩니다."

수룡왕의 눈이 깊어졌다.

"흑도연합이라?"

"네. 총타주님께서 이 기회를 이용해 흑도의 맹주로 올라서는 겁니다."

"문제는 귀왕(鬼王)과 웅조왕이군."

수룡왕이 고민 어린 얼굴로 말했다.

흑도삼왕은 활동 영역이 달라 지금까지 한 번도 부딪친 적이 없었지만 우호적인 관계도 아니었기 때문이다.

"흑도삼왕 중에 하나라도 빠지면 흑도연합의 기치가 퇴색됩니다. 또한 일이 잘못되면 세 명의 흑도 맹주가 탄생해 흑도의 힘이 분산될 것이고 정파 세력의 각개격파에 걸려 몰락할 수도 있습니다. 그것만큼은 피해야 합니다."

"그들이 응할까?"

"어떻게든 응하게 만들어야 합니다."

"해 선생이라면 소진과 장의를 능가하리라 믿네."

"못난 제가 어찌 양대 종횡가를 능가하겠습니까?"

참기선생은 겸손하게 대답했다.

"해 선생에게 전권을 주겠네. 귀왕과 웅조왕을 흑도연합에 끌어들이게."

"실망을 끼쳐 드리지 않겠습니다."

"그럼 당장 출발하게."

"알겠습니다. 하지만 그전에 총타주님께서 하셔야 할 일이 있습니다."

"뭔가?"

수룡왕의 눈이 가늘어졌다.

"남궁세가를 치십시오."

"지금 바로 말인가?"

"정파의 무리가 준동하도록 남궁세가를 철저하게 파괴하십시오. 그래야 귀왕과 응조왕이 소인을 반길 겁니다."

수룡왕은 고개를 끄덕이더니 교동에게 시선을 돌렸다.

"교 타주."

"네, 총타주님."

"남궁력이 아직 죽지는 않았겠지?"

"그렇기는 합니다만 숨이 간당간당 한 게 언제 죽을지 모릅니다."

"남궁력이 남궁세가에 갈 때까지는 살아 있어야 한다."

"네?"

교동이 고개를 갸웃거리며 무슨 말씀이냐는 표정을 지으며 수룡왕을 쳐다보았다.

"교 타주, 네가 다시 남궁세가에 가야겠다."

"소인이 무식해 총타주님께서 무슨 말씀을 하시는 건지 잘 모르겠습니다."

"남궁력을 놓고 협상해라. 장강십팔타의 정예 전단이 장사를 포위할 때까지 주의를 끄는 게 교 타주의 임무다."

"헉! 그, 그럼 소인은 죽습니다!"

"사십팔위(四十八衛)를 호위로 붙여주겠다."

"휴우~"

교동이 안도의 한숨을 내쉬었다. 사십팔위는 장강십팔타의 총단을 지키는 강자들이기 때문이다.

"전투가 시작되면 사십팔위와 함께 남궁세가 내부를 뒤흔들도록 해라."

교동의 얼굴이 다시 흙빛이 됐다.

"알겠느냐?"

"…네, 총타주님."

교동은 울며 겨자 먹는 사람의 심정을 절실하게 느꼈다.

수룡왕은 열두 장로에게 시선을 돌렸다.

"십이장로."

"네, 총타주님."

"남궁세가와 전면전을 벌인다. 사흘 안에 전투 준비를 모두 끝마쳐라. 준비가 끝나는 대로 출전하겠다."

"네, 알겠습니다."

열두 장로들은 수룡왕의 명령이 떨어지자마자 부산하게

움직였다. 장강십팔타 총단은 전쟁 준비로 정신없이 움직였고, 사흘이 지나자 오십여 척의 대선단이 준비됐다.

"출진!"

둥! 둥! 둥!

북소리가 울리고 대선단이 출발했다. 어둠이 깔린 동정호를 수적들의 대선단이 가로질렀다. 수적들의 선박들은 상선으로 위장한 뒤 서너 척씩 상강에 들어갔다.

멍멍!

요롱이가 뭔가를 발견했는지 맹렬하게 짖으며 달려나갔다. 진호와 산예가 탄 말은 빠른 속도로 요롱이를 뒤쫓았고, 상아가 탄 말은 깡충깡충 뛰어갔다.

끄악~ 끄악~

백여 마리의 독수리들이 시체 더미를 새까맣게 뒤덮은 채 썩어가는 고깃덩이를 부리로 쪼고 있었다.

으르릉~

번쩍!

요롱이가 새하얀 섬광이 되어 독수리들을 덮쳤다.

푸다다닥~

독수리들이 날아올랐지만 요롱이에게 십여 마리가 당한 뒤였다. 어리석게도 저공 비행을 하며 먹이를 노리던 독수리들은 공중으로 뛰어오른 요롱이에게 사냥당했다. 하늘 높이 날아오른 독수리들은 빙글빙글 회전하며 기회를 노렸다.
"으음… 참혹하군."
진호가 신음성을 흘렸다.
독수리들이 발톱으로 찢어내고 부리로 쪼아내며 먹이 다툼을 벌인 고깃덩이는 사람과 말의 사체였다.
"이들도 동창이 파견한 기마병들이야?"
산예가 고개를 돌리며 질문했다.
진호 일행은 화음현을 떠난 후 이런 시체 더미를 몇 번이나 발견했다. 그들은 모두 동창의 전위 부대였다.
진호는 말없이 고개를 끄덕였다.
"가자."
더 이상 이곳에 있고픈 마음이 들지 않았다.
요롱이가 포효하듯 개 소리를 내며 달려나가자 진호와 산예가 탄 말이 힘차게 뒤따랐다. 겨우 뒤따라온 상아는 석양을 향해 달려가는 한 마리의 개와 두 마리의 말을 보며 울상을 짓다가 탄식 어린 한숨을 내쉬었다.
"하아… 가자."
상아가 박차를 가하자 깡충깡충 걷던 말이 무서운 속도로 질주했고, 곧이어 가냘픈 비명 소리가 뒤를 이었다.
"꺄아아악~"
상아를 태운 말은 비명 소리에도 아랑곳하지 않고 석양을 향해 마음껏 질주했다.

남궁세가의 정문을 통과하면 백석이 깔린 광장이 나온다.

광장의 중앙에 언제 숨이 끊어질지 모르는 남궁력이 누워 있고, 정문 방향에 자리를 잡은 교동과 사십팔위가 내원 방향에 집결한 남궁세가의 인물들을 노려보고 있었다.

교동은 장강십팔타의 대선단이 출진하기 하루 전날 먼저 출발해 남궁세가에 도착한 것이다.

남궁산이 입을 열었다.

"다시 한 번 말하지만 저 패악한 놈을 넘겨주면 저놈의 몸무게만큼의 백은을 제공하겠소."

"흥! 우리가 푼돈이나 노리는 건달인 줄 아는군."

남궁산이 제시한 금액은 결코 푼돈이 아니다.

교동은 빈정거리면서도 남궁력을 힐끔힐끔 쳐다보며 '저놈 몸무게가 얼마지?' 생각하며 얼추 몸무게를 따지다가 '우와! 엄청난 횡재인데 그냥 눈감고 일을 저질러!' 라고 야무진 꿈을 꾸다가 한숨을 내쉬었다. 광기로 번들거리는 수룡왕의 눈동자가 그의 뇌리에 떠오른 것이다.

'그랬다간 총타주 손에 걸리기도 전에 사십팔위가 내 목을 날려 버리겠지.'

사십팔위는 교동과 무력의 차이가 없었다. 일 대 사십팔이면 승부는 점칠 필요도 없다.

'에휴~ 총타주의 명령대로 시간이나 끌자.'

교동은 명령을 충실하게 이행했다.

남궁산이 뭔가 이상하다고 생각할 때 장사 각지의 사업장을 관리하던 남궁세가의 인물들이 피투성이가 돼서 몰려왔다.

"이 비겁한 놈들!"

남궁산이 노성을 터뜨리자 교동이 두툼한 칼날이 달린 쇠사슬을 휘두르며 외쳤다.

"공격!"

사십팔위가 비도부터 날렸다.

휘이익~

"으악~!"

"컥!"

남궁산이 검을 뽑아 들고 교동에게 돌진했다.

교동은 애병인 삭혼금삭(削魂金索)을 휘두르며 사십팔위에게 도와달라는 시선을 보냈다. 사십팔위는 교동을 외면했다.

남궁산의 검이 위에서 아래로 내리그어졌다.

채앵!

삭혼금삭이 잘려 나갔고, 교동은 정수리에서 사타구니까지 붉은 혈선이 그려졌다.

'계… 계획과… 다르… 잖아……!'

교동의 머리부터 몸통까지 그어진 혈선이 벌어지더니 피를 쏟아냈고, 끝내 양단돼 버렸다.

남궁산이 외쳤다.

"모두 죽여 버려라!"

남궁세가의 내부에서 무사들이 쏟아져 나왔다. 사십팔위는 비장한 얼굴로 그들을 맞이했다.

"형제들! 총타주님께서 가족의 안위를 책임지신다고 약속하셨다. 가족을 위해! 장강의 형제들을 위해! 죽자!"

"와아아~"

교동은 수룡왕에게 속았던 것이다.

사십팔위는 남궁세가의 무사들을 향해 몸을 날렸다.

남궁세가의 후원 문이 열리더니 수백여 명의 검객들이 몰려나왔다. 순식간에 피의 향연이 열렸다.

남궁산은 전장에 뛰어들지 않고 남궁력에게 다가갔다.

"허억… 사… 살려… 허억… 주십… 시오…….'

남궁력은 숨을 껄떡이며 살려달라고 애걸했다.

남궁산은 한마디도 하지 않고 검을 거꾸로 잡았다. 칼끝이 남궁력의 심장을 노렸다.

푹!

"커억!"

검이 남궁력의 심장을 꿰뚫었다.

남궁산은 남궁력의 심장에 박힌 검을 빼내더니 사십팔위를 향해 시선을 돌렸다. 사십팔위는 원진(圓陣)을 구축한 채 남궁세가의 무사들과 처절한 혈투를 벌이고 있었다.

그들은 강했다. 그러나 남궁세가의 무사들은 그들보다 많았다. 사십팔위는 하나둘 죽어나갔고, 원진의 폭은 좁아졌다.

남궁산이 원진을 향해 몸을 날렸다.

"크아악~"

"으악!"

남궁산의 검이 핏빛 무지개를 만들었다.

사십팔위는 한 명의 생존자도 남기지 않고 전멸당했다.

그 동안 장강십팔타의 정예 부대는 장사를 휩쓸며 남궁세가의 세력을 하나도 남기지 않고 초토화시켰다. 사십팔위를 희생시키고 더 큰 이득을 보려는 악독한 전술이었다.

장강십팔타의 수적들은 남궁세가로 진격했다.

땡땡땡!

"적이다!"

남궁세가의 망루를 지키던 무사가 종을 치며 외쳤다.

장강십팔타의 수적들이 남궁세가의 담장을 향해 질풍처럼 돌진했고, 선두에 있던 수룡왕은 망루를 향해 날아올랐다.

위이잉~

망루에 있던 무사의 안색이 새파랗게 변했다. 검을 뽑아 들었지만 어느새 그의 머리는 수룡왕의 손아귀에 들어간 뒤였다.

우두둑!

무사의 목뼈가 꺾이더니 머리가 통째로 뽑혀 버렸고, 몸뚱이에서 피가 분수처럼 뿜어졌다.

"으하하하~"

수룡왕이 수급을 들고 광소를 터뜨렸다. 그의 두 눈에선 형용할 수 없는 광채가 줄기줄기 쏟아졌고, 온몸으로 광기를 내뿜었다. 마치 살육의 마신 같았다.

"죽여라! 범해라! 불태워라!"

"우와와와~"

수적들이 함성을 지르며 돌진했다.

남궁산이 해일처럼 밀려오는 수적들을 보며 부들부들 떨다가 가문의 무사들에게 소리쳤다.

"공격하라!"

"우와와~"

남궁세가의 무사들도 검을 높이 들고 돌진했다. 수적들과 남궁세가의 무사들이 격렬하게 부딪쳤다.

"죽어라!"

"으아악~"

남궁산은 망루를 향해 몸을 날렸다.

수룡왕은 수급을 내던지고 양팔을 들어올리더니 열 손가락을 구부렸다. 희대의 절학인 공룡조였다.

"살(殺)!"

남궁산은 살심을 검에 담았다.

파악!

두 줄기 섬광이 교차했고 남궁산과 수룡왕의 위치가 뒤바

뛰었다. 둘 다 등을 보인 채 움직이지 않았다.
"내 가슴을 태우는 불길을 조금이나마 식혀주는군."
수룡왕이 독백하듯 운을 떼더니 발걸음을 옮겼다.
뚜벅뚜벅.
수룡왕이 계단 밑으로 내려갔다.
망루 끝에 멈췄던 남궁산은 앞으로 기울더니 추락했다.
퍽!
남궁산이 산산조각나 버렸다.
그의 잔해 뒤로 남궁세가의 정문이 굳게 닫혀 있고, 위로는 피범벅이가 된 현판이 걸려 있었다.
"죽여라!"
"으악~"
굳게 닫힌 정문 안쪽에서 병장기들 부딪치는 소음과 비명 소리가 끝없이 들려왔다. 한 시진이 지나자 함성과 비명 소리들이 잦아들더니 침묵이 흘렀다.
"장강의 형제들이여! 우리는 승리했다!"
"와아아~"
수룡왕이 승리를 알리자 수적들이 함성을 질렀다. 함성이 잦아들자 수룡왕은 무서운 명령을 내렸다.
"남녀노소를 가리지 말고 모두 죽여라! 젖먹이도 살려둬서는 안 된다. 남궁가의 씨를 말려 버려라!"
"우와와~"

혈전이 끝나자 살육의 시간이 도래했다.

수적들은 남궁세가 곳곳을 돌아다니며 인간 사냥을 벌였다. 갓난아이부터 오늘내일하는 노인까지 가리지 않았다. 여인들은 치욕스런 일을 당한 후 목이 베어졌다.

"열어라!"

수적들이 남궁세가의 창고와 보고들을 털고 불을 질렀다. 불길이 타오르자 광기에 젖은 수적들이 사방팔방 돌아다니며 건물마다 불을 질러 남궁세가 전체가 불타올랐다.

수적들이 물러난 후에도 불은 꺼지지 않고 사흘이 넘게 불타올랐다. 호남을 호령하던 남궁세가의 최후는 비참했다. 화려한 영화가 잿더미 속으로 사라진 것이다.

섬서와 감숙의 경계선에 있는 흑풍령(黑風嶺)은 잡목들만 무성한 황량한 곳이다. 땅이 거칠고 물이 부족해 주변 삼백 리 이내에 민가라곤 한 채도 없었다.

그곳을 마차 한 대가 지나가고 있었다.

마차가 갑자기 멈췄다. 무당파의 도사 열 명이 나타나 길을 막아섰기 때문이다. 마부는 당황해하며 고개를 돌렸지만 마차 안에서는 말 한마디 나오지 않았다.

고요한 침묵만이 흘렀다.

"현공(玄空) 사제, 장문인의 명을 받고 왔네."

도사 무리의 수좌로 보이는 늙은 도사가 담담한 태도로 말하자 현도인이 마차에서 내렸다.

"내공에 관해서는 무당제일이라는 현중(玄仲) 사형과 무당제일검 현학 사제, 면장의 달인인 현효(玄效) 사제, 게다가 금전(金殿)의 칠성검수(七星劍手)까지… 장문인은 빈도를 우화등선시킬 결심을 하셨군요."

"사제의 과욕이 무당을 난처하게 만들었네."

"빈도의 목으로 해결이 된답니까?"

"…장문인께선 황궁의 사자에게 사제 개인이 저지른 행동이라고 밝혔네. 황궁의 사자가 증거 제시를 원하자 장문인은 사제를 파문시켰네."

현도인의 얼굴이 흉측하게 일그러졌다.

"크크크… 빈도가 도마뱀 꼬리가 됐구려. 그래, 사형과 두 사제는 빈도가 파문된 사실을 알리려고 온 것이오?"

"황궁의 사자는 무당과 자네의 확실한 결별을 원했네."

현중 도장의 얼굴에 음영이 드리워졌다.

지밀의 우장은 무당파의 손으로 현도인을 처리하라고 요구했다. 그 정도가 아니면 황제가 의심의 눈을 거두지 않을 거라고 말하면서 도가의 성지인 무당산이 피로 물드는 일은 자신도 원하지 않는다고 능청을 떨었다.

"빈도의 제자들은 어떻게 됐소?"

"자네가 파문된 때 같이 파문됐네."

빠드득!

현도인이 이를 갈았다.

"그 아이들은 아무 죄도 없소. 무당의 제자임을 자랑스러워하며 무공과 도학의 수련에만 매진하던 아이들이오."

"무당의 율법은 엄하네."

"그럼 그 아이들의 무공을 전폐시키고 내쫓았단 말이오?"

"내쫓지는 않았네. 모두 행자로 거둬들였지."

"지독하구나, 정말 지독해!"

무공을 전폐시켜도 머릿속엔 무당의 무학이 남아 있다. 그렇다고 죄를 짓지도 않았는데 죽일 수도 없다. 그래서 잡일이나 하는 행자로 만들어 무당산을 떠나지 못하게 만들었다.

현도인의 제자들은 무공이 높고 재주가 많아 무당의 중진으로 활동했다. 그런데 갑자기 파문당하고 노비나 다름없는 행자 신세가 되자 몇 명은 치욕을 견디지 못해 자결했다.

"무당을 피로 물들일 수는 없네."

"그럼 내가 무당을 피로 붉게 채색해 주지."

현도인이 살기를 내뿜었다.

현중 도장은 나지막한 탄식을 내뱉고는 입을 열었다.

"현공, 장문인의 명에 의거해 빈도가 파문을 통보한다. 또한 그대의 죄과에 합당한 처벌을 집행하겠다."

금전의 칠성검수들이 무당칠성검진을 만들었다.

현도인의 안색이 어두워졌다.

"모두 물러나라!"

현학 도장이 나서자 금전의 칠성검수들은 안도하는 표정을 지었다. 비록 파문됐지만 사숙이었던 현도인을 공격해야 한다는 것이 괴로웠던 것이다.

"자네가 나서려는 건가?"

"소제가 아니면 누가 사형의 목을 거두겠습니까?"

현학 도장의 얼굴은 담담했지만 마음속에선 피눈물이 흐르고 있었다. 그럼에도 그가 직접 나선 것은 현도인의 최후가 치욕스러워서는 안 된다고 생각한 것이다.

"그렇게 아꼈거늘! 네놈마저 빈도를 배신하는구나."

현도인이 노성이 터뜨리며 현학 도장에게 몸을 날리며 구궁영검(九宮影劍)의 살초를 펼쳤다.

화라라락~

아홉 개의 검영이 현학 도장의 요혈들을 노렸다.

현학 도장은 검을 뽑아 두 개의 원을 그렸다. 각기 음과 양을 뜻하는 두 개의 원은 공격과 방어로 역할이 나눠져 있었다.

팍!

아홉 개의 검영이 두 개의 원과 격돌하려는 순간 사라져 버렸고, 현학 도장의 눈이 튀어나올 만큼 커졌다.

푹!

현도인이 갑자기 검병을 거꾸로 잡더니 현학 도장을 껴안은 것이다. 현학 도장의 검이 현도인의 복부를 관통해 등 밖으로 튀어나왔다.
 "어, 어째서……?"
 "내가… 나를… 죽인… 거네……. 결코… 자네가… 날… 죽인… 게 아니야."
 "사형……."
 현도인의 눈빛이 점차 흐려져 갔고, 현학 도장은 쏟아지는 눈물로 인해 앞을 볼 수가 없었다.
 "아! 무당… 산이… 그립… 구나……."
 현도인의 숨이 끊어졌다.
 현학 도장은 서서히 식어가는 현도인의 몸을 부둥켜안고 눈물만 흘렸다. 붉은 피가 현학 도장의 도포를 붉게 물들였다.
 "왜 그러셨습니까? 왜요?"
 제아무리 물어도 죽은 자가 대답할 리 없다.
 현중 도장과 현효 도장은 하늘을 쳐다보며 탄식했고, 금전의 칠성검수들은 검을 거두고 현도인의 시신을 바라보며 애도의 뜻으로 포권지례를 올렸다.
 다그닥! 다그닥!
 멀리서 말 달리는 소리가 들려왔다.
 진호 일행이 마침내 마차를 따라잡은 것이다.
 칠성검수들이 일렬로 늘어서더니 다시 검을 뽑았다.
 요롱이가 제일 먼저 도착했다.
 '기묘한 짐승이구나.'

무당 최고의 중지인 금전의 칠성검수답게 그들은 요롱이가 평범하지 않다는 것을 알아보는 안목이 있었다.

진호와 산예가 칠성검수 앞에서 말을 세웠다.

산예의 시선이 현도인의 시체에 꽂혔다.

"사, 사부님……!"

산예가 시체로 변한 현도인을 사부라고 칭하며 눈물을 흘리자 칠성검수들이 부챗살처럼 퍼져 나갔다. 현중 도장은 칠성검수들이 포위망을 구축하자 입을 열었다.

"소저는 현공 사제의 제자인가?"

"도장님은 누구십니까?"

산예가 소매로 눈물을 훔치고 반문했다. 현중 도장은 그녀의 무례한 행동을 꾸짖지 않았다.

"빈도는 무당의 현중일세."

"천녀의 이름은 산예라 하옵니다."

"산 소저에게 질문을 하겠네."

"말씀하십시오."

"현공 사제에게 무당의 무공을 배웠는가?"

"네."

"무엇을 배웠는가?"

현중 도장은 산예가 속가제자 수준의 무공을 배웠다면 그대로 묵인할 생각이었다. 현도인이 자살하자 그의 제자들을 폐인으로 만들고 행자로 삼은 것이 마음에 걸렸던 것이다.

"면장유검(綿掌柔劍)을 배웠습니다."

현중자의 얼굴이 변했다.

면장유검은 무당 무공의 근원이며 핵심으로 초입 부분은 속가제자들도 익히는 기초 무공이지만 중급 이상부터는 본산제자들이 수련하는 단계였다. 문제는 초급 단계에선 면장유검이란 명칭을 사용하지 않는 데 있다.

"그 외로 배운 건 없는가?"

"자잘한 것들밖에 없습니다."

현중 도장의 표정이 심상치 않자 산예는 두루뭉술하게 넘어가려고 직접적인 표현을 피했다.

"자세히 말해보게."

현중 도장이 압력을 가했다.

진호가 손가락으로 수평선을 긋자 현중 도장의 기파가 일시간에 흩어져 버렸다. 현중 도장은 휘둥그레 커진 눈으로 진호를 노려보았다.

"그대는 뉘신가?"

"그러는 도장은 뭔데 산예에게 압력을 가하는가?"

"빈도는 무당의 현중이라고 말했지 않은가!"

"도장은 바보인가? 내가 묻는 건 다른 것이다."

진호가 섬뜩한 기운을 내뿜었다.

"허억!"

"큭!"

살인적인 기파가 주변을 장악했다.

현중과 현효와 칠성검수들은 살갗이 갈가리 찢겨져 나가는 느낌에 숨을 제대로 쉴 수가 없었다.

'뭐, 뭐야? 이자는?'

나이를 높게 잡아도 이십대 중반이다. 그런데 무형지기로 공간을 장악해 버렸다.

"대답해라. 도장은 무엇인가?"

고승이 던진 화두 같았다.

현중 도장은 당황한 표정을 감추지 못한 채 몇 번이고 입을 우물거리다 고뇌에 빠졌다. 시간이 흐를수록 그의 노안이 흉측해졌고, 끝내 노성이 터져 나왔다.

"현공은 파문됐다! 그래서 그의 제자들도 똑같이 파문당해 무공이 전폐되고 심줄이 끊겼다!"

"헉!"

산예가 소스라치게 놀라 짧은 신음성을 내뱉었다.

진호의 표정은 변함이 없다.

"산예의 무공을 전폐시키고 심줄을 끊겠다는 거냐?"

"무림의 율법이다! 어느 문파라도 파문제자에게 관용과 자비를 베풀지 않는다!"

"그래서 무엇이냐고 질문한 거다, 어리석은 도사야."

"내가 어리석다고?"

현중 도장은 검장보다 내공을 중시했고, 의학을 비롯해 각종 학문에 깊이가 있었다. 그런데 새파란 청년에게 어리석다는 말을 듣자 분노보다 어처구니가 없었다.
"그대는 도사 흉내를 내는 무인인가? 아니면 무공을 익힌 도사인가? 어디 대답해 봐라."
"비, 빈도는 무당파의 현중일 뿐이다!"
"그런가? 그럼 무당파는 도문인가? 아니면 무문인가?"
"무당은 도문이며 무문이다!"
"둘이 상충되면 무당은 어느 쪽의 도리를 따르는가?"
현중 도장은 입을 다물었고 두 사람의 대화를 경청하던 현효 도장과 칠성검수들은 얼굴을 찡그리며 고민했다.
"도문이면 어떻고 무문이면 또 어떤가?"
현학 도장이 현도인의 시체를 바닥에 눕혀놓으며 외쳤다. 그의 등은 무거운 짐을 진 것처럼 힘겨워 보였다.
"도를 논하며 우화등선을 꿈꾸지만 속세의 이권에 휩쓸려 부표처럼 떠돌며 동문 사형을 죽이라고 사제들을 보낸다. 이러한데 도문과 무문을 따져 뭣하겠는가?"
현학 도장이 검을 들고 비틀거리며 진호에게 걸어갔다.
"나는 백정보다 못하다. 무당은 푸주간보다 추하다. 그러나 나는 무당의 제자일 수밖에 없다."
현학 도장이 도관을 벗어던지고 머리를 풀어헤치며 노안을 일그러뜨렸다. 산발한 백발이 흑풍령의 거센 바람에 휘날렸고, 얼굴은 거미줄을 붙인 것처럼 주름투성이다.

"무당 제자답게 살다가 무당 제자답게 죽겠다!"

현학 도장이 진호를 향해 몸을 날렸다. 정점까지 오르자 현학 도장은 검을 하늘 높이 치켜세웠다.

위이잉~

현학 도장은 진호를 향해 하강하면서 검을 내려쳤다. 방어라곤 일체 없는 단순한 내려치기로, 무당의 검과는 전혀 다른 공격 일변도의 강검(强劍)이었다.

우웅~

검명을 토해내며 검강이 튀어나왔다.

사형인 현도인의 자살이 현학 도장에게 심각한 악영향을 끼쳤던 것이다. 그는 그 격한 감정을 진호에게 쏟았다.

탁!

진호가 손가락으로 검강이 깃든 검을 붙잡았다. 도강을 내뿜는 팽가섭의 칼을 방각이 잡았을 때와 별 차이가 없다.

"헉!"

"저, 저럴 수가……!"

무당파의 인물들은 입을 떡 벌리고 굳어버렸다.

그들은 손가락으로 검강을 잡는다는 것을 상상조차 해본 적이 없었다. 그런데 눈앞에서 벌어졌다.

"도를 추구한다는 자들이 미몽에서 헤어나질 못하는구나!"

쩌저정!

검강이 산산이 부서져 빛의 파편처럼 퍼져 나갔고, 현학 도장의 검은 유리처럼 깨져 버렸다.

"커억!"

현학 도장이 피를 토하며 튕겨 나갔다. 화풀이 대상을 처음부터 잘못 잡은 것이다.

"현학 사제!"

"현학 사형!"

현중 도장과 현효 도장이 앞으로 튀어 나갔고 칠성검수들이 진호를 향해 일제히 날아올랐다. 현학 도장이 추락하기 전에 현중 도장과 현효 도장이 공중에서 받아냈다.

진호의 손가락이 비파를 튕기듯 유연하게 춤을 췄다.

따다다당!

"크윽!"

"컥!"

쿵! 쿠쿵!

칠성검수들이 급살 맞은 참새처럼 추락했다.

히이잉~

현중 도장과 현효 도장은 진호가 탄 말의 투레질이 비웃음처럼 들렸지만 발작하지 않았다. 자신의 힘이 진호의 손가락보다 못하다는 것을 목격했기 때문이다.

현중 도장이 부들부들 떨며 입을 열었다.

"도, 도대체 귀하는 누구시오?"

무림은 힘의 바탕에서 정의가 세워진다. 강자 앞에선 연령과 배분은 종이 쪼가리보다 못한 게 현실이다.

힘이 곧 정의였다.

"떠나라!"

진호의 음성은 빙벽을 연상시켰다.

현중 도장은 붕어처럼 입을 뻐끔거리다가 끝내 고개를 끄덕이고 입을 다물었다. 무당제일검이 인사불성이 됐고, 무당제일의 중지인 금전을 호위하는 칠성검수마저 장난 같은 손가락질에 무력화됐다. 천하구대고수도 이런 일은 불가능하다.

'어, 어떻게 저 나이에 이런 경지를······?'

현중 도장은 전율했다.

현효 도장이 현학 도장을 현중 도장에게 맡기고 칠성검수들에게 다가가 상태를 살폈다. 다행히 죽은 자는 없고 대부분 기혈이 막혀 기절한 상태였고, 추락할 때 잘못 떨어진 몇 명이 가벼운 타박상을 당한 정도에 불과했다.

타탁!

현효 도장은 면장의 달인답게 칠성검수들의 막힌 기혈을 풀어줬다. 칠성검수들이 신음성을 흘리며 깨어났다.

현효 도장은 진호에게 포권지례를 올렸다.

"자비를 베푸신 덕분에 칠성검수들이 무사했습니다. 빈도는 절대로 오늘을 잊지 않고 배로 갚겠습니다."

말속에 가시가 있었지만 진호는 신경조차 쓰지 않았다.

현중 도장이 의식불명 상태인 현학 도장을 등에 업고 일어서자, 칠성검수의 몇 명이 현중 도장에게 달려갔다.

현중 도장은 고개를 저었다.

"사제는 됐다. 그보다 현공의 시신을 운구해라."

"네, 알겠습니다."

그들의 대답은 힘이 없었다. 금전의 칠성검수로 자부심이 가득했던 그들에게 패배는 너무 생경했던 것이다.

"너희들이 왔던 그대로 떠나라."

진호가 현도인의 시신을 거두지 말라고 싸늘하게 말하자 칠성검수들은 당황한 표정을 감추지 못했다. 현중 도장은 한숨을 내쉬며 칠성검수에게 힘없이 고개를 끄덕였다.

"돌아가자."

무당파의 인물들은 어깨를 축 늘어뜨리고 길을 떠났다.

다그닥! 다그닥!

상아를 태운 말이 경쾌한 속보로 다가오다가 패잔병처럼 축 늘어진 무당파 인물들과 스치고 지나갔다.

"흥! 진 대가한테 까불다가 혼났군."

상아가 코웃음을 치며 빈정거렸지만 무당파 인물들은 발작하지 않았다. 칠성검수의 몇 명이 이를 악물고 매섭게 노려봤지만 상아는 눈썹조차 까딱하지 않았다.

"진 대가~"

상아가 도착하고 무당파 일행이 시야에서 사라지자 진호는 마차 쪽으로 시선을 돌렸다.

마부는 겁에 질려 벌벌 떨었고, 마차는 기분 나쁠 정도로 조용했다. 진호가 입도 뻥긋하지 않고 마차를 향해 손을 뻗자 투명한 기운이 마차를 휘감아 버렸다.

쾅!

폭음과 함께 마차의 지붕과 벽체가 터져 나갔고, 조각난 판자들이 사방으로 흩어졌다. 그럼에도 마부는 멀쩡했다.

"으음……."

산예가 신음성을 흘렸다.

빈 마차였기 때문이다.

[마부가 인피면구를 썼어.]

진호가 전음으로 알려주자 산예는 흠칫 놀라며 마부를 뚫어지게 노려보다가 입을 열었다.

"우장사 어른."

마부의 어깨가 경직됐다.

"소녀는 우장사 어른께 험한 짓을 하고 싶지 않습니다."

"하아… 어떻게 나인 줄 알았느냐?"

"얼굴은 속여도 타고난 기품을 속일 수는 없죠."

"어허… 눈썰미가 대단하구나."

마부가 자기 손으로 인피면구를 벗었다. 그는 한왕부의 왕부장사사 중에 우장사였다.

진호가 입을 열었다.

"한양군주와 좌장사는 어디에 있소?"

"…모르네."

"네 사람이 같이 움직인 것으로 알고 있소."

"사흘 전에 갑자기 사라졌네. 현도인도 당황했었지. 무공도 모르는 두 사람이 어떻게 자기 눈과 귀를 속이고 흔적도 없이 사라질 수 있는지 모르겠다며……."

"요롱아."

멍멍.

요롱이는 영물답게 진호의 뜻을 알아차렸다. 반파된 마차에 뛰어올라 코를 킁킁거리며 두 사람의 체취를 맡았다.

산예는 그동안 현도인의 무덤을 만들었다. 어찌 됐든 그는 무공을 가르쳐 준 사부, 이대로 짐승의 먹이가 되도록 놔둘 수는 없었다. 그녀는 현도인을 땅에 묻고 명복을 빌어줬다.

"고마워."

"됐어."

웬일인지 상아가 무덤을 만드는 데 도움을 아끼지 않았다. 그 덕분에 현도인의 매장이 빨리 끝났다.

월월.

체취를 맡고 마차에서 뛰어내린 요롱이가 사방팔방을 돌아다니며 냄새를 맡다가 서북 방향을 향해 짖어댔다.

"수고했다, 요롱아."

진호가 요룡이를 칭찬하고 산예와 상아에게 시선을 돌리자 두 여인은 고개를 끄덕였다.
"그럼 출발하지."
우장사가 당황한 표정을 지었다.
"나, 나를 체포하지 않고 그냥 가려는 거냐?"
진호는 대답하지 않고 묵묵히 말을 몰아 요룡이를 뒤쫓았고, 산예만이 우장사에게 시선을 돌렸다.
"무사하시길 빌겠어요. 그럼. 이럇!"
산예는 박차를 가해 앞서 나간 진호와 상아를 뒤쫓았다. 우장사는 우두커니 서서 멀어져 가는 진호 일행을 바라보았다. 흑풍령의 거센 바람이 그를 어루만졌다.

제29장

흑도연합

촉중당문의 공기는 무거웠다.

전쟁을 시작하자마자 독군의 죽음이란 악재로 인해 어정쩡하게 끝나 버렸고, 휴전 중인 청성파와 아미파 두 세력을 상대로 암중에서 피비린내나는 혈전을 치르고 있었다.

촉중당문의 취의청(聚議廳).

흑포와 녹포를 입은 삼십여 명이 모여들었다. 그들은 촉중당문의 수뇌부로 백발이 성성한 노인부터 중장년층들이 대부분이었고 새파란 애송이도 끼어 있었다.

"시작하지."

전원 착석하자 오십대 중반의 흑포인이 말했다. 안면에 푸른 기운이 감돌고 칙칙한 갈색의 눈동자로 인해 음산함을 풍기는 흑포인은 촉중당문의 문주인 독수무정 당력이었다.

"셋째부터 보고해라."

당력의 동생인 당벽이 일어섰다. 그는 대외 정보를 수집하고 분류하는 야효당(夜梟堂)의 당주였다.

"아미파의 움직임부터 보고하겠습니다. 낙산혈전으로 보유 전력의 반이 붕괴된 아미파는 예전 성세를 되찾는 데 주력할 뿐 아직까지도 특별한 움직임은 없습니다."

"언제쯤이면 아미파가 예전 전력을 복원할 것 같은가?"

독군 당백양의 친동생이며 당력의 숙부인 당백영이 당벽에게 질문했다. 당벽은 숨을 고른 후 입을 열었다.

"이십 년은 걸릴 겁니다."

"그럼 본 문은 앞으로 이십 년 동안은 아미파를 걱정하지 않아도 된다는 것이냐?"

"그렇습니다만 경계를 게을리 해서는 안 된다고 봅니다."

"으음… 아미의 여승들은 독하고 집요한 데다 출가인답지 않게 은원의 집착이 심하다."

당백영이 아미파를 혹평했다.

당력이 입을 열었다.

"숙부님."

"말씀하시게, 문주."

"아미파의 여승들이 독하고 집요하다고 하지만 당가의 핏줄보다는 못합니다."

"당연한 말씀이네. 그러나……."

"무엇을 심려하는지 알고 있습니다. 아미파가 재기하기 전에 정중한 인사를 할 생각입니다."

"빠를수록 좋네. 이십 년은 그리 긴 세월이 아닐세. 그리고 인사가 너무 늦으면 고약한 꼴을 당할 수 있네."

"명심하겠습니다."

당력과 당백영의 대화가 끝나자 당벽이 다시 입을 열었다. 그런데 표정이 가히 좋지 않았다.

"청성파에 대해 보고하겠습니다."

"으음……."

당벽이 청성파를 언급하자 취의청에 모인 당가 인물들의 표정이 다들 일그러졌다. 청성파는 아미파와 달리 피해가 적었고 도강언 격전 이후로 세력을 확장했다.

"청성파는 현재 본 문의 영역까지 침범해 들어왔습니다. 아직은 무력 충돌이 없지만 언제 터질지 모르는 상황입니다."

"본산제자들이냐?"

당력이 질문했다.

"아닙니다. 청성파의 속가제자들입니다. 아무래도 명분을 만들려고 희생양들을 보낸 것 같습니다."

"글쎄, 과연 그럴까?"

당씨 형제의 둘째로 촉중당문의 총관인 당계가 반론을 제기하자 모든 시선이 집중됐다. 그는 머리가 비상하고 진법과 전술에도 능통해 촉중당문의 모사 역할도 맡고 있었다.

"청성파는 대대적으로 제자들을 구해 인원을 보강했고, 속가제자들에게 비전지학의 일부를 공개해 그들의 실력을 높였을 뿐만 아니라 결속력마저 강화시켰다. 게다가 속가제자들 중에 일부는 본산제자나 다름없는 대우를 받는다고 하더구나."

당계는 총관답게 야효당과 다른 정보통을 꿰차고 있었다. 당벽은 불쾌함을 느꼈지만 표시 내지는 않았다.

"앞으로 청성파만큼은 본산제자와 속가제자로 구분해 경중을 따져서는 안 된다."

"알겠습니다."

"그럼 본 문의 영역까지 파고들어 온 청성파의 제자들을 상대하는 방법을 찾는 데 주력하기를 바란다."

당벽은 아랫입술을 살짝 깨물었을 뿐 다른 행동은 보이지 않았다. 감정을 드러내 봤자 손해만 보기 때문이다.

당력의 눈매가 가늘어졌다.

"죄송합니다, 형님. 단지 동생의 어리석음을 꾸짖고 가르쳐 줬을 뿐입니다."

"알았다."

당력은 일단 당계의 월권을 눈감아줬다. 당벽은 그사이 마음을 추스르고 보고를 재개했다.

"다음은 중소문파에 대해 보고하겠습니다. 사천 북방에 위치한 문파들은 필요 이상으로 청성파와 접촉 중이고 남방의 문파들은 아미파가 내치에 신경을 쓰는 탓인지 대부분 몸을 웅크리고 활동을 자제하고 있습니다. 중부의 문파들은 아직까지 본 문의 눈치를 보고 있으니 크게 주의할 필요는 없습니다. 최대 문제는 개방의 성도 총타와 중경 분타인데… 아직까지는 적대적 의사를 드러내지 않았습니다."

"신개는?"

"낙산에 나타난 이후로 종적이 잡히지 않습니다."

"그렇겠지. 경공과 신법에 관해서는 천하제일이라고 평해지는 인물이니 쉽게 찾기는 어렵겠지."

촉중당문은 신개를 타도할 적으로 안식하고 있었다. 독군의 죽음과 연관이 있다고 판단했기 때문이다.

"이젠 넷째가 보고해라."

"문주님, 아직 보고하지 않은 게 있습니다."

당력은 눈살을 찌푸렸고 집독당주(集毒堂主)인 당석은 일어서다 중도에 멈춰 엉거주춤한 자세가 됐다. 당벽이 품속에서 초상화를 꺼내자 불쾌해하던 당력의 얼굴이 급변했다.

"이, 이놈은!"

"장강십팔타가 뿌린 수배 전단입니다."

"빠드득… 초홍."

수배 전단은 진호의 초상화가 멋들어지게 그려져 있었다.
당씨 혈족들은 초상화를 보다가 밑에 적혀 있는 이름을 몇 번이고 읽으며 이를 갈았다. 그들도 당사옥을 통해 진호의 초상화를 완성했기 때문에 한눈에 알아본 것이다.
"장강십팔타가 원수를 왜 수배했는지 보고해라."
당력이 당벽에게 말했다.
"수룡왕이 남궁세가와 사돈을 맺으려고 장사에 갔다가 원수와 부딪쳐 참패를 당했답니다."
"으음… 수룡왕마저 패했단 말이지."
취의청의 분위기가 무거워졌다.
당백영이 고뇌 어린 얼굴로 고민하다가 입을 열었다.
"어떻게 이런 어린 나이에 천하구대고수를 상대할 무력을 쌓았는지 알 수가 없구나. 게다가 이런 강자가 동창의 개에 불과하다니… 이 또한 의문이구나."
"그런 건 중요하지 않습니다. 중요한 것은 복수입니다. 이제 이름을 알아냈으니……."
"가명입니다."
당력이 살기를 내뿜으며 말하다가 당벽이 끼어들자 하던 말을 멈추고 당벽을 응시했다.
"그게 무슨 소리냐?"
"원수는 장사 현령의 조카로 위장하고 남궁세가를 방문했습니다. 그 장사 현령의 성이 초씨입니다."

"쯧쯧… 장강십팔타도 헛고생을 하는군."

당백영이 혀를 차며 말했다.

"설령 찾는다 해서 뭘 어쨌겠는가? 상대는 동창의 개. 수적 따위가 넘볼 상대가 아니지."

촉중당문의 이인자인 총관 당계가 투덜거리며 말했다.

은혜는 열 배로 갚고 원한은 백 배로 갚는다는 촉중당문이 수배 전단을 대대적으로 뿌리지도 못하고 눈치만 보고 있었던 것은 진호가 동창의 인물이라고 알고 있었기 때문이다.

"빌어먹을 동창!"

"빠드득. 씹어 먹을 환관 놈들!"

취의청에 모여 있던 당문의 혈족들이 증오심을 표출했다.

당벽이 주변의 눈치를 보며 잠시 머뭇거리다가 뭔가를 결정했는지 조심스럽게 입을 열었다.

"원수는 동창의 인물이 아닐지도 모릅니다."

"그건 무슨 소리냐?"

당력이 벌떡 일어섰고, 다른 사람들은 눈을 휘둥그레 뜨며 당벽을 쳐다보았다.

"원수가 동창의 개라는 이야기를 듣고 저는 막내에게 의뢰를 했습니다."

"뭐라고! 곤과 연락을 했단 말이냐?"

"죄송합니다."

당력이 버럭 화를 내자 당벽은 고개를 숙였다.

당문 오 형제의 막내인 당곤은 가문을 저버리고 금의위에 투신했기 때문에 당문의 혈족들은 그를 백안시했다.

"어째서 그런 짓을 했는가?"

"그놈이 혈족을 배신한 일을 잊었느냐?"

당문의 혈족들이 들불처럼 일어나 당벽을 성토했다. 오직 당계만이 입을 다물고 아무런 반응도 보이지 않다가 조용히 일어섰다. 취의청이 조용해졌다.

"막내도 아버님의 자식입니다. 당연히 복수할 권리가 있습니다. 형님은 어떻게 생각하십니까?"

"으음……."

당력은 신음성을 흘리다가 묵묵히 고개를 끄덕였다.

문주가 결론을 내리자 다른 이들은 당곤에 관해 더 이상 거론하기가 어려워졌다. 다들 입을 다물었다.

당력이 입을 열었다.

"야효당주."

"네, 문주님."

"너의 행동은 사적으로 옳지만 공적으론 잘못했다. 최소한 곤과 소통하기 전에 문주인 내게 보고했어야 옳은 일이다."

"죄송합니다."

"차후에 합당한 처벌을 받아야 한다."

"기꺼이 처벌을 감수하겠습니다."

"좋다, 과연 내 동생이다."

당력의 표현이 야효당주라는 공석에서 사석인 동생으로 바뀌었다. 어느 정도 마음이 풀린 것이다.

취의청에 모인 당문의 혈족들은 모두 만족스럽다는 표정을 지었다. 문주는 문주답게 잘못을 지적했고, 야효당주는 당당하게 처벌을 감수하겠다는 뜻을 밝혔다. 또한 공적인 행사가 끝나자 사적으로 돌아가 형제애를 보였기 때문이다.

"곤과 연락해 알아낸 내용을 밝히거라."

당력이 당벽에게 말했다.

"막내가 동창의 내부를 탐문했는데 원수와 비슷한 인물은 나오지 않았다는 겁니다."

"금의위의 힘으론 동창의 내막을 알기는 어려울 텐데… 게다가 비밀 요원이라면……."

당백영이 당곤의 정보는 신빙성이 없다고 판단했다.

"숙부님의 말씀도 옳습니다. 그러나 소질은 곤의 정보가 옳다고 봅니다. 젊은 나이에 천하구대고수를 이기는 고수를 숨긴다 해서 드러나지 않을 리 없기 때문입니다."

"낭중지추(囊中之錐)라… 조카의 말이 옳네."

"어차피 원수의 사승이나 본명, 나이, 소속 따위는 중요하지 않습니다. 복수가 중요한 겁니다."

"그렇기는 하네만… 그자가 어디에 있는지 모르니……."

"몰라도 상관없습니다. 찾아오게 만들면 됩니다."

"응?"

"그게 무슨 소리냐?"

모든 시선이 당벽에게 향했다.

당벽이 입을 열었다.

"장강십팔타의 수배 전단과 함께 기묘한 정보가 섞여 들어왔는데, 그게 원수의 약점이었습니다."

"그게 무슨 소리냐?"

"수적들 중에 머리가 뛰어난 자가 있나 봅니다. 그자는 우리 본 문을 이용하려고 수작을 부린 것 같습니다."

"본 문을 이용하려는 수작이라고?"

당력이 불쾌한 표정을 감추지 않았다.

"하지만 정보는 정확했습니다."

"그래?"

"네."

"원수의 약점은 무엇이냐?"

대부분 흥분을 감추지 못하고 귀를 기울였다.

"원수가 중히 여기던 아이들이 낙산에 있습니다."

"아이들?"

"네. 낙산의 기원인 백화산장에서 키우던 동기들인데… 원수가 그 아이들을 기적에서 풀어주고, 백화산장의 여주인과 낙산의 포두에게 맡겼습니다."

"으음……."

당력을 포함해 취의청에 모인 자들의 안색이 어두워졌다.

아이들을 이용한다는 게 마음에 걸린다는 따위의 인도적인 문제가 아니다. 그들에게 그런 것은 중요하지 않았다. 그보다 일개 동기였던 아이들이 과연 약점일까? 괜히 헛수고를 하는 게 아닐까 고민하는 것이다.

"그 아이들이라면 제가 본 적이 있습니다."

취의청에 모인 인원들 중에 유일한 여성이 일어섰다.

그녀는 당력의 딸인 당사옥이었다.

"그래, 잘됐구나. 네 생각에 그 동기였다는 아이들이 원수의 약점인 것 같으냐?"

"제가 낙산에 있었을 때 하오문을 이용하려고 낙산현 포두의 아내와 아이들을 납치한 적이 있었습니다. 그런데 아무 연관이 없던 원수가 포두의 아내와 아이들을 구출했습니다."

"호오~ 협객이군."

당력의 눈이 빛났다.

"네, 협객입니다."

빈정거림이 느껴지는 대답이었다.

"그렇다면 그 아이들이 약점으로 작용하겠구나."

"그럴 겁니다."

"으흠! 그래, 너라면 어떻게 하겠느냐?"

당력이 질문했다.

아비가 딸에게 묻는 것처럼 자연스럽게 보였지만 실상은 달랐다. 공적인 자리인 취의청에서 질문했기 때문이다.

"백화산장을 점거하고 소문을 내는 겁니다. 그러면 원수가 아이들을 구하려고 돌아올 겁니다."

"원수는 강하다."

"본 문은 독과 암기의 명문입니다. 또한 기관 진식과 함정의 명문이기도 하지요."

"으하하~"

취의청이 떠나갈 듯이 크게 웃는 당력과 음산한 미소를 떠올리는 당사옥. 둘은 확실히 부녀였다.

당력이 갑자기 웃음을 멈추고 입을 열었다.

"그 아이들의 나이가 어떻게 되느냐?"

"지금쯤이면 열한, 두어 살 정도 됐을 겁니다."

당사옥이 침착하게 대답했다.

당력은 딸의 얼굴을 뚫어지게 쳐다보다가 입을 열었다.

"총사."

"네, 문주님."

당사옥의 직함은 촉중당문의 대외무력집단인 녹영(綠營)의 총사였다. 그녀는 당력이 공식 직함으로 부르자 마찬가지로 부친의 직책을 입에 올리며 대답했다. 사사로운 관계가 아닌 공적인 관계로 대하겠다는 의미였다.

"다시 한 번 낙산에 가야겠다."

"알겠습니다."

"총관."

"네, 문주님."

"백화산장을 지옥으로 만들어야겠네. 전권을 줄 테니 필요한 인원은 마음대로 차출하게."

"백화산장을 지옥으로 만들기 위해서는 독고(毒庫)와 비고(秘庫)의 열쇠도 필요합니다."

"원수의 수급을 가져올 수 있겠는가?"

"제 목을 걸겠습니다."

"좋아. 주지."

"감사합니다."

당계의 만면에 만족스럽다는 미소가 떠올랐다.

당사옥은 낙산에서 당했던 수모를 떠올리며 치를 떨다가, 이제는 복수할 수 있다는 쾌감에 온몸을 떨었다.

감숙성 깊숙이 들어온 진호 일행은 북쪽을 향해 흐르는 황하 앞에서 추적을 멈췄다. 흔적이 끊어졌기 때문이다.

"또 황하야. 하아… 이젠… 지겹군."

갈미홍을 뒤쫓다 황하에서 놓쳤는데 이번에도 황하가 방해를 놓은 것이다. 요롱이가 이번에는 놓치지 않겠다고 강변 주위를 뛰어다니며 끊어진 체취를 찾느라 고생 중이다.

상아가 반대편 강변을 가리키며 입을 열었다.

"일단 황하를 넘어가 보죠."

"어떻게?"

산예가 질문했다.

주변에는 민가 한 채 없고 나루터도 없다. 당연히 조각배 하나 있을 리 없다.

"…수영하면 안 될까?"

"해봐."

황하가 괜히 황하라고 불리겠는가.

상아는 황하를 쳐다보다가 시선을 위로 돌렸다.

"아! 하늘이 파랗다."

"그러니 눈앞에 있는 강물은 누렇구나."

상아가 슬그머니 발뺌하자 산예가 물고 늘어졌다.

진호는 피식 웃고는 요롱이를 불렀다. 한양군주와 좌장사의 체취를 찾겠다고 사방팔방 이리저리 빨빨거리며 돌아다니던 요롱이가 진호의 발치에 도착했다.

"혹시 모르니까 조사는 해보고 올게."

진호가 요롱이를 옆구리에 끼고 날아오르더니 수면을 몇 번이고 박차고 뛰어오르며 징검다리 건너듯 황하를 넘어버렸다.

산예의 입이 떡 벌어졌다.

"괴, 굉장해!"

산예는 진호의 경공에 감탄하다가 상아에게 시선을 돌렸다.

상아의 시선은 아직까지도 천상에서 내려오지 않았다. 그녀는 파란 하늘을 떠도는 새하얀 구름을 보며 넋이 나가 있었다.
'이런 녀석이 어떻게 궁녀 생활을 버텼는지 신기해.'
산예는 상아를 뚫어지게 쳐다보다가 황하 너머로 시선을 돌렸다. 요롱이가 반대편 강변을 돌아다니며 한양군주와 좌장사의 체취를 찾느라 부산하게 돌아다니고 있었다.
얼마 후.
요롱이는 고개를 팍 숙이고 꼬랑지를 깔았다. 한양군주와 좌장사의 체취를 찾는 데 실패한 것이다.
진호는 요롱이를 옆구리에 끼고 다시 황하를 넘었다. 천상세계로 도망쳤던 상아가 이번에는 진호의 경이적인 경공을 놓치지 않았다. 그녀는 신기하다며 팔딱팔딱 뛰었다.
"신기하지 않아?"
"응. 신기해."
"세상에나… 저게 얼마나 대단한지 모르는 거야?"
"아니, 알아."
"근데 자기는 왜 그리 무덤덤해? 황하를 가르는 진 가가의 모습이 멋있지 않은 거야?"
산예가 팔짱을 끼고 상아를 노려보았다.
상아는 슬그머니 고개를 돌렸다. 그녀는 아직도 산예를 언니라고 부르지 않았고 은근슬쩍 말꼬리를 흐리거나, 특별한 호칭을 쓰지 않았다. 아니, 피했다. 그런데 자기라니!

상아는 언니인 산예를 동기 대하듯 자연스럽게 자기라고 호명한 것이다. 그러나 산예가 신경을 쓴 부분은 다른 데 있었다.

"멋있어. 그런데 궁금한 게 있어."

"뭔데?"

"언제부터 진 대가에서 진 가가로 바뀐 거니?"

"에헤헷."

"이번에는 은근슬쩍 얼렁뚱땅 넘어갈 생각 하지 마."

때마침 황하를 넘은 진호가 강변에 도착했다.

상아가 혀를 살짝 내밀고는 진호에게 후다닥 달려갔다.

"찾았어요?"

"아니, 체취가 끊어졌어."

"그럼 이제 어떻게 해요?"

"돌아가자."

"진 가가, 북경으로 돌아가자는 건가요?"

상아가 갑자기 가가라고 부르자 진호가 눈을 껌뻑이다가 산예에게 시선을 돌렸다. 가가는 친오빠나 연인에게 쓰는 호칭이기 때문이다. 산예는 두 손을 어깨 위로 올리며 '난 몰라! 알아서 해!' 라는 표정을 지었다.

상아는 이왕 벌어진 일, 이번에 확실하게 매듭을 지어야겠다고 작심했는지 뻔뻔하게 나가기로 결정했다.

"가가."

상아가 궁중 여인들이 황제를 유혹할 때 짓는 농염한 표정과 고혹적인 웃음을 지었다.

산예는 어이가 없었다.

'저것이! 갈수록······.'

산예는 속이 부글부글 끓어올랐다.

진호는 피식 웃고는 산예를 쳐다보며 어깨를 으쓱였다. 산예는 입술을 삐죽이다가 갑자기 좋은 생각이 났는지 손가락을 튕기고는 의미심장한 미소를 지었다.

상아는 불길함을 느꼈다.

"호, 여기까지 왔는데 이대로 돌아가는 건 너무 아쉽잖아. 황하를 따라 이동하면서 흔적을 찾자."

산예가 치명타를 날렸다.

'아니! 이 언니가 왜 이래?'

상아의 안색이 변했다.

평생을 궁중과 도심지에서 살던 그녀는 쾌속선을 타며 지독한 뱃멀미를 경험했고, 흙먼지 풀풀 날리는 서북 지역을 유랑민처럼 떠돌며 진정한 고달픔이 뭔지를 뼈저리게 느꼈다. 그런 와중에 진호가 북경으로 돌아간다고 말하자 그녀는 내심 만세를 부르며 기뻐했다. 그런데 산예가 재를 뿌렸으니······.

"그것도 좋은 생각이야."

진호가 상아의 표정을 슬쩍 훔쳐보고는 산예의 의견을 받아들였다. 상아의 얼굴이 샛노랗게 변했다. 그녀는 천상에서 나락으로 떨어진다는 게 뭔지 깨달았다.

진호는 시시각각 변하는 상아의 안색을 훔쳐보며 슬며시 미소를 짓다가 입을 열었다.

"…하지만 고생만 할 뿐 찾지는 못할 거야."

상아의 안색이 환하게 변하더니 연신 고개를 끄덕였다. 진호의 의견이 무조건 옳다고 주장하는 것 같았다.

'역시 진 가가는 멋져!'

산예는 희희낙락하는 상아를 쳐다보며 쓴웃음을 지었다. 돌부처도 시앗을 보면 등을 돌리고, 불공대천지수도 용서하지만 연적만큼은 용서하지 않는 법이다. 하지만 상아를 볼 때마다 비명에 간 보요가 생각나는 산예에게, 상아는 연적이 될 수 없었다.

'그래… 좋은 게 좋은 거야.'

산예는 살짝 한숨을 내쉬고는 진호에게 시선을 돌렸다.

"결국 아무런 소득도 없이 고생만 한 셈이네."

"그런 셈이지."

"앞으로 어쩔 거야?"

"북경으로 돌아가야지."

"나까지 속이려는 거야? 난 상아와 달라."

북경에 돌아간다는 것만으로도 즐거워하던 상아는 눈을 동그랗게 뜨고 진호와 산예를 쳐다보며 지금 한 말이 무슨 뜻이냐는 표정을 지었다.
"역시 산예는 눈썰미가 뛰어나."
"추적을 실패했는데도 화내지 않고 담담했으니까."
"화를 내서 일이 잘되면 화를 내도록 하지."
"호, 그러지 말고 이제 그만 속내를 풀어봐. 끝까지 숨기면 여기까지 고생하며 따라온 나와 상아를 무시하는 거야."

산예가 팔짱을 끼고 말했다. 마치 더 이상의 협상은 없으니 무조건 항복하라고 알리는 적국의 사신 같았다.

진호는 양손을 들어올렸다.
"알았어. 말할게."
"좋아. 그럼 귀를 기울일게."

산예가 장난치듯 말하자 진호는 내심 안도했다.

'다행이군.'

산예는 현도인을 매장한 뒤부터 자주 우울해했다. 스승의 비참한 최후가 그녀를 슬프게 했던 것이다.

진호가 따뜻한 시선으로 산예를 보며 입을 열었다.
"가장 쉽게 사냥하는 방법이 뭘까?"

뜬금없이 던진 질문에 산예와 상아는 의아하다는 표정을 지었다. 산예는 질문의 의도를 궁금해했고, 상아는 질문의 정답이 찾느라 머리를 굴렸다.

"아! 덫!"

상아가 외치자 진호가 고개를 끄덕였다.

"사냥감을 추적하는 재미를 즐긴다면 모를까 편히 사냥하려면 덫을 치거나 함정을 파는 게 좋지."

"그럼……."

"북경 외곽의 소요성에 한왕이 유폐돼 있지."

'척'이면 '착'이다.

더 이상 설명하지 않아도 산예는 진호의 뜻을 알아차렸다. 그녀의 입가에 기묘한 미소가 떠올랐다.

남궁세가를 초토화시키고 총단으로 돌아온 수룡왕에게 기쁜 소식이 기다리고 있었다. 동종 업계에 속했지만 영역이 달라 친분을 유지하고 있었던 황하수로채(黃河水路寨)가 진호의 행적을 적은 문서를 보내온 것이다.

"쾌룡선(快龍船)을 준비해라!"

수룡왕은 황하수로채가 보낸 문서를 보자마자 외쳤다.

"안 됩니다."

"지금은 내실을 다지고 정파의 움직임을 놓치지 않아야 합니다. 사사로운 복수에 매달릴 때가 아닙니다."

"대의를 생각하셔야 합니다."

열두 장로가 모두 나서서 말렸다.

그러나 자존심에 치명상을 가한 진호의 소식을 들은 수룡왕에겐 마이동풍(馬耳東風)이요, 우이독경(牛耳讀經)이었다. 열두 장로는 눈물을 머금고 장강십팔타의 수적선들 중에서 가장 빠른 세 척의 선박인 쾌룡선을 준비했다. 수룡왕은 열두 장로와 장강십팔타의 최정예를 쾌룡선에 태웠다.

"출항!"

둥. 둥. 둥…….

북소리와 함께 세 척의 쾌룡선이 출발했다.

남궁세가의 참화로 인해 동정호와 장강의 연결점인 악양은 수군들로 득시글거렸지만 쾌룡선은 간단하게 돌파했고, 황하를 타기 위해 대운하로 진격했다.

부우우~

선두에 있던 쾌룡선에서 뿔피리 소리가 울렸다.

갑판에 늘어져 있던 수적들이 일제히 일어나 병기를 쥐고 정해진 전투 위치로 뛰어가 자리를 잡았다.

"무슨 일이냐?"

"정체 모를 배가 정면에 나타났습니다."

수룡왕이 질문하자 선단장(船團長)이 대답했다.

"수군이냐?"

"아닙니다. 온통 검은색인 기분 나쁜 배입니다."

"포위망을 만들어라."

"네, 알겠습니다."

둥. 둥. 둥…….

북소리가 울려 퍼지자 일렬종대로 이동하던 쾌룡선이 좌

우로 벌어지면서 일렬횡대로 퍼졌다. 돛대부터 선체까지 검은색인 기이한 배가 계속 전진하자 좌익과 우익에 있던 쾌룡선이 전진하면서 포위망을 구축했다.

"충돌을 대비해라!"

검은색 배가 계속 전진하자 중앙에 있던 쾌룡선의 수적들은 돛대를 잡거나 벽에 몸을 기대는 등 법석을 떨었다.

"어!"

"검은 배가 멈췄다!"

수적들은 안도했다. 그런데 쾌룡선은 아직 돌진 중이다.

"어어어… 머, 멈춰!"

쾌룡선은 검은색 배와 충돌하기 직전에 멈췄다.

아슬아슬한 순간이 연출되자 수적들은 놀란 가슴을 부여잡고 거칠게 숨을 내쉬며 안도했다.

검은색 배의 뱃머리에 두 남자가 나타났다.

"히익!"

"귀, 귀신이다!"

"헉! 버, 벌건 대낮에 귀, 귀신이 나타나다니!"

수적들은 두려움에 몸을 떨었다.

검은색 배의 뱃머리에 나타난 두 남자는 각각 말머리와 소머리를 하고 있었다. 마치 황천의 우두사자(牛頭使者)와 마두사자(馬頭使者)가 유령선을 타고 나타난 것 같았다.

"부, 부처님, 우리를 굽어 살피소서."

"아이고, 상제님. 제발 살려주십시오."

중앙부의 쾌룡선에 타고 있던 수적들이 느끼는 공포가 좌, 우익의 쾌룡선에도 전염됐다.

쾅!

우익의 쾌룡선에 있던 수룡왕이 발로 바닥을 내려치자 선판이 파도처럼 출렁였고 수적들은 추풍낙엽처럼 굴렀다.

"네놈들의 꼴을 봐라!"

수적들은 화들짝 놀라며 주춤거렸다.

수룡왕이 노성을 터뜨렸다.

"그러고도 너희들이 장강십팔타의 용사들이란 말이냐?"

수룡왕은 벌떡 일어나 좌측으로 걸어갔다. 그의 눈앞에 검은색 배가 완연히 드러났다.

우두사자와 마두사자가 좌측으로 몸을 돌렸다.

"유명문(幽冥門)의 마두사자가 수룡왕께 인사 올립니다."

"유명문의 우두사자가 수룡왕께 인사 올립니다."

마두사자와 우두사자가 수룡왕에게 포권하며 정체를 밝혔다. 수적들은 일제히 안도했다.

"뭐야! 유명문이었어."

"아이고… 귀신인 줄 알고 겁먹었잖아."

유명문은 흑도삼왕의 일인인 귀왕(鬼王) 정불고(鄭不顧)가 우두머리인 사파 최강의 세력이다. 그러나 장강십팔타의 수적들은 유명문을 두려워하지 않았다. 그들은 자신들의 우두머리인 수룡왕과 초자연적인 존재들을 두려워할 뿐이었다.

우두사자와 마두사자가 동시에 입을 열었다.

"본 문의 문주님께서 장강의 패자를 초청하셨습니다."

"본 문의 문주님께서 장강의 패자를 초청하셨습니다."

수룡왕은 침묵했다.

"본 문의 문주님께서 기다리고 계십니다."

"본 문의 문주님께서 기다리고 계십니다."

우두사자와 마두사자가 말했다.

수룡왕이 입을 열었다.

"초청을 받아들이겠다."

수룡왕이 유명문의 선박을 향해 몸을 날리자 열두 장로는 당황함을 감추지 못했다.

"헉! 아, 안 됩니다!"

"초, 총타주님!"

수룡왕은 이십여 장이 넘는 거리를 단숨에 넘어갔다. 장강 십팔타의 수적들은 수룡왕의 경공을 보고 환호했다.

"우와아아~"

스륵.

수룡왕이 부하들의 함성을 뒤로하고 유명문의 선박에 꽃잎처럼 부드럽게 내렸다. 먼지조차 일지 않았다.

"모시겠습니다."

"모시겠습니다."

우두사자와 마두사자는 수룡왕의 경이적인 경공을 보고도 태연하게 귀선 내부로 수룡왕을 안내했다.

귀선 내부는 어두웠다.

빛이라곤 한줄기도 없었고 음산함이 가득해 지옥으로 가는 동굴 같았다. 정적마저 두려움으로 다가올 정도였다.

"들어가십시오."

"들어가십시오."

마두사자가 왼쪽 문을 당기고, 우두사자가 오른쪽 문을 당기자 밝고 화려한 선실이 드러났다. 음산했던 복도와는 분위기 자체가 달랐다. 눈이 부실 정도였다.

"어서 오시오, 한 형."

흑색과 백색이 교차한 기묘한 장포를 두른 선풍도골의 백발노인이 수룡왕을 반겼다.

"오랜만이오, 정 형."

하얀 수염을 배꼽까지 기른 선풍도골의 노인이 악독함과 사악함만큼은 타의 추종을 불허한다는 귀왕 정불고였다.

"한 형을 위해 만찬을 준비했소."

식탁에 산해진미가 가득했다.

수룡왕이 착석하자 귀왕도 의자에 앉으며 입을 열었다.

"한 형이 황하를 유람한다는 이야기를 듣고 급히 나서는 바람에 별다른 준비를 하지 못했소."

흑도연합 207

식탁의 산해진미는 결코 별다른 준비 없이 만들어낼 수 있는 요리들이 아니었다. 미리 준비한 거다.

"만찬을 대접하는 이유는 뭐요?"

"한 형이 건방지기 이를 데 없는 남궁세가를 잿더미로 만들었다는 통쾌한 소식을 들었소."

"복수였을 뿐이오."

"손자의 억울한 죽음도 들은 바 있소이다. 남궁세가의 멸문은 죄과를 치른 것에 불과하오. 한 형의 응징은 정당했소. 또한 위선적인 백도 무리에게 경종을 울리는 쾌거였소."

"고맙소."

수룡왕은 감사의 뜻을 전하면서도 긴장을 풀지 않았다. 사악함이 하늘에 닿았다는 귀왕 정불고를 상대하기 때문이다.

"하지만……."

수룡왕은 역시나 하는 표정을 지었다.

귀왕이 매우 불쾌하다는 표정을 지으며 말을 이었다.

"…백도의 무리들은 한 형의 정당한 응징을 폭거로 몰아붙이고 정도의 기치를 세워야 한다며 세를 불리고 있소."

"피라미들이 모여봐야 뭔 힘이 되겠소."

"그렇기는 하오만……."

귀왕이 만면에 미소를 지으며 말끝을 흐렸다. 지극히 선량해 보이는 미소였지만 수룡왕은 섬뜩함을 느꼈다.

"말씀하시오."

"용불과 신개가 적극적으로 나섰다는 것이 문제요."

수룡왕의 안색이 변했다.

"으음……."

"아수라 같은 땡추가 한 형의 쾌거를 빌미로 구파일방과 무림세가들을 집결시키고 있소. 땡추의 목적은 흑도의 말살이오. 힘을 합치는 것만이 우리가 살 길이오."

'이자가 선수를 치는군!'

수룡왕의 심사는 복잡했다.

남궁세가의 멸문을 빌미 삼아 백도가 집결하면 장강십팔타의 주도하에 흑도연합을 세운다는 것이 수룡왕의 계획이다. 그런데 귀왕이 선수를 치는 게 아닌가!

"한 형."

귀왕이 벌떡 일어서더니 허리를 숙였다.

"도와주시오."

수룡왕의 얼굴이 일그러졌다.

상대가 허리를 숙이며 부탁했는데 거부했다가는 졸장부가 되는 것이다. 그러나 귀왕의 부탁을 받아들이면 흑도연합의 주도권과 흑도제일인의 명예가 그에게 넘어가는 것이다.

"강북의 흑도 사십칠 파가 뜻을 같이하기로 했소."

'내가… 졌다.'

수룡왕이 열두 장로의 만류를 뿌리치고 원한을 갚겠다고 나서는 순간부터 승패는 정해졌던 것이다. 또한 수룡왕이 참기선생을 보내 귀왕과 웅조왕을 설득해 흑도연합을 구성하겠다고 안이한 생각을 했을 때, 귀왕은 직접 움직였다.

그릇이 달랐다.

"그리… 하리다."

"고맙소, 한 형."

귀왕이 수룡왕의 손을 붙잡았다.

환하게 웃는 귀왕에 비해 수룡왕은 벌레 씹는 얼굴이다.

"강남의 흑도 세력은 내가 집결시키겠소."

수룡왕은 자신의 영역만큼은 확보하겠다는 의지를 귀왕에게 선언했다. 흑도연합이 이루어져도 상하 관계가 아닌 동업자로 나서겠다는 뜻을 함축적으로 전한 것이다.

그런데 귀왕은 뜻밖에도 선선히 응했다.

"부탁하겠소, 한 형."

"……."

수룡왕은 떨떠름한 표정을 지었다.

귀왕이 곧바로 치명타를 날렸다.

"한 형이 강남의 형제들을 모으는 동안 본인은 방 후배를 설득해 흑도연합에 끌어들이겠소."

수룡왕은 또다시 패배감을 느꼈다.

귀왕은 작은 혜택, 그것도 고생해야 얻을 수 있는 권리를 양보하면서 더 큰 명예를 얻기로 한 것이다.
 '웅조왕마저 귀왕이 설득하면…….'
 그렇게 되면 흑도연합의 맹주는 귀왕의 차지가 된다.
 수룡왕은 참담한 심정을 숨길 수가 없었다.

제30장

점거당한 백화산장

 낙산에 의문의 인물들이 하나둘 나타났다가 소리없이 사라지기를 반복했다. 그들은 낙산 하오문과 백화산장, 낙산현의 포두인 감덕형에 관해 조사를 하고 다녔다.
 그들의 움직임은 워낙 은밀해 개방의 낙산 분타와 낙산 하오문도 눈치를 채지 못했다.
 그리고 한 달이 지난 후.
 어둠을 헤치고 민강을 따라 내려오는 의문의 작은 배들이 있었다. 다섯 개의 소형 선박이 흑의인들과 녹포인들을 쏟아냈다. 그들은 두 개 조로 나뉘었다. 한 개 조는 안가장으로 갔고 다른 조는 백화산장으로 떠났다.

낙산의 포두인 감덕형은 근무를 끝내고 집으로 돌아가고 있었다. 밀렸던 잔무를 처리한 탓인지 심야에 퇴청했고, 어두운 밤거리는 인적 하나 없었다.

"응?"

감덕형이 발걸음을 멈췄다.

골목에서 녹포인 세 명이 나와 길을 막았고 뒤쪽에도 세 명이 나타나 퇴로를 봉쇄했기 때문이다. 풍기는 기파가 하나같이 살벌했고, 만만해 보이는 자는 없었다.

'강하다!'

감덕형은 식은땀을 흘렸다.

어느 하나 만만해 보이는 자가 없었다.

정면을 막은 자 중에 한 명이 입을 열었다.

"감덕형 포두."

"…그렇소."

감덕형은 불길함을 느꼈다. 저들이 자신의 이름만 알고 있는 게 아니라는 느낌이 들었기 때문이다.

"윗분께서 감 포두를 초청하셨소."

"정체도 밝히지 않는 자를 따라갈 수는 없소."

"우리는 당문의 혈족이오."

감덕형은 등골이 서늘해졌다.

"…알겠소."

"잘 생각하셨소."

"그러나 지금 당장 따라갈 수는 없소. 일단 집에 가서 가족들에게 사정을 밝히고 그대들을 따르겠소."

"가족들은 걱정할 필요 없소."

감덕형의 안면이 굳어졌다.

"서, 설마……."

"걱정하지 마시오. 감 포두의 가족은 벌써 우리가 모셨소. 물론 가족 분들께 무례한 행동은 없었소."

빠드득.

감덕형이 이를 갈았다.

촉중당문의 인물들이 아내와 자식들을 납치한 것이다.

'한 번도 아니고 두 번이나 납치하다니…….'

감덕형은 촉중당문의 혈족을 저주했다.

"우릴 따르시겠소?"

감덕형은 말없이 고개를 끄덕였다.

촉중당문의 인물들은 백화산장으로 향했다. 감덕형은 그들을 뒤따르다가 백화산장으로 가는 길을 들어서자 불안해하다가 백화산장에 도착하자 참담한 표정을 지었다.

"내 여동생도 납치한 거요?"

감덕형은 백화산장의 정문을 넘기 전에 질문했다.

"백화산장을 빌렸을 뿐이오."

"훗! 무단점거가 아니고?"

감덕형이 싸늘하게 비웃으며 빈정거렸지만 그들은 일체의 대꾸도 없었다. 그들은 감덕형의 아내와 자녀를 구금한 곳으로 안내했다. 감덕형은 묵묵히 뒤따랐다.

"들어가시오."

후원의 별채 중의 한 곳에 감덕형의 가족이 억류돼 있었다.

감덕형이 들어오자 불안에 떨던 그의 아내와 아이들이 눈물을 흘리며 달려들었다. 그는 아내와 아이들을 품에 안았다.

"여보."

"아버지~!"

감덕형은 안도의 한숨을 내쉬고 그들의 상태를 살펴보았다. 다행히 다치거나 폭행을 당한 흔적은 없었다. 그러나 감덕형의 안색은 어두웠다.

"춘매와 하란, 추국, 동죽은 어디에 있소?"

"그 아이들은 다른 곳에 가둔 것 같아요."

감덕형의 부인이 대답했다.

"으음……."

"상공, 그 아이들을 제발 구해주세요."

감덕형의 부인은 네 소녀를 친딸로 생각하며 양육했다. 그들 부부의 아이들도 네 소녀를 친 동기처럼 따랐다.

"걱정하지 마시오. 부인은 아이들을 돌보고 있으시오."

"네, 상공."

일단 가족의 안위를 확인한 감덕형은 밖으로 나갔다.

녹영의 좌대주인 당운표가 기다리고 있었다.
"아이들은 어디 있소?"
"따라오시오."
당운표가 후원의 다른 별채로 안내했다.
그곳에 감보보와 함께 네 소녀가 억류돼 있었다. 감덕형은 그제야 안도하며 힘없이 주저앉았다.
"오라버니."
"나는 괜찮다. 그보다 아이들은?"
"저희들은 모두 무사해요, 숙부님."
"그래, 다행이구나."
감덕형이 미소를 지었다.
"감 포두."
뒤편에서 음산한 여자 목소리가 들려오자 감덕형은 고개를 돌렸다. 당사옥의 음침한 얼굴이 그의 눈에 들어왔다.
"다, 당신은!"
감덕형이 벌떡 일어섰다.
네 소녀는 당사옥이 나타나자 화들짝 놀라며 병아리처럼 감보보의 품속으로 뛰어들었다. 감덕형은 슬쩍 옆으로 움직여 감보보와 아이들을 막아 당사옥의 시선을 차단시켰다.
당사옥이 입을 열었다.
"오랜만이군요."
빠드득.

점거당한 백화산장　219

감덕형이 이를 갈며 증오심을 표출하자 당사옥은 기쁘다는 표정을 지었다.

"감 포두와는 인연이 깊군요."

"당 소저, 한 번도 아니고 두 번씩이나 내 가족을 납치한 것은 너무 심한 처사가 아니오?"

"미안하게 생각하고 있어요."

말로만 미안할 뿐 표정은 당당하다.

"이번에도 안 어른이 필요한 거요?"

"물론 그가 필요해요. 하지만 이번에는 우리가 직접 모셔 왔으니까 그리 걱정할 필요는 없어요."

두 녹포인이 안회를 양옆에서 붙잡고 들어왔다.

안회는 심하게 얻어맞았는지 얼굴이 잔뜩 부어 있었다.

"까악~ 할아버지!"

"하, 할아버지!"

"안 돼!"

네 소녀가 안회에게 가려고 하자 감보보가 막았다.

"그, 그렇지만……."

"흑흑……."

안회는 그동안 네 소녀를 친손녀처럼 대했고 정도 깊어졌다. 소녀들은 안회의 비참한 꼴에 눈물이 절로 나왔다.

"이게 무슨 짓이오?"

감덕형이 분노했다.

그러나 당사옥은 신경조차 쓰지 않았다.

"안회."

"……."

안회의 얼굴은 시퍼런 멍투성이지만 눈은 살아 있었다. 그는 입을 굳게 다물고 당사옥을 노려보았다.

"몇 대 맞다 보니 친손녀처럼 사랑하는 아이들이 내 수중에 있다는 걸 잊고 있군."

"으음… 원하는 게 뭐요, 당 소저?"

안회는 곧바로 백기를 들었다.

"호오! 날 한눈에 알아보네."

"나는 낙산의 하오문주요. 촉중당문의 대외무력집단인 녹영의 우두머리인 흑사갈을 모를 리가 있겠소?"

"하오문의 정보력이 개방의 정보력과 버금간다는 소문이 거짓은 아니었군."

"과찬이오. 그보다 원하는 거나 밝히시오."

"내가 원하는 게 뭔지 잘 알 텐데."

"대인을 찾는 거요?"

"말이 통하는 사람과 이야기하면 편해서 좋아."

당사옥이 미소를 지었다.

"그건 불가능한… 일이오."

"인질은 한 명만 있어도 충분한데 네 명이나 있어. 이럴 땐 어떻게 하는 게 좋을까?"

"우리는 정말로 대인의 행방을 모르오."

안회가 다급한 표정을 감추지 못했다.

당사옥이 한 소녀만 남기고 세 소녀를 죽이겠다는 뜻이 훤히 드러나는 협박을 했기 때문이다.

"내가 원하는 건 진실한 대화야."

"다시 말하지만 대인의 행방은 진실로 모르고 있소."

"믿어주지."

"하아……."

안회가 안도의 한숨을 내쉬었다.

"단! 당신들이 말하는 대인의 이름을 밝히면."

안회의 안색이 어두워졌다.

당사옥이 진호의 이름을 원하자 네 소녀가 감보보의 품속에 얼굴을 묻어 표정을 숨겼다. 소녀들만이 진호의 이름을 알고 있었기 때문이다.

"대인께선 우리에게 이름을 밝힌 적이 없으셨소."

"그럼 어쩌죠."

당사옥의 입술이 반달처럼 휘었다.

미소가 아니라 잔혹한 살기를 머금은 표정일 뿐이었다.

녹포인 세 명이 칼을 들고 실내에 들어왔고, 그들의 표적은 소녀들이었다. 감덕형이 앞을 가로막았다.

"죽고 싶은가요, 감 포두?"

"내 목숨과 바꿔 아이들을 구할 수 있다면… 하겠다!"

"오호! 부인과 아이들은 어쩌려고요? 과부와 고아가 될 부인과 아이들이 불쌍해서 어쩌죠?"

감덕형은 입을 꾹 다물고 당사옥을 노려보았다. 그의 눈에서 증오심과 분노가 타올랐다.

안회가 당사옥에게 무릎을 꿇었다.

"당 소저, 아이들과 감 포두를 놔주십시오. 무슨 일이든 시키는 대로 할 테니… 제발 부탁드립니다."

"연세도 많은 분이 새파랗게 어린 계집에게 무릎을 꿇는 모습은 보기가 안 좋군요."

말만 그럴 뿐이다. 그녀의 눈은 희열로 가득했다.

감덕형과 감보보, 네 소녀는 당사옥에게 무릎을 꿇은 안회를 보며 참담함을 금할 수 없었다.

"좋아요. 안 문주의 체면을 생각해 인질들의 안전을 보장하죠. 그러나 허튼수작을 한다면!"

"그런 일은 없을 겁니다."

"믿겠어요."

"후우……."

안회는 안도의 한숨을 내쉬었다.

당사옥이 입을 열었다.

"안 문주가 우릴 위해 할 일이 있어요."

"말씀하십시오."

"백화산장이 우리에게 점거당한 사실을 천하에 퍼뜨려요.

설사 동창의 대인이란 자가 심산유곡에 있더라도 소문을 듣고 찾아올 수 있도록 만들어야 해요."

"그리하리다."

당사옥이 감덕형에게 시선을 돌렸다.

"감 포두에게도 부탁할 게 있어요."

"말하시오."

"관부가 본 문의 행사에 끼어들지 못하도록 감 포두가 막아줬으면 해요."

"나는 고작 포두에 불과하오."

"부인과 자녀를 만나고 싶지 않다면 안 해도 돼요."

"성내에서 문제만 일으키지 않는다면 관부가 끼어드는 경우는 없을 것이오."

"좋아요. 그럼 가보세요."

당사옥은 이전보다 더 사악해졌다. 또한 사악해진 만큼 생각이 깊어졌고 말투도 겉으로는 정중해졌다.

감덕형은 감보보에게 고개를 돌렸다.

"보보야, 안사람과 아이들을 부탁한다."

"걱정 마세요, 오라버니."

감보보가 억지나마 얼굴에 미소를 띠우자 감덕형은 씁쓸하게 웃고는 소녀들에게 시선을 돌렸다.

"얘들아, 걱정하지 말고 기다리고 있거라."

"네, 숙부님."

"알았어요, 숙부님."

감덕형은 소녀들의 머리를 쓰다듬어 주고는 안회와 함께 백화산장을 떠났다.

두 사람은 한마디도 나누지 않고 터벅터벅 걸었다. 안회가 갑자기 발걸음을 멈췄다.

"이 모든 게… 내 실수야."

"아닙니다."

"대인께서 떠나시기 전에 조심하라고 주의를 줬는데… 삼대세력 간의 신경전을 믿고 방비를 하지 않았으니……."

낙산혈전 이후 촉중당문의 도발이 없었고, 아미와 청성 두 문파와 암전을 벌이느라 정신이 없다는 정보만을 맹신한 것이 실수였다. 그 덕에 이런 꼴을 당한 것이다.

"지나간 일입니다. 그보다 아이들을 무사히 구해내는 게 중요합니다."

"우리 힘으론 어려워. 상대는 촉중당문이야. 그것도 정예들을 모조리 투입한 것 같더군."

안회의 얼굴에 짙은 음영이 드리워졌.

감덕형의 표정도 밝지는 않았다.

"그렇다고 저들이 원하는 대로 할 수는 없지 않습니까?"

"해야 하네."

"네?"

"그래야 시간을 벌 수 있어."

점거당한 백화산장 225

안회가 의미심장한 미소를 지으며 섬뜩한 눈빛을 뿌리다가 갑자기 얼굴을 일그러뜨리며 신음성을 내뱉었다.
"크윽······."
"왜 그러십니까? 혹시 당문의 악귀들이 독을 쓴 겁니까? 아니면 상처가 깊은 겁니까?"
"발!"
"네?"
"자네가 내 발을 밟았어."
감덕형은 멋쩍어하며 슬그머니 발을 옮겼다.
안회가 인상을 펴며 입을 열었다.
"이번은 넘어가지."
"고, 고맙습니다."
감덕형은 민망함을 감추지 못했다.

다음날 아침.
안가장이 피바다가 됐다는 것과 정체 모를 무리에게 백화산장이 점거당했다는 소문이 낙산에 퍼졌다. 오후가 되기도 전에 의문의 무리가 촉중당문이란 게 알려졌다.
낙산의 주민들은 분개했다.
아미산과 지척인 데다 낙산대불의 영험함을 신봉해 불교 신자가 많은 낙산이다. 주민들은 아미파의 여승들이 촉중당문의 마수에 몰살당했던 일을 잊지 않고 있었다.

"이 죽일 놈의 악귀들이 또 왔단 말이지."

"어허! 부처님은 뭐 하시나, 인두겁을 뒤집어쓴 마귀들을 당장 지옥에 던져 버리시지 않고?"

주민들의 일부는 분기를 참지 못해 현청으로 몰려갔다.

아침 일찍 출근한 감덕형은 주민들을 돌려보냈다.

관병을 동원한들 촉중당문을 막을 수 없고, 또한 인질로 잡혀 있는 아이들과 가족들이 위험해지기 때문이다.

"그 더러운 년이 이런 일을 막으려고 날 풀어준 것이겠지."

빠드득.

당사옥을 떠올리자 감덕형은 이가 갈렸다.

한편 일부 주민들은 백화산장으로 몰려갔다. 그들은 몽둥이와 낫, 곡괭이 등을 들고 있었다.

"와아아~ 물러가라!"

끼이익~

백화산장의 대문이 열렸다.

촉중당문의 무인들이 우르르 몰려나왔다. 그들이 들고 있는 무기는 보기에도 무시무시한 대도와 철퇴 등이었다. 작고 앙증맞은 귀여운 암기 종류는 아예 보이지도 않았다.

협박용 무기였다.

촉중당문의 무인들은 대도와 철퇴를 휘두르며 무력시위를 했고, 효과는 즉각적으로 나타났다. 주민들이 몽둥이와 낫, 곡괭이를 슬그머니 등 뒤로 숨기고 슬금슬금 뒷걸음쳤다.

점거당한 백화산장

"왘!"

인상 더럽게 생긴 놈이 대도를 휘두르며 괴성을 지르자 주민들이 화들짝 놀라며 엉덩방아를 찧었다.

"으아악~"

겁에 질린 주민 한 명이 비명을 지르며 도망치자 전염병처럼 공포가 퍼졌다. 주민들이 일제히 도망쳤다.

촉중당문의 무인들 앞에 주민들은 남아 있지 않았다. 주민들이 가지고 왔다가 버리고 간 몽둥이와 낫, 곡괭이 등이 땅바닥에 쓰레기처럼 남겨져 있었을 뿐이다.

힘없는 민초들의 비참함이 여실히 드러났다.

"뭣들 하느냐? 어서 들어와라. 할 일이 많다."

"네, 알겠습니다."

촉중당문의 무인들이 백화산장 안으로 들어갔다. 그들은 백화산장 내부에 함정을 파거나 온갖 종류의 기관 장치를 설치하느라 여념이 없었다.

소문은 발 없이도 천 리를 간다.

의도적으로 퍼뜨린다면 더 빠르게 퍼지는 법이다.

안회는 낙산 하오문의 힘을 총동원해 소문을 퍼뜨렸을 뿐 아니라 백화산장을 점거한 촉중당문의 인원수와 목적, 총괄적인 무력 등의 고급 정보를 수집했다. 진호가 나타나 촉중당문과 싸울 때를 대비해 조금이라도 도움이 되려는 것이다.

어쨌든 소문은 장강을 따라 널리널리 퍼져 나갔다.

아미산 복호사.
촉중당문의 세력이 백화산장을 점거했다는 소식이 전해지자 곧바로 장로회의가 열렸다. 상황을 주시하자는 온건파와 지금 당장 낙산에 가서 촉중당문의 세력을 몰아내야 한다는 주전파의 의견이 첨예하게 대립했다.
"아미타불."
아미파의 장문인 수심 노사태가 양파의 의견 충돌을 묵묵히 쳐다보며 불호를 외웠다. 양파의 진영은 입을 다물었다.
선방은 한참 동안 침묵이 깔렸다.
똑똑.
"무슨 일이냐?"
중년 여승이 문을 열고 들어왔다.
"손님이 왔습니다."
중년 여승이 당혹스런 표정을 숨기지 못한 채 녹색 표지의 배첩을 내려놓았다. 수명 사태가 배첩을 펼쳤다.

촉중당문 공양당(供養堂)의 장로 당백영이 아미파의 장문인께 면담을 요청하오.

배첩을 든 수명 사태의 손이 사시나무 떨듯 떨렸다. 다들 의아해하자 수명 사태는 배첩을 탁자에 내려놓았다.

"헉!"

"아, 아미타불."

"어허! 당문이 본 파를 너무 무시하는구나."

장로들은 모두 경악하거나 분노했지만 수심 노사태는 허탈해하며 일어섰다.

"장문인!"

"설마 악적의 면담을 받아들이려는 겁니까?"

"안 됩니다. 당장 그 악적을 죽여야 합니다!"

장로들은 분통을 터뜨렸다.

수심 노사태는 장로들을 물끄러미 바라보다가 입을 열었다.

"여기가 사찰인가, 아니면 산채인가?"

"……."

"어느 사찰이 부처님을 만나러 찾아온 시주를 죽이네 살리네 하는가? 언제부터 아미산이 녹림이 됐는가?"

"그, 그러나……."

수심 노사태는 선방을 나와 정문으로 향했고, 장로들은 난감한 표정을 감추지 못하고 뒤를 따랐다. 다들 수심 노사태를 말리고 싶었지만 입도 뻥긋하지 못했다.

"아미타불."

수심 노사태는 불호를 외우고 정문을 나섰다.

당백영은 복호사의 정문 아래에 있는 첫 번째 계단참에서 수심 노사태를 기다리고 있었다.

"당백영이외다."

수심 노사태가 나타나자 당백영은 정중하게 포권을 하며 자신의 이름을 밝혔다.

"빈승은 아미파의 장문을 맡고 있는 수심입니다. 당 시주는 무슨 일로 면담을 요청하신 겁니까?"

"귀 파와 본 문의 불편한 관계를 생각해 노부가 아미산을 찾은 이유를 단도직입적으로 밝히겠습니다."

"말씀하세요, 당 시주."

"본 문의 아이들이 낙산의 백화산장을 점거했소. 우리의 목적은 독군 형님을 암살한 원수를 백화산장으로 불러들여 복수하려는 것밖에 없소. 절대로 아미파를 공격할 의도는 없다는 것을 밝히려고 노부가 사신으로 온 것이오."

이건 일방적인 통보였다.

아미파를 무시하지 않고는 이렇게 행동할 수가 없다.

수심 노사태와 장로들은 분노했다.

"아미타불. 참으로 오만하군요."

"본 문은 일이 커지길 원치 않소."

"그 또한 오만한 발언임을 모르는 겁니까? 제멋대로 본 문의 영역을 침범하고는 협박까지 하다니……."

"그렇게 들렸다면 사과하겠소."

아미파 진영이 분노했는데도 당백영은 뻔뻔할 정도로 당당했다. 입으로는 사과해도 태도는 그렇지 않았다.

아미의 여승들은 모욕감에 몸을 가누지 못했다.

"당 시주, 시비를 걸려고 온 겁니까?"

당백영은 상의를 벗어던지고 양손을 내밀었다.

"내 수중에는 한 줌의 독도 없고 한 개의 암기도 없소."

"아미타불. 빈손이면 뭐 하오? 당 시주의 혓바닥은 어떤 극독보다 독하고, 위세는 어떤 암기보다 흉악하거늘."

"수심 장문인께선 노부를 너무 높게 평가하셨소."

"빈승은 오히려 과소평가한 게 아닌가 싶소만……."

"그건 차차 알게 될 것이오."

수심 노사태가 의아하다는 표정을 지으며 노려보자 당백영은 음산한 미소를 짓고는 입을 열었다.

"다시 한 번 말하지만 본 문은 복수가 끝날 때까지 귀 파와 충돌하는 것을 원치 않소이다. 그러나 불미스런 과거로 인해 본 문과 귀 파는 서로를 불신할 뿐 신뢰하지는 않소. 그래서 복수가 끝나고 본 문의 아이들이 낙산을 떠날 때까지 노부가 아미산에 인질로 남아 있겠소."

"…인질?"

"으음……."

수심 노사태와 장로들이 당혹스런 표정을 짓자 당백영은

팔짱을 끼고 의미심장한 미소를 짓더니 그대로 주저앉았다.
 모든 처분을 맡긴다는 뜻이었다.
 당백영의 미소가 깊어질수록 아미파의 고민은 깊어만 갔다.

제31장

가을 출도

 진호는 북경에 돌아온 뒤부터 무공 수련에 몰두했고, 산예와 상아는 양개의 도움을 받아 정보를 수집하고 분류했다.
 두 여인이 다루는 정보는 한왕이 유폐된 소요성의 동향과 그 주변의 움직임이었다. 진호는 한양군주와 좌장사가 한왕을 구하러 나타날 것이라고 예측했다. 동창도 잔당들이 나타날 것이라고 판단해 감시의 눈길을 아끼지 않았다.
 그러던 어느 날…….
 진호가 갑자기 여장을 챙겼다.
 "호, 어딜 가려는 거야?"
 "낙산."

"낙산대불이 있다는 사천성의 낙산?"

진호가 고개를 끄덕였다.

"왜?"

진호의 얼굴에 짙은 음영이 드리워졌다.

"과거의 악연이 곤란한 문제를 일으켰어."

"그럼 같이 가."

"산예는 한왕 주변을 감시해. 언제 한양군주가 나타날지 모르잖아. 그리고 그때 상궁감도 모습을 드러낼 거야."

진호가 고개를 저으며 말했다.

'갈미홍은 독군이 사용했던 독공을 사용했지. 오독일파와 계통이 다른 독공이었어. 분명히 뭔가가 있어!'

곡소쌍로도 의심의 대상이었다. 그 두 노인은 천하구대고수에 육박하는 무공의 소유자인데도 천군단의 호법으로 만족하고 있었다. 또한 두 노인을 대하는 갈미홍의 태도도 이상했다.

산예가 진호의 안색을 물끄러미 쳐다보다가 입을 열었다.

"호가 없다면 상궁감이 나타나도 내가 할 수 있는 일은 별로 없어. 차라리 호를 따르는 게……."

진호가 고개를 젓자 산예는 입을 다물었다.

"산예의 안위가 가장 중요해. 복수를 하든, 꼬인 매듭을 풀든 중요한 건 산예가 안전해야 한다는 거야. 만약 내가 없을 때 상궁감이 나타나면 움직이지 마. 알았지?"

"알았어."

산예가 고개를 끄덕였다.

진호는 갈미홍을 떠올리며 난감해했다. 그녀는 스승이나 다름없는 방각의 처형이기 때문이다. 그래서 산예와 상아에게도 그녀의 본명만큼은 가르쳐 주지 않았다.

"최대한 빨리 처리하고 돌아올게."

"그 약속 지켜줘."

"지킬게."

진호는 배낭을 들고 밖으로 나갔다.

멍멍.

요롱이가 꼬리를 흔들며 진호를 반겼고, 부엌에서 뭔가를 지지고 볶던 상아도 냉큼 튀어나왔다.

"어? 진 가가, 어디 가려는 거예요?"

진호가 고개를 끄덕이자 산예가 상아에게 설명했다. 상아는 따라가겠다고 앙탈을 부렸다.

"안 돼."

"히잉……."

진호가 단호하게 끊어버리자 상아는 어린애처럼 울상을 지으며 눈물을 글썽거렸다.

"요롱이, 너도 안 돼. 이번엔 산예와 상아를 지켜."

살랑거리며 흔들리던 요롱이의 꼬리가 그대로 멈췄다. 그야말로 불쌍해 보이는 개의 얼굴을 하고서 슬픈 눈망울로 진

가을 출도 239

호를 바라보는 요롱이. 진호는 가차없이 고개를 저었다.

산예가 침울해하는 요롱이를 쓰다듬으며 입을 열었다.

"우리가 기다리고 있다는 걸 잊지 마."

"응."

그녀의 부드러운 음성에 무사히 돌아오라는 의미가 깔려 있었기에 진호는 편안하게 미소를 지을 수 있었다.

"그럼 다녀올게."

"응. 잘 다녀와."

산예의 얼굴은 부드러우면서 안정감이 느껴졌다.

진호는 밖으로 나가자 표정이 달라졌다. 칼날처럼 날카롭고 거대한 빙벽처럼 섬뜩함을 뿌렸다. 촉중당문이 백화산장을 점거하고 인질들을 잡았다는 소문이 진호의 내면에서 잠자고 있던 사나운 악귀를 깨우고 만 것이다.

당사옥과 네 소녀가 얼굴을 마주했다.

"너희들에게 묻고 싶은 게 있다."

소녀들은 입을 꼬옥 다물고 고개를 숙였다. 당사옥의 가느다란 눈썹이 위로 치켜 올라갔다.

"흥! 입을 다무시겠다!"

그녀는 음산한 미소를 짓더니 손바닥을 쳤다.

짝짝.

보기에도 무시무시한 곤봉을 쥔 사내들이 들어왔다. 소녀들을 노려보는 그들의 눈빛은 먹잇감을 노리는 늑대의 눈빛과 닮아 있었다. 사내들은 당사옥이 눈짓하자 소녀들 면전에서 곤봉을 휘두르며 살벌한 분위기를 조성했다.

꿀꺽.

소녀들은 침을 삼키며 떨리는 몸을 밀착시켰다.

당사옥이 입을 열었다.

"질문은 간단해. 물론 대답도 간단해. 하지만 너희들이 입을 다물면 간단치 않은 일을 겪게 될 거야."

"……."

"끝까지 입을 열지 않는구나. 좋아. 그럼 질문하지. 그자의 이름은 무엇이냐?"

소녀들은 침묵했다.

"다시 한 번 묻지. 너희들이 대인이라고 부르는 그자의 이름은 뭐냐?"

이번에도 소녀들은 입을 열지 않았다.

당사옥은 사내들에게 시선을 돌렸다. 사내들은 목례를 하더니 소녀들의 등에다 몽둥이를 날렸다.

퍼퍽!

"아악!"

"꺄아악!"

소녀들이 비명을 질렀다. 그러나 울지는 않았다.

'울면 지는 거야!'

가을 출도 241

소녀들은 미리 약속이라도 한 것처럼 같은 생각을 하고 있었다. 사내들은 인정사정없이 몽둥이 세례를 퍼부었고, 소녀들은 끝까지 입을 다물었다.

―죽어도 주인님을 배신할 수는 없어.

소녀들의 의지는 굳건했지만 몸은 그렇지 못했다. 건장한 사내들이 휘두르는 몽둥이를 연약한 소녀들이 견딜 리가 없다. 춘매가 가장 먼저 의식을 잃고 쓰러졌다.
하란이 몸을 날려 춘매를 감쌌고, 결과적으로 두 명분의 몽둥이 세례를 받아야 했다. 추국과 동죽이 몸을 날렸다.
소녀들은 기절할 때까지 두들겨 맞았다.
"멈춰!"
당사옥이 짜증난 얼굴로 외치자 사내들이 물러났다.
피투성이가 된 소녀들은 고통에 찬 신음성은 흘려도 결코 눈물은 흘리지 않았고, 당사옥이 원하는 대답도 하지 않았다.
"물을 뿌려라."
쫘아악!
소녀들이 신음성을 흘리며 깨어났다.
짝짝.
당사옥이 손바닥을 치자 곤봉을 쥔 사내들이 밖으로 나가고 허리에 칼을 찬 사내들이 아이들을 끌고 들어왔다. 아이들은 감덕형의 자녀들이었다.
 "누, 누나아~"
 "으아앙~ 언니."
 아이들이 피투성이가 된 채 쓰러져 있는 네 소녀를 보고 울음을 터뜨렸다.
 하란이 힘겹게 입을 열었다.
 "무, 무슨… 짓을… 하려는… 거죠?"
 당사옥의 입가에 잔혹한 미소가 떠올랐다.
 사내들이 아이들을 바닥에 엎어뜨리고 칼을 뽑았다. 그리곤 아이들의 뒷목에 칼을 댔다.
 "으아앙~"
 "사, 살려주세요."
 아이들이 발작하듯 사지를 저으며 애원했다.
 "아, 안 돼요!"
 "머, 멈추세요!"
 소녀들이 발작하듯 외쳤다.
 당사옥의 미소가 짙어졌다.
 소녀들은 온몸이 부서질 것처럼 아팠지만 지금 당장 목숨이 위태로운 동생들을 보자 혼이 나갈 것처럼 놀라 버려 일말의 통증도 느끼지 못했다.
 "제발 살려주세요."
 소녀들이 당사옥에게 애원했다.

당사옥은 음산하게 웃으며 입을 열었다.
"그자의 이름을 밝히면 저애들은 살 거야."
"……."
"아무래도 피를 봐야 입이 열리겠구나."
당사옥이 아이들을 훑어보다가 가장 어린 여아를 가리켰다. 감덕형의 막내딸이었다. 지시를 받은 사내가 손에 힘을 줬다.
"으아앙~"
감덕형의 막내딸이 비명을 질렀다. 칼날이 뒷목의 살갗을 파고들어 가면서 피가 흘러내렸다.
"그, 그만!"
"안 돼!"
당사옥이 고개를 끄덕이자 사내가 칼을 뺐다.
감덕형의 막내딸은 미친 듯이 비명을 지르며 울어댔다.
"더 이상 자비는 없다. 어서 말해라!"
당사옥이 사납게 몰아붙였다.
소녀들은 눈을 마주치고 고개를 끄덕이더니 하란이 대표로 입을 열었다.
"주, 주인님… 성함은… 진호세요."
"지, 지금 진호라고 했느냐?"
당사옥은 경악한 얼굴로 반문했지만 네 소녀는 대답하지 않았다. 아니, 할 수가 없었다. 소녀들은 진호를 배반했다며 눈물을 펑펑 쏟아내고 있었기 때문이다.
"흑흑… 괜찮아. 넌 잘못한… 게… 흑흑… 없어."
다른 소녀들이 하란을 위로했다.
당사옥이 벌떡 일어나 밖으로 향했다.
"동생들을… 풀어줘요……."
하란이 당사옥에게 외쳤다.
밖으로 나가려던 당사옥은 감덕형의 자녀를 붙잡고 있는 사내들에게 입을 열었다.
"아이들을 제 어미에게 데려다 줘라."
"네, 아가씨."
사내들이 애들을 끌고 나갔다.
당사옥도 밖으로 나갔고 실내에 소녀들만 남았다.
잠시 후,
약상자를 든 노인이 아직도 눈물을 그치지 않고 울고 있는 소녀들을 방문했다. 노인은 소녀들의 상태를 훑어보고는 한숨을 내쉬었다. 촉중당문에도 사람은 있었다.

당사옥은 자신의 거처에 박힌 채 움직이지 않았다.
빛이 희미해지고 어둠이 실내를 잠식했는데도 그녀는 앉은 자세 그대로 움직이지 않았다.
"아!"
그녀는 의식이 돌아오자 어둠을 인식하고 촛불을 켰다.

가을 출도

희미한 불빛이 실내를 밝혔다.

그녀는 추괴했던 과거의 진호와 수려한 현재의 진호가 그려져 있는 두 장의 수배 전단과 작고 가느다란 철봉을 탁자에 내려놓았다. 철봉은 백원도의 축이었다.

"동일인일까? 동명이인(同名異人)일까?"

그녀는 두 장의 수배 전단을 뚫어지게 노려보았다.

두 장의 수배 전단에 그려져 있는 초상화는 극단적으로 다른 인물이었다. 진호라는 이름만 같을 뿐 전혀 다른 사람이었다. 하지만 여자의 직감이 묘한 신호를 보냈다.

그녀의 시선이 백원도의 축에 머물렀다.

"추괴한 진호는 백원도를 왜 태웠을까? 그자는 백원도가 보물이란 것을 몰랐던 걸까?"

백원도의 금속 축이 불빛을 반사하며 반짝거렸다.

"그자는 백원도의 비밀을 푼 거야. 그래서 태운 거야. 외모가 달라진 것도 백원도의 힘이 얻었기 때문일 거야."

당사옥은 자기 자신에게 질문하고 대답하는 방식으로 진실에 접근해 갔다.

"두 명의 진호는 동일인이야!"

그녀의 결론은 내렸다.

"백원도의 비밀을 풀지 않고서야 할아버지와 수룡왕에게 이길 무력을 가질 수는 없어."

당사옥은 벌떡 일어섰다.

"본가에 돌아가서 아버지와 상의해야겠어."

따앙. 따앙. 따앙…….
당장이라도 쓰러질 것 같은 낡은 대장간에서 흘러나오는 망치질 소리치고는 맑고 청아했으며 심혼이 느껴졌다.
뚜벅뚜벅…….
한 여인이 은백색으로 빛나는 긴 머리칼을 휘날리며 대장간을 향해 걸어오고 있었다.
그녀는 흑포와 백포를 교차해 도포처럼 부풀린 특이한 형식의 옷을 입고 있었고, 얼굴은 은백발의 머리카락과 달리 젊고 아름다웠으며 키는 훤칠해 웬만한 남성보다 커 보였다. 그럼에도 얼굴에 아직 어려 보이는 구석이 남아 있었다.
푸르릉…….
바구니 두 개를 양 옆구리에 매단 당나귀 한 마리가 그녀의 뒤를 느릿느릿한 걸음으로 따르고 있었다.
은백발의 여인이 대장간 앞에서 걸음을 멈췄다.
"황 노인."
망치질 소리만 들려올 뿐 대꾸조차 없다.
은백발의 여인이 눈살을 찌푸리며 대장간으로 들어갔다.
웃통을 벗어 던진 노인이 시뻘겋게 달궈진 쇠를 두드리고 있었다. 노인의 이마에 가득한 주름과 달리 상체는 나이를 초월한 듯 근육질로 이루어져 있었다.

"황 노인!"

은백발의 여인이 큰 소리로 외치자 쇠를 두드리던 근육질의 노인이 망치질을 멈추고 고개를 돌렸다.

"소저가 부탁한 물품은 저쪽에 준비해 뒀소."

황 노인은 할 말을 다했으니 더 이상 볼일이 없다는 듯 벌겋게 달아 있는 쇳덩이에 시선을 돌리고 망치를 들어올렸다.

땅! 땅! 땅…….

망치질 소리는 경쾌했다.

그에 비해 황 노인의 태도는 쌀쌀맞다 못해 불쾌했다. 그러나 은백발의 여인은 일절 화도 내지 않았고 무표정한 얼굴로 황 노인이 가리킨 곳으로 걸어갔다.

탁자 위에 육 척 길이의 강철봉과 사 척 길이의 칼, 삼 척 길이의 철편, 일 척 길이의 유엽비도 열 자루, 오리 알 굵기의 쇠공 삼십여 개, 가느다란 강철 실타래가 놓여 있었다.

은백발의 여인은 삼 척 길이의 철편부터 들었다.

부웅~

은백발의 여인이 철편을 가볍게 휘두르자 섬뜩한 파공성이 일었고, 순간적으로 발생한 강렬한 기파가 황 노인의 정심을 사정없이 깨뜨렸다.

타앙!

쨍!

날카롭고 둔탁한 타격성이 터져 나오더니 황 노인이 두드리던 쇳덩이가 두 동강 났다. 황 노인은 동강 난 쇳덩이를 집어던지고 은백발의 여인을 매섭게 노려보았다.

그녀는 황 노인의 시선을 가볍게 무시했다.

촤라라락~

그녀가 삼 척 길이의 철편을 좌우로 펼쳤다. 철편은 강철로 만든 부채였다.

"호오~ 훌륭해."

그녀는 강철 부채를 이리저리 살펴보다가 탁자에 내려놓고 육 척 길이의 철봉과 사 척 길이의 칼을 들었다. 철봉과 칼도 강철 부채에 못지않은 명품이었다.

다 쓰러져 가는 대장간, 그것도 조수 하나 없이 늙은 노인 혼자 하는 대장간에서 나올 수 없는 물건들이었다.

"제대로 만든 건지 확인해 볼까."

그녀는 황 노인의 신경을 긁더니 철봉의 끝에다 칼자루를 집어넣고 빙글빙글 돌리고는 철정을 꽂아 고정시켰다. 칼과 철봉은 단독병기이며 조립식 병기였다.

부우웅~

그녀가 대도를 그었다.

칼날이 닿지도 않았는데 벽면에 실낱같은 선이 그어졌다.

"연결 부위의 흔들림도 없고 중심도 제대로 잡혔군. 대단히 훌륭한 명품이야!"

은백발의 여인은 칼과 봉을 해체하고 탁자에 내려놓은 후, 유엽비도를 만지작거리며 형태와 무게중심을 살피더니 위로 던졌다 잡기를 수차례.

획~

그녀가 갑자기 비도를 던졌다.

비도가 벽면 앞에서 멈추더니 빙그르르 돌며 방향을 바꿔 칼날이 반대 방향으로 향했다.

팍!

비도가 은백발의 여인에게 날아갔다. 그녀는 되돌아온 비도를 가볍게 낚아챘다.

비도술의 경지를 초월한 마법 같은 묘기였다.

그녀는 비도를 내려놓고 오리 알 크기의 쇠공을 잡았다. 은백발의 여인은 쇠공을 쥐고 이리저리 굴리다가 탁자에 내려놓고 철사 뭉치를 잡았다.

팽!

그녀가 철사를 붙잡고 당기자 선명한 금속성이 울렸다.

"굉장해! 사부님이 추천할 만한 장인이야."

은백발의 여인은 무기를 모두 챙기고 탁자에 금원보를 내려놓았다. 황금 백 냥의 값어치가 있는 무구(武具)라고 생각했기 때문에 금원보를 지불한 것이다.

황 노인이 퉁명스런 얼굴로 입을 열었다.

"돈은 필요없네."

"한 냥짜리 음식은 한 냥의 맛을 내고 백 냥짜리 음식은 백 냥의 맛을 내는 법이지."

은백발의 여인이 피식 웃으며 대꾸했다.

"나는 이십 년 넘게 농기구를 비롯해 사람들에게 필요한 도구만 만들었다. 설사 죽는 한이 있어도 더 이상 피를 부르는 병장기는 만들지 않겠다고 맹세한 내가 병기를 만든 건 그대가 생명의 은인이신 방 어른의 제자였기 때문이다."

"사부님은 사부님, 나는 나야. 이 아이들이 내 것이 되기 위해선 나는 황 노인에게 셈을 치러야 해."

은백발의 여인이 철봉을 가리키며 말했다.

"방 어른과의 인연 때문에 다시 병기를 만들었지만 은혜를 갚겠다며 공짜로 넘길 의향도 없다. 그렇다고 돈을 받을 생각도 없다. 돈을 받으면 맹세를 어긴 것이기 때문이다."

"원하는 게 뭐야?"

"그냥 가져가라. 그리고 날 잊어다오. 나도 그대가 가져간 것들을 만든 사실을 잊겠다."

"꽤나 값이 비싸군."

은백발의 여인은 금원보를 품속에 집어넣고 투덜거리며 밖으로 나가자 황 노인은 다시 망치를 들었다.

따앙. 따앙. 따앙…….

망치질 소리가 울려 퍼졌다.

은백발의 여인이 나오자 한가롭게 주변을 돌아다니던 당나귀가 걸음을 멈추고 씹고 있던 풀을 뱉어냈다.

제법 불량스러웠다.

은백발의 여인은 대장간에서 가지고 나온 무기 중에 철봉을 제외한 나머지 무기들을 당나귀의 왼쪽 옆구리에 달려 있는 바구니에 집어넣었다.

"엄마."

당나귀의 오른쪽 바구니에서 서너 살로 보이는 귀여운 여자 아이의 머리가 불쑥 튀어나왔다.

"왜?"

"여기… 시끄러."

여자 아이가 입을 삐죽거렸다. 망치질 소리가 듣기 괴로웠던 것이다. 은백발의 여인은 피식 웃으며 입을 열었다.

"그래, 알았어."

은백발의 여인이 대장간을 뒤로하고 발걸음을 옮기자 당나귀가 느릿느릿 뒤를 따랐다.

촉중당문의 총관인 당계가 백화산장을 장악한 무리의 우두머리였다. 당사옥이 백화산장을 떠나 본가로 돌아가려면 당계의 허락을 받지 않고선 불가능했다.

그녀는 당계를 만나러 움직였다.

"숙부님, 사옥입니다."

"들어오너라."

당사옥이 문을 열고 당계의 거처로 들어갔다.

당계는 수십여 장의 도면을 탁자에 내려놓고, 지금까지 백화산장에 설치된 함정과 기관들을 확인하고 있었다. 당사옥은 당계가 시선을 돌릴 때까지 기다렸다.

"오! 미안하구나. 확인할 게 끝나지 않아 기다리게 했구나."

"아닙니다. 바쁘신데 찾아와 죄송할 따름입니다."

"알아주니 됐다. 그런데 무슨 일이냐?"

"원수의 본명을 알아냈습니다."

당계의 눈이 가늘게 좁아지면서 음산한 빛이 흘러나왔다. 마치 먹이를 노리는 짐승의 눈 같았다.

당사옥이 조심스럽게 입을 열었다.

"원수의 이름은 진호였습니다."

"진호!"

촉중당문의 혈족들은 진호라는 이름을 촉남죽해의 혈난과 백원도 때문에 귀에 딱지가 붙을 정도로 들었다.

당계도 그 이름을 모를 리 없다.

"묘하군. 정말 묘해."

당사옥은 입을 다물었다.

"더 이상은 없느냐?"

"아이들이 아는 건 본명밖에 없었습니다."

"수고했다."

당사옥을 바라보는 당계의 눈길에서 서늘함이 느껴졌다.

"요청할 게 있습니다."

"뭐냐?"

"만약의 사태를 대비해 네 아이 중에 한 명을 본가로 압송했으면 합니다."

"최고의 함정과 살인 기관을 설치 중이다."

당계가 불쾌하다는 기색을 드러냈다.

"그래서 만약의 사태라고 말씀드린 겁니다."

"나를 믿지 못하겠다는 거구나."

"할아버지도 그자의 마수를 피하지 못했습니다."

독군도 당했는데 당신이 무슨 수로 버티겠냐는 뜻으로 들릴 수 있다. 아니, 당계는 그렇게 받아들였다.

"심히 불쾌하구나."

"죄송합니다."

"됐다. 네 뜻대로 해라."

"고맙습니다."

두 숙질 간에 침묵이 흘렀다.

일 다경이 지나자 당계가 입을 열었다.

"호송을 누구에게 맡길 생각이냐?"

"제가 말을 꺼냈으니, 책임도 제가 지겠습니다."

"녹영을 철수시킬 생각이냐?"

당계가 눈썹을 치켜 올리며 질문했다.

"아닙니다. 제가 돌아올 때까지 중대의 대주가 녹영의 총사 업무를 대행할 겁니다."

"설마 너 혼자 움직일 생각이냐?"

"호위는 녹영의 후대에게 맡길 생각입니다."

"이상하구나. 네 심복은 좌대일 텐데……."

"좌대의 무사들은 원수의 얼굴을 직접 봤습니다. 그들은 원수가 나타날 때까지 이곳을 떠나서는 안 됩니다."

당계는 고개를 끄덕였다.

'제멋대로지만 중요한 게 뭔지를 잊지는 않았군. 하지만 원수가 언제 올지 모르는 상황인데 귀가를 하겠다니… 이상한 일이야. 아무래도 뭔가 숨기는 게 있군.'

그는 찜찜한 기분이 들었지만 더 이상 거론하지는 않았다.

"알았다. 네가 없는 동안 녹영과 관련된 일은 중대의 대주에게 명령을 내리겠다."

"네. 그럼 이만 물러가겠습니다."

당사옥이 나가자 당계는 도면 쪽으로 시선을 돌렸다.

반 각이 지나기도 전에,

쾅!

당계가 탁자를 내려쳤다. 그의 눈이 살무사의 눈처럼 번들거리며 음산한 광채를 내뿜었다.

다음날 아침 당사옥은 춘매와 하란, 추국, 동죽이 갇혀 있는 방에 들어갔다. 네 소녀는 밤새도록 울었는지 눈이 퉁퉁 부어올랐고, 힘이 빠져 축 늘어져 있었다.

당사옥은 네 소녀를 훑어보았다.

"약사 어른이 제대로 치료했군."

소녀들은 몽둥이 세례로 엉망이 됐다고 믿기지 않을 정도로 멀쩡했다. 당문의 의원 노인이 소녀들을 불쌍히 여겨 약을 아끼지 않고 전심전력으로 치료한 덕분이다.

"너로 정했다."

당사옥이 추국을 지목했다.

문밖에서 대기하고 있던 녹영 후대의 무사 두 명이 실내로 성큼성큼 들어오더니 추국의 양팔을 붙잡았다.

"꺄악!"

"무, 무슨 짓이에요?"

설명도 대답도 없었다.

무사 두 명이 무작정 추국을 끌고 나갔다.

춘매와 하란, 동죽이 벌떡 일어나 끌려가는 추국에게 달려갔지만 당사옥이 앞을 가로막았다. 세 소녀가 주먹을 날리거나 발차기를 감행했다. 지금까지 숨겼던 무공을 펼쳤지만…

"그 정도론 어림없다."

진호가 네 소녀에게 가르쳐 준 무공은 기초에 불과했으며 수련 기간도 그리 길지 않았다. 당사옥에겐 어림없는 수준이었다. 게다가 소녀들은 아직 상처가 다 낫지도 않았다.

퍼퍼퍽!

"아악!"

"꺅!"

당사옥이 세 소녀를 탄퇴로 날려 버렸다.

세 소녀는 바닥에 쓰러진 채 신음성을 흘리며 눈물을 쏟아냈다. 당사옥의 독수를 피한 덕분에 크게 다치지는 않았지만 하란이 끌려가는데도 무력한 자신들이 비참했던 것이다.

당사옥은 녹영 후대의 무사 삼십 인의 호위를 받으며 백화산장을 나왔다. 추국이 맹렬하게 반항했지만,

퍽!

녹영의 무사는 피도 눈물도 없었다. 아직 어리고 가냘픈 추국의 복부를 주먹으로 가격해 기절시킨 것이다. 그리곤 귀찮은 짐짝처럼 어깨에 메고 발걸음을 옮겼다.

낙산의 선착장에 작은 여객선이 정박했다.

수십여 명이 여객선에서 하선했고 곧바로 승객들을 태웠다. 그럼에도 여객선은 출발하지 않았다. 선원들이 두려워하는 기색을 감추지 못한 채 선상 중앙부에 있는 망루를 힐끔힐끔 쳐다보다가 선장을 향해 하나둘 시선을 돌렸다.

선장은 한숨을 내쉬고 망루로 향했다.

"소, 손님."

선장은 망루의 출입구에서 조심스럽게 입을 열었다.

망루 안에서 아무 소리도 나오지 않았다.

"나, 낙산입니다. 저희는 이제 돌아가야 합니다. 장강을 계속 여행하시려면 여기서 다른 배로 갈아타십시오."

끼이익~

문이 열렸다.

양 옆구리에 바구니를 매단 당나귀 한 마리가 나왔다. 당나귀는 입을 쩍 벌리며 하품을 하더니 주변을 둘러보고는,

푸르릉~

투레질을 하고 망루 밖으로 나왔다.

곧이어 은백발의 여인이 모습을 드러냈고, 선장은 황송하다는 듯이 머리를 조아렸다. 은백발의 여인은 말없이 하선했고, 당나귀도 좁은 발판을 느긋하게 걸어서 내려갔다.

선장은 안도의 한숨을 내쉬었다.

"휴우······."

그리고는 낮은 음성으로 다급하게 선원들을 채근했다.

"빨리 움직여라."

선원들은 그야말로 바라던 일이라며 곧바로 움직였고, 작은 여객선은 정말 빠른 속도로 출항했다.

"우아~ 나이는 어려 보이는데 머리가 하예."

"엄청 예쁘잖아."

"키도 엄청 커."

선착장에 있던 사람들이 여객선에서 하선한 은백발의 여인을 보며 수군거렸다. 그녀의 외양은 사람들의 시선을 끌기에 충분하고도 남았던 것이다.

그때 나루터에…

"비켜라!"

휘이익~ 짝!

채찍이 공기를 가르자 인파가 갈라졌고, 녹포를 두른 삼십여 명의 무리가 나타났다. 검은색 옷을 입은 여자가 무리의 선두에 있었다. 그녀의 인상은 날카로웠고, 가늘고 길게 째진 눈매는 뱀의 눈이 연상될 정도로 음산했다.

당사옥과 녹영 후대의 무사들이었다.

방금 도착한 외지인들은 두려움에 몸을 사리거나 혹은 어리둥절한 눈으로 그들을 쳐다봤지만, 나루터에 있던 낙산의 주민들은 증오심이 가득한 시선으로 노려보았다.

'당문의 악귀들.'

'한 번도 아니고 두 번이나 침범해.'

'낙산대불의 신통력이 너희를 벌할 거다.'

낙산 주민들의 증오심은 컸다.

당사옥과 녹영 후대의 무사들은 증오심에 불타는 주민들의 시선을 무시했다. 오히려 보무도 당당히 나루터에 들어섰다.

그때 기절했던 추국이 깨어났다.

추국은 주변이 인파에 휩싸인 것을 보고 소리쳤다.

"살려주세요!"

낙산의 주민들은 그제야 추국을 발견했다. 그들은 격분했지만 선뜻 나서는 사람은 하나도 없었다. 힘없는 민초들이 촉중당문의 무사들을 상대하기에는 어려운 것이다. 그저 증오하는 시선으로 노려보고 힘없이 시선을 돌릴 수밖에 없다.

"제발 살려주세요!"

추국이 눈물을 흘리며 외쳤다.

선착장의 덩치들이 더 이상 참지 못하겠다며 일어섰다. 그들 두목인 애꾸가 덩치들을 통제했다. 촉중당문의 행사에 일체 끼어들지 말라는 안회의 명령이 있었던 것이다.

빠드득.

애꾸와 덩치들이 이를 갈았다.

당사옥은 그들의 움직임을 알고 있었지만 시선조차 주지 않았다. 그녀에게 있어 그들은 벌레에 불과했기 때문이다.

당사옥과 녹영의 무리가 선착장에 들어섰다. 아직 선착장에 있던 사람들은 당황하며 어쩔 줄을 몰라 했다. 녹영 후대의 무사들이 그들을 향해 채찍을 휘둘렀다.

휘익~

짝!

"으아악!"

"어이쿠!"

채찍을 맞은 사람들은 비명을 지르며 쓰러졌고, 남은 사람들은 허둥지둥 뒤로 물러났다. 문제는 다들 낙산에 들어가려고 우르르 몰려오는 중인데다 하나같이 짐을 가득 들고 있어 움직이기 어려웠다는 데 있었다. '어어' 하며 밀리다가 몇 사람이 쓰러졌고, 인파는 일파만파로 무너졌고, 엎치락뒤치락하는 와중에 몇 명이 선착장 밖으로 밀려나 강물에 빠졌다.

풍덩. 풍덩.

"어푸푸~ 사, 사람 살려!"

그야말로 수라장이 따로 없었다.

당사옥이 눈살을 찌푸리자 십여 명의 무사가 움직였다. 그들은 사람들을 발로 차서 선착장 바깥쪽으로 밀어냈고, 엉켜 있는 사람들은 통째로 들어서 강물 속으로 집어던졌다.

사방에서 비명이 속출했고, 물속에서 허우적거리며 살려달라고 애원하는 사람들로 넘쳤다. 특히나 엉킨 채로 강물에 빠진 사람들은 매우 위험한 상태였다. 그러나 녹영 후대의 무사들은 신경조차 쓰지 않았다.

"총사, 정리를 끝냈습니다."

당사옥은 고개를 끄덕이고는 발걸음을 옮겼다.

뚜벅뚜벅.

다각. 다각.

그때 은백발의 여인과 어딘가 의뭉스러워 보이는 당나귀가 나루터 쪽으로 걸어오고 있었다. 당사옥이 발걸음을 멈췄다.

가을 출도 261

사람들에게 채찍을 휘두르던 무사들이 이번만큼은 침묵했다.
'심상치 않은 여자다!'
강호에는 여자와 아이, 노인을 조심하라는 격언이 있다.
평범함 혹은 약한 모습 속에 암수가 숨어 있기 때문이다. 그런데 은백발의 여인은 겉으로도 평범하지 않았다. 아예 대놓고 기파를 뿌리는데… 바늘로 찌르는 것처럼 살갗이 따끔거렸고, 이마에 식은땀이 흘러내렸다.
―비켜.
그녀의 기파가 이렇게 말하고 있었다.
당사옥의 시선이 은백발의 여인을 샅샅이 훑어 내렸다.
가장 먼저 시선을 잡은 건 은백색으로 빛나는 머리카락이었고, 다음은 훤칠한 키와 우아하면서 긴 팔다리였다.
'나도 여자치고는 큰 편이지만……'
은백발의 여인은 당사옥보다 세 치는 컸다. 게다가 그녀는 단순히 큰 게 아니라 유선형의 곡선을 그리며 늘씬했다.
위이잉~
강바람이 그녀의 풍성한 흑백의 도포를 팽팽하게 잡아당겨 버려 우아하면서 유려한 곡선을 드러낸 것이다.
당사옥의 눈이 시퍼런 광채를 뿜어냈다. 명명백백한 질투심의 발로였다. 게다가 은백발 때문에 금방 눈에 들어오지는 않지만 그녀는 놀랄 정도로 아름다웠다. 피부도 투명하고 깨끗했고, 흑요석처럼 빛나는 눈동자도 매혹적이었다.

'말로만 듣던 색목인(色目人)인가?'

선명한 백발은 선풍도골의 필수 조건이다.

은백발 여인은 나이가 많아 보이지 않았다. 오히려 얼굴을 자세히 뜯어보면 아직 어린 티가 남아 있음을 확인할 수 있다. 그러나 화려한 은백발과 늘씬한 키, 유련한 곡선이 강렬하게 작용하는 바람에 눈에 들어오지 않는다.

"총사."

은백발의 여인이 멈추지 않고 계속 다가오자 녹영 후대의 대주인 당운곡이 당사옥을 바라보았다. 어떻게 행동할 것인지 명령을 내려달라는 의미였다.

당사옥은 고민했다.

기분 같아서는 은백발의 여인을 짓밟고 싶었다. 그렇지 않고는 가슴을 불태우는 질투심을 잠재울 수가 없을 것 같았다. 하지만 상대가 만만치 않아 보였고, 인질을 데리고 귀가하는 상황에서 말썽을 일으킬 수도 없었다.

"산개(散開)."

"네."

당운곡이 수신호를 보내자 후대의 무사들이 좌우로 갈라지더니 선착장의 양쪽 측면 끝에 섰다. 당사옥은 이를 빠득빠득 갈면서 옆으로 걸어가 자리를 피했다.

뚜벅뚜벅.

다각. 다각.

은백발의 여인이 당사옥을 스치고 지나갔다. 그녀는 선착장의 좌우측에 시립한 녹영 후대의 무사들을 쳐다보지도 않았다. 당당하면서도 우아하게 걸어갈 뿐이다. 녹영의 후대 무사들이 귀빈을 모시는 환영식을 하는 것 같았다.

뚝.

은백발의 여인이 갑자기 걸음을 멈추고 시선을 돌렸다. 그녀의 시선이 닿은 곳은 무사의 어깨에 매달려 있는 추국이었다.

추국이 고개를 들어 은백발의 여인과 시선을 마주치자 당사옥은 물론 녹영 후대의 무사들은 당황했다. 여기서 추국이 살려달라며 소란을 부리면 골치 아프기 때문이다.

그런데 상황은 생각보다 더 심각해졌다.

"어? 바보당나귀?"

추국은 은백발 여인의 뒤편에 있던 당나귀를 보며 눈을 동그랗게 떴다. 당나귀의 몸통은 새까맣지만 발목은 붉은 털이 수북했고, 다른 나귀와 달리 풍성한 붉은 갈기와 붉은 꼬리털은 진홍빛 화염 같았으며, 이마는 새하얀 털이 고리 모양을 이루었다. 무늬만 당나귀지 품종이 전혀 달랐다.

'주인님이 가끔씩 말해주던 당나귀야!'

진호가 요롱이의 천적이라며 알려준 괴상한 당나귀의 특징이 눈앞에 나타나자 추국은 희한하다는 표정을 지었다.

은백발의 여인이 입을 열었다.

"저 녀석의 이름을 누구에게 들은 거니?"
"저, 정말 바보당나귀예요?"
추국이 눈을 동그랗게 뜨며 반문했다.
"소저, 물러나시오."
추국을 어깨에 멘 무사가 은백발의 여인에게 말했다.
은백발의 여인이 손을 슬쩍 흔들었다.
파곽!
추국을 어깨에 멘 무사는 순식간에 마혈과 아혈을 제압당해 석상처럼 굳어져 버렸다. 그의 양옆에 있던 무사들이 동료가 어떤 상황에 놓였는지 알아챘다.
"공격당했다!"
그의 양옆에 있는 두 무사가 암기를 뽑으려고 했다.
퍼퍽!
두 사람의 고개가 홱 돌아가더니 몸이 붕 떠서 날아올랐다.
풍덩. 풍덩.
둘 다 물에 빠졌다.
퍼퍼퍼퍽~
"으악!"
"컥!"
후대의 남은 무사들이 둘보다 나았던 것은 단 하나, 비명이라도 제대로 지를 수 있었다는 것밖에 없었다. 다들 어떤 방식에 당했는지도 모른 채 강물 속에 처박혔다.

가을 출도 265

당사옥과 후대의 대주인 당운곡만 남았다.

당운곡의 양손이 뿌옇게 흐려졌다. 얼마나 빠르게 암기를 뽑았는지 손이 제대로 보이지도 않는 것이다.

퍼퍽!

빠각빠각!

당운곡의 흉부에 주먹 자국이 생겼다. 자국의 깊이는 한 치 이상, 늑골이 부서지고도 남을 깊이였다.

"커억!"

당운곡의 손가락 사이에 끼여 있던 탈수표 여섯 자루가 포물선을 그리며 날아올랐다가 선착장의 목재 바닥에 꽂혔다. 물론 당운곡은 피를 토하며 튕겨지듯 날아갔다가 쓰러졌다.

다른 무사들과 달리 은백발의 여인과 일직선에 위치했기 때문에 강물에 빠지는 수모는 피했다.

"…무형신권(無形神拳)."

당사옥이 은백발의 여인을 보며 신음성을 흘렸다.

천하에 무수한 권법이 있지만 신권이라 불리는 권법은 무형신권 외에는 소림사의 백보신권과 이백여 년 전 천하제일권이었던 권성(拳聖) 반요의 벽력신권(霹靂神拳)밖에 없다.

이 삼종의 신권들은 각각 특성이 있는데, 이중에 무형신권은 파괴력보다 은밀함에 중점을 뒀고, 최고의 경지에 들면 일체의 움직임 없이 권력을 날릴 수 있으며 상대는 적중당할 때까지 알아채지 못한다. 수룡왕이 진호와 격전을 치를 때 사용했던 무형장력인 유령인보다 상위의 무공이었다.

'움직임은 고사하고 일체의 흔들림도 없었어.'

당사옥의 이마는 식은땀으로 흥건했다.

무형신권의 최고 경지에 들었다는 증거를 은백발의 여인이 보여줬기 때문이다.

'어떻게 하지?'

당사옥의 호흡이 거칠어졌다.

'또다시 도망치기는 싫어.'

당사옥은 낙산을 싫어했다. 비참한 모습으로 두 번씩이나 낙산에서 도망쳤기 때문이다. 또다시 도망칠 수는 없었다.

'백화산장으로 유인할까?'

촉중당문은 진호를 잡겠다며 백화산장에 엄청난 함정과 살인 기관을 설치하는 중이다. 완성되면 철벽의 요새이자 최악의 함정이 될 것이다.

'안 돼! 그건 원수를 잡을 덫이야.'

당사옥의 작고 까만 눈동자가 끊임없이 흔들렸다. 마치 쥐새끼를 보는 것 같았다.

퍼엉!

당사옥의 복부에 보이지 않는 주먹이 꽂힌 것처럼 주먹 자국이 생겼다. 깊이는 무려 두 치.

"커억!"

당사옥이 토사물을 쏟아내며 튕겨지듯 뒤로 날아갔다. 그리곤 바닥에 드러누운 채 허우적거리며 고통스러워하던 당운곡의 몸뚱이 위에 널브러졌다.

"크악!"

당운곡이 비명을 지르며 피를 토했다.

당사옥의 뒤통수가 하필이면 늑골이 부러진 부위에 떨어져 조각 난 뼈가 폐를 찌른 것이다.

'아, 아파…….'

내장이 꼬이고 뒤틀리면 누구나 아픈 법이다. 게다가 나가떨어졌다. 당운곡의 몸뚱이가 막아준 덕분에 뇌진탕은 면했지만 온몸이 부서질 것 같은 통증을 느꼈다.

'얼굴에 끈적이는 건 뭐지?'

당운곡이 토해낸 핏덩이였다. 당사옥은 자기가 당운곡을 깔아뭉갰다는 걸 깨달았다.

'더러워!'

그녀의 뒤통수는 당운곡 덕분에 위험을 면했다. 그럼에도 그녀는 피를 뒤집어쓴 것에 중점을 뒀다.

'너무… 더러… 워…….'

당사옥은 불쾌감에 몸을 떨면서 의식을 잃었다.

은백발의 여인은 아혈과 마혈이 제압돼 석고상이 된 무사의 어깨에 잡혀 있던 추국의 목덜미를 잡고 들어올린 후 바닥에 내려놓았다. 그리곤 온몸이 마비된 무사를 발로 밀어버렸다.

풍덩.

온몸이 마비된 불쌍한 무사는 잠수했다가 통나무처럼 수면에 뜬 채로 둥둥 떠다녔다.

"고맙습니다."

추국이 은백발의 여인에게 감사의 뜻을 전했다.

"됐다. 그보다 저 바보당나귀의 이름을 누구에게 들은 건지나 말해주렴."

"주인님이 요롱이의 천적이라고 몇 번이나 말씀하셨어요."

"어라! 요롱이!"

"아세요?"

추국의 눈이 커지면서 동그랗게 변했다.

"다리는 짧은 주제에 허리는 유난히 길고, 개 주제에 살찐 족제비처럼 생긴 망할 짐승이지."

"어머나?"

은백발의 여인이 요롱이의 모습을 정확하게 묘사하자 추국은 깜짝 놀라며 신기해했다.

"네 주인님의 성함이 진씨 성에 호라는 이름을 쓰시니?"

"네. 그런데 아가씨는 누구세요?"

"내 이름은 가을이다."

"네? 그, 그럴 리가… 주인님 말씀으론 나이가……."

"열 넷… 아니, 이제 열다섯이지."

진호가 네 소녀에게 가을과 아리에 관해 이야기한 적이 있었다. 소녀들은 진호가 한 이야기는 잊지 않았다.
 "…믿을 수가 없어요."
 "내가 나이에 비해 조금 성숙하지."
 나이에 대비하면 조금이 아니라 심하게 성숙한 편이다.
 추국은 멍한 눈으로 가을을 훑어보다가 입을 열었다.
 "아리는요?"
 "아리야!"
 추국이 질문하자 가을이 당나귀 바구니를 향해 외쳤다.
 당나귀의 오른쪽 바구니에서 귀엽고 어린 여자 아이의 머리가 불쑥 튀어나왔다.
 "불렀어, 엄마?"
 아리는 앙증맞게 눈을 깜빡이며 가을을 바라보았다.
 너무나도 귀여웠다.
 "어머나! 귀여워라!"
 추국은 아리에게 쪼르르 달려갔다.
 "안녕."
 추국이 방긋 웃으며 말을 붙이자 아리는 고개를 갸웃거리다가 가을에게 시선을 돌렸다.
 "엄마, 이 언니 누구?"
 "좋은 사람."
 "응. 알았어. 친하게 지낼게."

가을은 아리에게 좋은 사람하곤 친하게 지내고 나쁜 사람하곤 말도 붙이지 말라고 가르쳤다.
 참으로 간단한 육아법이다.

제32장

백화산장의 혈투

　추국은 백화산장의 상황을 설명하면서 감보보와 춘란 등을 구해달라고 부탁했다.
　"알았다. 어서 가자."
　가을은 흔쾌히 허락했다.
　추국은 깡충깡충 뛰며 즐거워하다가 갑자기 고개를 돌려 사지를 펴고 뻗어 있는 당사옥을 노려보았다.
　"잠시만 기다려 주세요."
　추국이 나루터 쪽으로 쪼르르 달려가더니 양손에 오물덩어리를 들고 되돌아왔다. 가을에게 한쪽 눈을 찡긋거리며 스치고 지나가더니 당사옥의 머리맡에 멈췄다.

"잘 먹고 잘살아라."

추국은 오물덩어리를 당사옥의 입에다 쑤셔 넣었다. 그리곤 당사옥의 옷으로 더러워진 손을 닦았다.

"어?"

추국이 당사옥의 옷을 수건 삼아 손을 닦다 보니 앞섶이 벌어지면서 강철 젓가락이 그녀의 품에서 튀어나왔다.

'귀중한 물건인가 보다! 그래, 복수야!'

추국은 강철 젓가락을 훔쳤다. 강철 젓가락의 표면에는 무욕자 득인연이란 글자가 적혀 있었다.

추국은 백원도의 축을 챙긴 것이다.

"이제 그만 가자."

"네, 아가씨."

가을과 당나귀가 나루터로 향하자 추국이 나비처럼 가볍게 팔랑거리며 달려갔다. 추국은 가을을 백화산장으로 안내했다.

나루터에 모여 있던 낙산의 주민들과 녹영 후대의 횡포로 강물에 빠졌던 사람들이 몽둥이를 들고 선착장으로 걸어갔다. 그들의 목표는 당사옥과 당운곡이었다.

"멈춰라!"

물에 빠졌던 녹영 후대의 무사들 중에 몇 명이 선착장의 기둥을 붙잡고 위로 올라왔다.

"죽여라!"

주민들은 이성을 잃었다.

그들은 녹영 후대의 무사들이 가을에게 너무 쉽게 당하자 두려움을 잊어버렸다. 아니, 이성을 잃은 것이다. 주민들은 당사옥과 당운곡을 향해 와르르 몰려갔다.

휘리릭~

쫘악!

"으아악!"

"크악!"

녹색 편영이 스치고 지나가자 선두에 있던 주민들이 피를 뿌리며 쓰러졌다. 주민들은 그제야 정신을 차렸다. 녹영 후대의 무사들이 하나둘 선착장에 올라오자 주민들은 두려움에 몸을 떨며 뒷걸음치다 등을 돌렸다.

"도, 도망가자!"

"우아악~"

주민들이 개 떼들처럼 도망쳤다. 인파에 밀려 강물에 빠지거나 넘어져서 도망치는 사람들에게 밟히는 자들도 속출했다. 그야말로 아수라장이었다.

추국이 백화산장의 정문을 가리켰다.

"저기예요."

"저쪽에 가서 숨어라."

가을이 길옆에 있는 숲을 가리키며 말했다.

"네."

추국은 자신이 방해가 된다는 것을 알고 있었기 때문에 가을의 말을 듣기로 했다. 게다가 이곳까지 오는 동안 백화산장의 건물과 길의 배치 상황을 설명했고, 함정과 살인 기관이 설치됐다는 내용과 구조할 사람들의 용모와 특징들도 말했기 때문에 가을과 같이 들어갈 필요가 없었다.

가을은 당나귀의 왼쪽 바구니에서 무기를 꺼냈다.

"상황이 끝날 때까지 아리를 돌보고 있어라."

"알았어요, 아가씨."

"바보당나귀, 너도 마찬가지야."

가을이 당나귀에게 말했다.

당나귀는 눈을 껌뻑이다가 천연덕스럽게 하품을 했다.

"역시나… 바보당나귀."

당나귀는 가을이 가리켰던 숲 속으로 어슬렁거리며 걸어갔고 추국은 '어라! 어라!' 외치며 뒤쫓았다.

"그럼 시작해 볼까."

가을이 육 척 길이의 철봉을 앞세우고 백화산장을 향해 몸을 날렸다. 무시무시한 속도였다.

"적이다!"

백화산장 입구 주변에 촉중당문의 암부인 암영대가 매복하고 있었다. 기문병기를 들고 있는 십여 명의 흑의인이 백화산장의 정문을 가로막았다.

가을이 달려가다가 갑자기 철봉으로 땅바닥을 내려쳤다.

퍼엉!

지축이 흔들리며 지면이 파도를 치면서 흑의인들이 땅속에서 튀어나왔다. 그들은 내장이 파열돼 생명이 위독했다.

"마, 맙소사!"

"헉! 저, 저럴 수가!"

백화산장의 정문을 막아선 암영대의 암부들은 경악했다.

땅바닥을 내려치며 얻은 탄력을 이용해 날아오른 가을이 암영대의 암부들을 향해 독수리처럼 강하했다.

"고, 공격하라!"

암영대의 암부들이 암기를 날렸다.

휘익~

푸슝!

탈수표와 혈적자 등이 날아오자 가을은 허리를 비틀어 몸을 일으켜 세우더니 철봉을 휘둘렀다. 수십 개의 철봉을 휘두른 것처럼 눈이 어지러웠고 칼바람이 불었다.

쩡. 쩌쩡.

가을은 철봉으로 암기를 쳐서 돌려보냈다.

암기들이 왔을 때보다 배는 빠른 속도로 원주인에게 되돌아갔다. 그들 대부분이 암기를 손이 아닌 몸으로 받았다.

"컥!"

"으악!"

급소나 요혈로 암기가 박힌 자들은 즉사했고, 운 좋게 다른 부위에 꽂힌 자들은 암기에 바른 독에 의해 숨이 끊어졌다.

암기를 손으로 받아내거나 아예 피해 버려 목숨을 구한 자들은 모두 셋. 가을은 그들에게 선물을 줬다.

그것도 면상에다.

쫘아악~

봉이 세 갈래로 갈라졌다.

일지삼화(一支三花).

하나의 가지에서 세 송이의 꽃이 피는 것처럼 일격으로 세 군데를 찌르는 수법이다.

퍼퍽!

철봉이 그들의 이마를 찍었다.

외력이 그들의 두개골이 깨버렸고, 침투한 내력이 뇌를 비빔밥처럼 섞어버렸다. 그들은 비명도 지르지 못하고 즉사했다.

가을은 시체로 변한 그들 앞에 내렸고 착지한 오른발을 중심으로 회전하면서 철봉을 휘둘렀다. 세 구의 시체가 백화산장을 정문을 향해 날아갔다.

콰쾅!

시체가 문짝을 부수고 들어가자 폭발과 함께 정문이 화염에 휩싸여 버렸다. 촉중당문이 준비한 첫 번째 함정이었다. 문을 열거나 혹시 부수고 들어가는 순간 문설주에 설치한 화약이 폭발하도록 장치했던 것이다.

"혹시나 했는데… 역시나군."

가을은 촉중당문이 백화산장 내부에 함정과 살인 기관을 설치했다는 추국의 설명을 듣고, 방각의 가르침을 떠올렸다.

방각은 진호를 가르칠 때와 달리 가을에게는 자세하고 세세한 가르침을 내렸다. 그중에는 군부와 궁성에서 사용하는 살인 기관 설치법과 함정에 관한 것도 있었다.

가을은 불타고 있는 정문을 향해 걸어갔다.

우우웅~

무형지기를 내뿜자 화염이 갈라졌다.

가을이 백화산장으로 들어가자 사방에서 암기가 날아왔다.

푸슈슈슝~

파바바박!

땅바닥에 온갖 종류의 암기들이 박혔다.

탈수표와 유엽비도, 비차, 척전, 비발, 낭아추, 철감람, 금전표, 필가차, 표도, 칠교사 등등…….

그야말로 암기의 종합 전시장이었다. 하지만 제아무리 많은 암기들이 쏟아졌고, 스치기만 해도 사망에 이르는 독이 발라져 있어도 맞지 않으면 소용없는 일이다.

철봉이 땅바닥에 꽂힌 채 세워져 있고, 가을은 그 위에 서 있었다. 그녀는 한 대의 암기도 맞지 않았다.

"다, 다시 쏴라!"

녹포인들이 암기를 날렸다.

가을이 등에 메고 있던 삼 척 길이의 철편을 뽑았다.

"암기는 은밀하기에 위험한 병기. 들킨다면 투사병기보다 못한 불쌍한 무기에 불과하지."

차라라락~

겹쳐졌던 철편이 벌어지자 몸통을 가리고도 남을 크기의 강철 부채로 변했다.

휘이익~

가을은 철봉에 선 채로 춤을 추듯 빙글빙글 돌면서 강철 부채를 이리저리 휘둘렀다. 부채질을 할 때마다 발생한 선풍이 암기들을 잡아먹었다. 각기 다른 방향으로 흐르던 선풍들이 부딪쳐 흩어지고 혹은 합류돼 커져 나갔다.

고오오~

기압의 변동 때문인지 회오리바람의 영향 탓인지 땅바닥에 깔려 있던 암기들이 요동을 치다가 날아올랐다.

"피, 피해라!"

회오리바람이 사방으로 퍼져 나가자 정원의 방어를 책임진 녹영의 전대와 우대, 육십 인의 무사가 사색이 됐다.

콰류류류~

회오리바람에 휘말린 무수한 암기들이 나선형으로 회전하면서 녹영 전대와 우대의 무사들을 노렸다.

그들은 피하려고 했다.

"헉!"

"이, 이게 뭐야?"

그들은 암기만 주의했다. 그게 문제였다.

회오리바람이 그들을 밀어내거나 혹은 잡아당겼다. 그리고 암기들이 그들을 덮쳤다.

파바바박~

"으아악!"

"크악!"

사방에서 참혹한 비명들이 쏟아졌다.

회오리바람에 휘말려 쑥밭이 된 정원은 피로 물든 시체들로 새롭게 꾸며졌고, 암기로 가시밭을 이루었다.

휘이익~

가을은 정면에 있는 건물의 지붕을 향해 몸을 날렸다. 지붕에 숨어 있던 암영대의 남은 암부들이 기습을 가했다.

위이잉~

가을이 허공에 뜬 상태에서 빙글빙글 돌며 강철 부채를 휘두르자 수십여 개의 선영(扇影)이 생겼다. 방각의 성명절학인 금마팔선(禁魔八扇)의 사초식인 선영만천(扇影滿天)이었다.

우우웅~

각 선영마다 펄럭이며 흡인력을 발휘했다.

각각 다른 방향에서 발휘된 흡인력은 충돌하거나 합쳐지면서 기묘한 척력을 만들었다. 기습을 가한 암영대의 암부들은 척력의 영향권 안에 들어갔다.

우두둑… 우두둑…….

"으아악!"

"이, 이게 뭐야?"

암영대 암부들의 몸이 허공으로 떠오르더니 기형적으로 비틀렸다. 관절부터 꺾이더니 뼈마디가 부서지며 접혀 나가는 모습이 마치 심술궂은 주인에게 학대받는 인형 같았다.

퍼퍽!

지붕의 기와들이 척력의 영향을 받아 스르륵 뜨더니 유선형의 궤도에 따라 날아다니다가 암부들을 공격했다.

암부들은 비참하게 죽어갔다.

"커억!"

"사, 살려… 줘……."

방각은 연허의 경지에 들어선 후 금마팔선을 보완해 새로운 무공으로 재창조했다. 현재의 금마팔선은 과거의 금마팔선에 비하면 아예 차원이 달랐다.

스르륵.

가을이 나비처럼 날아와 지붕에 안착했다. 용마루에 올라선 그녀는 빙글빙글 회전하다가 강철 부채를 날렸다.

위이잉~

강철 부채가 빙글빙글 돌면서 탑처럼 높게 솟아오른 건물의 왼쪽 창문을 부수고 안으로 들어갔다가 피로 붉게 물들은 채 오른쪽 창문을 부수고 빠져나왔다.

"크악!"

"아악!"

참혹한 비명이 들려왔다. 피로 물든 누각은 살인 기관의 총화였지만 사용도 못해보고 끝나 버렸다.

휘리리릭~

강철 부채가 빙글빙글 회전하며 가을에게 되돌아갔다.

가을은 헝겊을 꺼내 피로 물든 강철 부채를 닦았다. 그리곤 강철 부채를 접더니 등에 메고 있던 가죽 주머니에 집어넣고 마당 한복판에 박혀 있는 철봉을 향해 손을 뻗자 소매 속에서 머리카락 두께의 철사가 발출됐다.

휘리릭~

철사가 철봉을 휘감아 버리자 가을은 철사를 잡아당겼다. 철봉이 날아와 가을의 손에 들어왔다.

가을은 후원 쪽으로 향하는 회랑을 걷기 시작했다.

푸슈슈슝.

회랑의 좌우측 숲에서 암기들이 쏟아졌다.

가을이 내력을 발출하자 흑백이 교차한 풍성한 도포가 풍선처럼 부풀어 올랐다.

투둥. 퉁…….

암기들이 튕겨 나갔다.

가을은 걸음을 멈추지 않았다. 회랑의 기둥과 천장에서도 암기가 쏟아졌지만 가을을 막지는 못했다.

"재미없군. 참신하지가 못해."

백화산장에 함정과 살인 기관을 주관한 당계가 이 말을 들었다면 귓구멍에서 연기가 났을 것이다.

덜컹!

바닥이 갑자기 열리고 가을은 추락했다.

함정의 깊이는 오 장 정도였고, 벽과 바닥에 시퍼런 칼날이 빽빽하게 꽂혀 있었다. 일단 함정에 걸려 추락하면 칼날에 꽂혀 죽음을 피할 수가 없는 것이다.

스르륵…….

가을의 추락 속도가 현저하게 줄어들었다. 마치 몸무게가 사라진 것처럼, 혹은 민들레 홀씨인 양 부유하듯 천천히 하강했고, 발끝을 세워 바닥에 꽂혀 있는 칼날을 밟았다.

"고전적인 함정이군."

가을은 칼산의 함정을 둘러보며 피식 웃었다.

함정 위로 서너 명의 인기척이 느껴지자 그녀는 비도 네 자루를 던졌다. 비도는 함정 밖으로 튀어나오자 직각으로 꺾이더니 육식동물처럼 먹이를 노렸다.

"으악!"

"컥!"

가을이 함정 밖으로 튀어나왔다.

휘리릭~

푸슈슝!

암기들이 우박처럼 쏟아졌다. 그녀는 이번에도 옷을 부풀려 암기들을 모조리 튕겨냈다.

'어설퍼.'

가을은 주변을 둘러보았다.

비도를 맞고 즉사한 시체 네 구 뒤로 수십여 명의 녹포인들이 있었다. 그들은 녹영의 좌대였다.

"공격하라!"

좌대주 당운표가 외쳤다.

가을의 공격이 그들보다 빨랐다. 순식간에 그들의 면전까지 도달했다. 암기는 숨긴다는 점을 제외한다면 투사병기의 일종이라 할 수 있다. 간격을 확보하는 게 생명이란 뜻이다.

상대의 공격권역인 근거리를 양보했다면 목을 고이 내놓겠다는 뜻이나 다름없다.

"피, 피하라!"

당운표가 발악하듯 외쳤지만 때는 이미 늦었다.

부우웅~

가을이 철봉을 휘둘렀다.

선풍에 휩쓸려 튕겨 나간 자는 행운이다.

가을의 공격은 찌르기였다. 칼처럼 허공을 베다가 갑자기 방향을 틀어 앞으로 쭉 나갔고, 가격 부위는 요혈이었다.

"컥!"

"으악!"

철봉에 찔린 부위는 움푹 들어갔다. 살이 짓눌린 정도가 아니라 뼈가 분쇄된 것이다. 게다가 내부로 침투한 내력이 심맥을 끊어버리거나 인체의 장기를 파괴했다. 뇌가 부서지거나 심장이 파열된 자는 고통없이 저세상으로 갔지만 다른 장기가 박살 난 자들은 온갖 괴로움을 겪으며 죽어갔다.

"죽어라! 이 마녀야!"

부하들의 죽음에 눈이 뒤집힌 당운표가 가을을 향해 몸을 날렸다. 일체의 방어를 도외시한 자폭 성향의 공격이었다.

가을을 무시한 행동이다.

퍼억!

"커억!"

철봉이 당운표의 가슴을 찍어버렸다. 당운표는 비명을 지르며 튕겨지듯 날아갔다가 회랑의 기둥에 부딪쳤다.

가을이 기묘한 시선으로 당운표의 흉부를 쳐다보더니 피식 웃고는 철봉을 휘둘렀다. 강렬한 폭풍이 마지막까지 버티고 있던 무사 다섯 명을 휩쓸어 버렸다.

콰쾅!

세 명이 회랑 지붕을 뚫고 날아올랐고, 두 명은 자신의 몸통으로 기둥을 박살 냈다.

와르르…….

회랑 일부가 무너져 내렸다.

가을은 무너져 내린 잔해를 밟으며 앞으로 나갔다.
"크으윽……."
당운표가 비틀거리며 일어섰다. 그는 품속에서 직경 일 척의 강철 원반을 꺼냈다. 강철 원반은 거미줄을 친 것처럼 온통 금이 갔고, 산산이 조각나며 부서져 버렸다.
"커억!"
당운표가 피를 쏟아내며 무릎을 꿇었다. 강철 원반이 철봉의 직접적인 타격은 막아줬지만 내력만큼은 막지 못했다. 그의 내상은 생각보다 심각했다.
"미, 미안… 하다……. 힘없는… 나를… 용서하지 마라……. 언젠가… 복수를… 끝내면… 너희들과… 너… 희… 들……."
당운표는 사체로 변한 부하들을 응시하며 의식을 잃었다. 복수를 꿈꾸는 그의 얼굴은 비장감이 감돌았다.

당계의 낯빛이 파리했다.
최악의 보고가 끊임없이 올라오고 있었던 것이다.
"정문이 돌파당하고 암부들이 몰살당했습니다."
"……."
"녹영의 전, 우, 좌 삼 대가 전멸했습니다."
"……."
당계는 할 말을 잃었다.

이중에서도 가장 암담한 보고는 살인 기관의 중추로 삼은 누각이 너무나도 어이없이 박살 났다는 대목이었다. 지금까지 고생하며 설치한 함정들이 헛고생으로 전락한 것이다.

"누구냐? 도대체 누구냐?"

진호를 잡겠다고 만든 함정을 엉뚱한 인물이 나타나 모두 파괴해 버렸다. 생각할수록 혈압이 치솟아 머리가 어지럽다.

"빌어먹을… 빌어먹을……"

함정과 살인 기관이 모두 완성돼 유기적인 연결이 이루어졌다면 이렇게까지 무력하게 뚫리지는 않았을 것이다.

적은 너무나도 교묘한 순간에 들이닥친 것이다.

"총관 어른, 최후의 저지선을 담당한 녹영의 중대와 흑성이대가 적과 마주쳤습니다."

촉중당문의 대외무력집단인 녹영과 달리 흑성대(黑星隊)는 당씨 직계 혈족으로 구성된 최강의 무력 조직이다.

"인질들을 모두 끌고 와라."

당계는 적의 목적이 인질 구출에 있다고 판단을 내렸다. 문제는 어느 인질을 구하려고 오는지 모른다는 데 있었다.

"모두 말입니까?"

"그렇다."

"부, 불가능합니다."

백화산장을 점거한 촉중당문의 무사들 중에 육 할이 당했고 삼 할의 인원이 최후의 저지선에서 가을과 혈전 중이었다.

겨우 일 할에 불과한 인원으로 백화산장의 기녀들과 하인들을 시간 내로 모두 끌고 오는 건 물리적으로 불가능했다.

"꼬마 계집 셋, 이 기루의 주인인 망할 갈보! 낙산현 포두의 마누라와 애새끼들을 끌고 와라."

"네, 알겠습니다."

촉중당문의 대외무력집단인 녹영과 암부들인 암영대는 아직 완성하지는 못했지만 살인적인 위력을 발휘하는 함정과 살인 기관들로 이루어진 금성철벽을 파죽지세(破竹之勢)로 뚫고 들어오는 절대고수가 고작 기녀들이나 하인들을 구하려고 오지는 않았을 것이라고 결론 내린 것이다.

연락책이 다급하게 들어왔다.

"최후의 저지선이 무너졌습니다!"

"흑성 이대는?"

"모두 전멸했습니다."

당계가 힘없이 주저앉았다.

방계 씨족으로 구성된 녹영과 달리 흑성대는 직계 혈족으로 구성됐고, 특히나 흑성 이대는 촉중당문의 미래를 책임지고 선도해 나갈 재목들이었다. 또한 당계의 아들과 친조카들도 흑성 이대에 속해 있었다.

빠드득.

당계의 눈이 시뻘겋게 타올랐다.

"인질들은 어떻게 됐느냐?"

"모두 끌고 왔습니다!"

당계가 밖으로 나왔다. 그가 사용한 거처는 백화산장의 별채 중에서도 가장 크고 넓은 곳이었다.

콰쾅!

별채의 정문이 박살 났고, 가을이 모습을 드러냈다.

"멈춰라!"

당계가 외쳤다.

그런 말을 들을 가을이 아니다.

"멈추지 않으면 인질들의 목숨은 없다!"

가을이 발걸음을 멈췄다.

정원은 별채의 규모에 맞게 크고 넓었다. 그곳에 오십여 명의 흑의인이 대기하고 있었고, 감덕형의 아내와 아이들, 감보보, 춘매, 하란, 동죽이 일렬로 서 있고, 시퍼런 날이 선 칼이 그들의 목을 겨누고 있었다.

당계가 가을을 무섭게 노려보았다.

"백발의 마녀……."

촉중당문의 혈족들에게 이보다 합당한 표현은 없었다, 물론 가을은 인정하지 않겠지만.

"뭣 때문에 본 문에 칼을 겨누었느냐? 어째서 다짜고짜 학살부터 저지른 것이냐?"

가을은 철봉을 땅에 꽂고 입을 다물었다.

당계는 당가 오 형제의 넷째이자 집독당주인 당석에게 눈

짓을 보냈다. 당석은 열두 명의 직속 부하를 끌고 가을에게 다가갔다. 그가 맡은 임무는 백화산장의 함정에다 독을 설치하는 것이었다. 그런데 심혈을 기울인 작품들이 제대로 써먹지도 못하고 가을에게 무너져 원한이 깊었다.

"네년에게 당문의 무서움을 알려주마."

오랫동안 독을 다뤘기 때문인지 아니면 천성적인지 모르지만 그는 유난히 음침하고 잔인했다.

스륵.

가을은 당석과 열두 무사가 일 장 거리까지 도달하자 허리에 차고 있던 사 척 길이의 칼을 뽑았다.

실낱같은 무형의 도기(刀氣)가 칼끝에서 뿜어졌고, 도기로 이루어진 무형의 실이 기기묘묘한 곡선을 그리며 십삼 인을 관통했다. 십삼 인은 석상처럼 굳어버렸다.

번쩍!

칼이 무형의 선을 타고 움직였다.

십이 인이 피를 뿌리며 맥없이 쓰러졌고 마지막 희생자인 당석은 목에 칼이 반쯤 박힌 채 숨을 거뒀다. 찰나의 순간에 몰살당한 것이다.

"이, 인질을 모두 죽여라!"

당계는 끝까지 악독했다.

가을이 양팔을 활짝 펴며 들어올렸다. 마치 공작새가 꼬리를 펴는 것처럼 우아한 손짓과 화려한 움직임이었다.

쉬이익~

"컥!"

"으악!"

인질들을 죽이려던 흑의인들의 이마나 혹은 심장에 유엽비도가 박혔다. 그것도 비명을 지른 자는 몇 명뿐, 나머지는 자신에게 무슨 일이 생겼는지도 모른 채 저세상으로 떠났다.

"꺄아악~"

"어, 엄마야!"

아이들이 깜짝 놀라 펄쩍 뛰며 울음보를 터뜨렸다.

감보보와 감덕형의 부인은 구속에서 풀려나자 아이들에게 달려가 품에 안았다.

"폭우혈망(暴雨血網)을 펼쳐라!"

당계가 발악하듯 외쳤다.

삼십여 명의 흑의인은 비장한 표정을 지었다.

만천화우를 발전시킨 폭우혈망은 적과 아군은 물론 사용자 본인마저 죽음으로 인도하는 최악의 수법이기 때문이다.

휘리릭~

흑의인들이 암기들을 쏟아내려는 순간 가을의 양 소매에서 철사가 튀어나왔다. 철사가 정원 전체를 휘감더니 가을의 손으로 돌아왔고, 흑의인들의 목에 붉은 수평선이 그어지더니 피가 솟구치며 수급이 땅바닥에 떨어졌다.

"히이익!"

"읍!"

감보보와 감덕형의 부인은 치를 떨었다.

두 여인이 아이들을 품에 안느라 주저앉지 않았다면 그들 역시 두개골이 잘리는 참화를 면치 못했을 것이다.

"네, 네년은 도대체 뭐냐?"

당계가 가을에게 질문했다.

"망자와 대화할 필요가 있을까?"

"누, 누가… 망자라는… 거……."

당계의 목에도 붉은 혈선이 나타났다. 그는 급히 목을 붙잡았지만 분출하는 선혈을 막지는 못했다.

툭.

쿵…….

수급은 앞에 떨어졌고 몸뚱이는 뒤로 넘어졌다.

백화산장의 혈투는 이렇게 끝났다.

제33장

백의맹(白義盟) 창설

여객선 한 척이 낙산에 도착했다.

십여 명의 승객이 하선했고, 그 속에 진호가 끼어 있었다. 진호는 낙산현의 포쾌공방부터 들렀다.

"대인."

감덕형이 감격한 얼굴로 진호를 반겼다. 진호는 곧바로 백화산장의 상황부터 질문했고, 감덕형은 사정을 설명했다.

"가을이라고?"

"네."

진호는 당황함을 감추지 못했다.

"지금 가을은 어디에 있는가?"

"다시는 이런 일이 없도록 만들겠다며 민강을 타고 위로 올라가는 여객선을 타고 떠났습니다."

"이런!"

가을이 향한 곳은 촉중당문이었다.

"언제 떠났나?"

"닷새가 지났습니다."

"민강 여객선은 언제 오는가?"

"사흘 뒤에나 옵니다."

"알았네."

진호가 등을 돌렸다.

"잠깐만 기다리십시오, 대인."

"뭔가?"

"안 어른의 밀항선 중에 쾌속선이 있습니다."

진호는 안가장으로 떠났고, 감덕형은 집으로 갔다. 춘매와 하란, 추국, 동죽이 그의 집에 있었기 때문이다.

진호가 놀라운 경공을 발휘해 안가장에 도착했다.

안가장은 한창 수리 중이었다. 안회가 촉중당문의 공격으로 박살 난 부분을 가리키며 고래고래 소리쳤고, 인부들은 부랴부랴 돌아다니며 정신없이 고치고 있었다.

"안 노인."

"누구야! 바빠 죽… 주… 허거걱! 대인!"

안회가 다람쥐처럼 쪼르르 달려왔다.

"어, 어서 오십시오."

"그동안 잘 있었소?"

"촉중당문의 잡종들 덕분에 조금 고생했습니다만 이렇게 팔팔합니다."

"다행이구려."

"에헤헷! 소인이 누굽니까! 온갖 악귀들이 우글거리는 하오문의 문주입니다. 그보다 안으로 드시지요."

작달막한 안회가 헤실헤실 웃자 생쥐가 연상됐다.

진호는 피식 웃으며 입을 열었다.

"부탁할 게 있소."

"말씀만 하십시오."

"지금 당장 쾌속선이 필요하오."

"혹시 촉중에 갈 생각이십니까?"

진호가 고개를 끄덕였다.

안회는 어린아이처럼 해맑게 웃으며 입을 열었다.

"알겠습니다. 최대한 빨리 준비시키겠습니다."

"언제 되겠소?"

진호의 눈빛이 심상치 않자 어린애처럼 해맑게 웃던 안회의 얼굴이 굳어졌다. 역시 눈칫밥으로 하오문주가 됐다는 속설이 조심스럽게 떠도는 안회다웠다.

진호가 다시 입을 열었다.

"정확히 언제 되겠소?"

"저… 그게 쾌속선이 다른 곳에 있어서……."

"나는 지금 당장 필요하오."

"헤휴~ 저녁까지 마련하겠습니다."

안회는 집사에게 공사 감독을 맡기고 낙산의 상회로 바람같이 달려갔다. 낙산에서 쾌속선을 보유한 곳은 하오문과 낙산상회밖에 없기 때문이다.

"제기랄! 징글맞은 돈벌레와 거래를 해야 하다니……."

얼마나 아쉬운 소리를 해야 할지 모른다. 또한 만만치 않은 이권을 넘겨야 한다. 그런데도 안회의 얼굴은 밝기만 했다. 물론 달려가는 와중에도 계속 투덜거리기는 했지만.

진호는 안가장에서 안회를 기다렸다.

감덕형이 춘매와 하란, 추국, 동죽을 데리고 왔다. 소녀들은 진호를 보자마자 무릎을 꿇었다.

"주인님, 저희들을 때려주세요. 저희가 주인님과 한 약속을 어기고 말았어요."

"흑흑. 잘못했어요."

"왜들 그러니? 뭘 잘못했다는 거니?"

진호가 소녀들을 일으켜 세우며 질문했다.

"주인님의 성함을 밝히고 말았어요. 죄송해요. 으아앙."

소녀들이 눈물을 폭포처럼 쏟아내며 자책하자 진호는 피식 웃으며 소녀들을 품에 안았다.

"괜찮다. 너희들이 무사한 것으로 충분해."
"그럼… 훌쩍훌쩍, 저희들을 용서해 주시는 거예요?"
"너희들이 무사한 게 가장 큰 선물이다."
"그럼… 저희들을 미워하지 않는 거죠? 저희들을 버리지 않는 거죠?"

진호는 소녀들의 머리를 쓰다듬으며 미소를 지었다.
"너희들을 왜 미워하고 왜 버리겠니? 그것보다 촉중당문의 악녀에게 걸려 고생했다던데, 다친 데는 없니?"
"흑흑……."

소녀들은 눈물을 뚝뚝 흘리며 아무 말도 하지 않았다. 아직도 그때를 생각하며 살이 떨리고 두려운 것이다.

진호는 씁쓸한 표정을 감추지 못했다.
"나 때문에 너희들이 고생했구나. 미안하다."
"아니에요, 주인님."
"모두 당문이란 곳에서 못된 짓을 저지른 거지, 주인님은 잘못하신 게 없어요."

하란이 똑 부러지게 말했다.
"맞아요, 맞아요."
"하란의 말이 옳아요."

추국과 동죽도 가세했다. 소녀들은 진호에게 구타의 흔적을 보여주며 어리광을 부렸다. 아직도 시퍼렇게 멍이 들거나 검은 피멍이 빠지지 않은 데가 많이 남아 있었다. 진호의 눈빛이 순간적으로 섬뜩한 광채를 내뿜었지만 소녀들은 눈치를 채지 못했다.
'빠드득, 백배로 갚아주겠다.'
진호는 분노를 속으로 삭이며 소녀들의 어리광을 받아주었다. 소녀들이 보고 싶었다는 둥 수다를 떨자 진호는 편안하고 넉넉한 미소를 지었다.
얼마 후.
뒤늦게 연락을 받은 감보보가 감덕형의 부인과 함께 안가장을 방문했고, 진호는 이번 사태로 고초를 겪게 만들어 죄송하다며 사죄를 했다. 두 여인은 손사래를 쳤다.
"아닙니다, 대인."
"그 무도한 자들이 저지른 죄입니다. 대인께서 잘못하신 것은 없습니다."
"고맙습니다."
진호와 소녀들, 감씨 일가가 이야기를 나누는 동안 안가장의 숙수들은 오랜만에 요리 혼을 불살랐다. 그들 역시 주인을 닮아 눈치 하나만큼은 끝내줬던 것이다.
"대인 어른, 감 포두님, 마님, 네 분 아가씨. 저녁 식사를 하시며 이야기를 나누세요."
진호와 안회가 처음 만났던 날, 그야말로 비 오는 날 먼지가 나도록 안회가 두들겨 맞았을 때 진호의 차 심부름을 했던 하녀가 우아하게 미소 지으며 식탁으로 안내했다.

"오랜만이구나."

"네, 대인."

하녀가 방긋 웃으며 대답했다.

"너도 꽤나 놀랐겠구나."

"그렇지도 않았습니다. 사실 대인 덕분에 담이 커져서 웬만한 일로는 놀라지 않게 됐거든요. 다만 눈앞에서 피를 봤다는 게 꺼림칙했을 뿐이죠."

"쯧쯧. 나 때문에 여러 사람이 곤욕을 치렀군."

"대인에게 무슨 잘못이 있습니까? 모든 게 그 무도한 작자들이 저지른 거지요."

하녀는 손사래를 치며 입술을 삐죽거렸다.

"하하하."

진호가 너털웃음을 터뜨리자 하녀도 방실 웃었다.

"그자들은 대인에 비하면 품격도 없고 위엄도 없는 하수들에 불과했습니다. 피를 봤다는 것, 그 자체가 약세를 보인 거죠. 그래서 주인님께서도 그리 두려워하지 않으셨답니다."

"촉중당문은 그리 우습게볼 데는 아니다."

"천녀에겐 그리 보였습니다. 자~ 들어가세요."

하녀가 문을 열자 만찬을 차린 실내가 드러났다. 진호와 소녀들, 감씨 일가는 즐거운 식사 시간을 보냈다.

안회는 밤이 늦어서야 돌아왔다.

"죄송합니다, 대인. 쾌속선이 새벽에 돌아온답니다."

"그럼 쾌속선이 도착하는 대로 출발하겠소."

안회의 얼굴이 환해졌다. 또다시 곤욕을 치르는 게 아닌가 고민했는데 쉽게 넘어갔기 때문이다.

"주인님."

소녀들이 악기를 가지고 들어왔다.

'아하! 요놈들 덕분이구나!'

안회는 소녀들에게 감사함을 느꼈다. 소녀들은 자리를 잡고 악기를 조율하더니 곧바로 연주를 시작했다.

아름다운 음악이 울려 퍼졌다.

안회는 소녀들의 연주를 잠시 감상하다가 조심스럽게 빠져나왔다. 그런데 하녀가 그를 기다리고 있는 게 아닌가.

"무슨 일이냐?"

"오늘 주인님께서 무사한 이유가 뭔지 아세요?"

"그야 아이들 덕분이지."

"맞아요. 하지만 천녀도 한몫했어요."

하녀는 만찬을 준비해 진호를 기쁘게 만들었다고 주장했다.

안회가 입술을 씰룩였다.

"그래서?"

"특별 수당이요."

하녀는 손바닥을 내밀었다.

안회는 잊지 않고 있었다. 안가장에 쳐들어온 진호에게 개같이 두들겨 맞고 있었을 때, 방긋 웃으며 진호에게 차를 대접하던 그녀의 모습을 어찌 잊을 수 있겠는가?

"그래, 주지."

"정말요!"

하녀는 안회의 입가에 떠오른 음산한 미소를 보지 못했다.

"따라오너라."

"네, 주인님."

안회는 생각했다.

'뭐가 좋을까? 몽둥이? 채찍?'

잊어서는 안 된다.

안회가 비록 익살스럽고 적당히 음흉한 난쟁이 노인으로 보이지만 실제로는 흉물스럽고 패악스런 인간 말종들의 조직인 하오문의 주인이었다.

동녘이 점차 밝아지고 있지만 서녘은 아직 어둠에 잠긴 새벽에 진호는 안가장의 대문을 나와 나루터로 향했다. 안회와 감덕형, 감보보가 배웅하려고 따라왔고, 춘매와 하란, 추국, 동죽도 연신 하품을 하며 진호를 뒤따랐다.

나루터에는 낙산상회의 쾌속선이 기다리고 있었다.

길고 가느다란 유선형의 몸체를 가진 쾌속선은 두 개의 돛대와 좌우에 각각 열두 개의 노가 걸려 있었다. 선적 물량이나 안락함을 포기하고 오직 빠름만을 추구한 배였다.

"수군의 쾌속선보다 빠르겠군."

"저 배와 속도를 겨룰 수 있는 쾌속선은 장강십팔타의 쾌룡선밖에 없습니다."

"안 노인의 쾌속선보다 빠르오?"

"인정하기 싫지만… 소인의 쾌속선보다 빠릅니다."

진호는 고개를 끄덕이고는 쾌속선에 승선했다. 안회와 감덕형, 감보보는 쾌속선에 올라탄 진호를 향해 허리를 숙였다.

소녀들은 눈물을 글썽이며 손을 흔들었다.

"주인님, 바로 돌아오셔야 해요."

진호는 소녀들을 보며 고개를 끄덕였다.

쾌속선은 나루터에서 출발해 민강과 대도하, 청의강이 교차하는 지점으로 이동한 뒤 민강을 타고 북상했다. 비록 역류하는 물길이지만 타수들이 힘차게 노를 젓는 데다 바람마저 도와줘 쾌속선은 이름값을 할 수 있었다.

촉중당문은 고요했다. 마치 태풍이 쓸고 지나간 뒤처럼……

"으음……"

진호가 신음성을 흘렸다.

촉중당문의 현판이 두 동강 난 채 떨어져 있고, 박살 난 문짝이 바닥에 널브러져 있었다. 시체는 보이지 않았지만 담장과 바닥에 말라붙은 핏자국이 가득했다.

진호가 쾌속선을 타고 뒤쫓았지만 가을이 촉중당문을 방

문하고 사흘이나 지난 뒤에 도착한 것이다. 가을은 촉중당문을 피로 씻어버렸다.

진호는 박살 난 문을 넘어 촉중당문 안으로 들어갔다.

'일 대 다의 전투가 벌어졌군.'

땅바닥이 파이고 건물과 벽이 무너졌고, 정원은 초토화됐으며 곳곳에 말라붙은 혈흔이 넘쳐흘렀다. 최소한 백 단위 이상의 생명이 목숨을 잃은 흔적이 남아 있었다.

진호는 피로 이어진 동선(動線)을 발견했다.

가을이 지나간 자리였다. 진호는 적족(適足)을 따라 이동하면서 주변에 남은 흔적을 분석해 가을의 움직임을 유추했다.

그건 충격 그 자체였다. 게다가 반파된 건물에 구층연심의 내력으로 날린 장력의 흔적이 남아 있는데, 그 파괴력이 백원중첩장에 필적하고 있었다.

"휴우~ 무지막지하군. 도대체 방 노사는 무슨 생각으로 가을을 괴물로 만든 거야?"

놀랍게도 가을의 무위는 진호가 화도산을 떠났을 때의 경지와 맞먹고 있었다. 구층연심법을 익혔다면 최소한 육단계인 득약에 도달했고 대약에 들어선 게 확실했다.

"백사단정을 자신의 힘으로 만든다 해도 이만한 내공을 쌓기는 어려울 텐데……."

흑사단정을 융해시킨 갈미홍도 이 정도는 아니었다. 가을에겐 뭔가 특별한 변화가 있었던 것이다. 방각이 특별한 수단을 사용한 게 아닌가 진호는 막연히 추측했다. 어쨌든 정확한 사정은 가을을 만나기 전까진 알 수가 없다.

진호는 안쪽으로 들어갔다.

인기척은 느껴지지 않았고, 내부로 이어질수록 파괴의 흔적은 더욱 강렬해지고 커져만 갔다. 그리고 인위적으로 불을 지른 건물들이 하나둘 나타나기 시작했다.

"중요해 보이는 건물 같은데……."

중요한 독과 암기를 보관하는 창고부터 족보와 비급을 모아둔 서고, 금은보화를 쌓아둔 보고(寶庫)들이었다.

안쪽으로 더 들어가자 인기척이 느껴졌다. 후원의 마지막 건물인 사당에서 흘러나왔고, 그곳에서 두려움과 슬픔, 분노와 원한이 섞인 기파가 휘몰아치고 있었다.

끼이익~

사당 문을 열자 넓은 마당이 나왔다.

그곳에 하얀 상복을 입은 백여 명이 있었다.

"으음……."

진호가 당혹스런 표정을 지으며 신음성을 흘렸다.

그들 대부분이 나이 어린 아이들과 운신조차 불편해 보이는 노인, 무공을 모르는 여인들이었기 때문이다.

진호가 안으로 들어가자 그들은 웅성거리며 양옆으로 퍼졌다. 목관 수십여 개와 수백여 개의 위패가 모셔진 탁자가 진호의 시야에 들어왔다.

노파와 노부인이 진호에게 다가왔다.
"내 남편이 독군이다."
노파가 원독에 찬 눈으로 진호를 노려보았다.
진호의 무심한 표정이 변함이 없자 노파는 어깨를 파르르 떨더니 좌우로 나눠진 인파를 가리키며 입을 열었다.
"봐라, 이들은 모두 당문의 혈족들이다."
그들은 원한 어린 눈으로 진호를 노려보았다.
백발이 성성한 노인이나 삼척동자나 눈빛은 똑같았다.
그럼에도 진호는 무덤덤했다.
"당문주는 어디에 있소?"
"내 남편은 여기에 누워 있다."
노부인이 가운데에 있는 목관을 가리켰다.
"어떻게 된 일이오?"
"모든 게 저주스런 낙산이 부른 재앙……."
낙산은 촉중당문 일족에게 불행과 저주였다. 독군이 사망했고, 백화산장을 점거한 기백 명이 몰살당했다. 게다가 그 일 때문에 가을의 방문을 받았다.
"빠드득……. 저주스런 백발마녀……."
"크윽… 낙산을 피로 물들일 수만 있다면 원도 없겠어."
"으흐흑. 아버지, 어머니……."
사방에서 원념이 쏟아졌고 곡성도 흘러나왔다.
노파가 손을 높이 들고 입을 열었다.

백의맹(白義盟) 창설

"무슨 짓들이냐! 원수 앞에서 창피스런 모습을 보일 거냐! 늙은이와 과부와 아이들만 남았다고 촉중의 당문이 사라진 것은 아니다! 명예를 잊어서는 안 된다."

"크윽… 노태태."

"으흑흑. 할머님."

독군의 사망으로 과부가 된 노파가 진호를 노려보았다.

"원수여, 우리의 원한은 깊고도 깊다. 귀신이 돼서라도 너와 백발의 마녀에게 응징을 가할 것이다."

"노부인, 아이들이나 살릴 생각 하시오."

"억울하게 죽어간 혈육들을 추모하는 자리에서 피를 보겠다는 것이냐? 이 악랄한 놈아!"

십대 중반으로 보이는 소년이 발악하듯 외쳤다.

진호는 아예 시선조차 돌리지 않고 노파만 상대했다.

"당문의 혈족은 남에게 가한 고통은 잊어버리고 자신이 받은 아픔과 슬픔만 생각하는군요."

"……."

"노부인, 당문이 지금까지 어떤 씨앗을 뿌렸는지 절실하게 알게 될 겁니다."

진호는 등을 돌렸다.

노파와 나눈 대화를 통해 가을이 무사하다는 것을 알아냈으니 더 이상 이곳에 남아 있을 이유가 없었던 것이다.

뚜벅뚜벅…….

진호의 걸음은 당당했다.

촉중당문의 생존자들은 차마 입에 담을 수 없는 욕설과 저주를 퍼부었다. 그러나 진호는 어떤 반응도 없었다. 앞으로 저들에게 닥칠 불행한 운명이 보였기 때문이다.

아미산 복호사의 뒤편에 여러 개의 동부가 있다.

대부분 무공 수련이나 묵언수행 등 불도를 닦을 때 사용하려고 인위적으로 만든 동굴들이다. 이 중에 한 동부를 사내가 차지하고 있었다. 그 사내는 당백영이었다.

"아미타불."

수심 노사태가 당백영이 거처로 삼은 동부 앞에 나타났다. 당백영은 평온한 얼굴로 걸어나왔다.

"당 노시주."

"말씀하십시오, 수심 장문인."

"이제 돌아가셔도 좋습니다."

"무슨 말씀인지 모르겠습니다."

"아미타불."

수심 노사태는 불호를 외운 후, 한참 동안 당백영을 쳐다보다가 조심스럽게 입을 열었다.

"낙산에 당문 사람들은 더 이상 남아 있지 않습니다."

"오~ 드디어 복수를 했구나."

당백영이 기뻐하며 독백하자 수심 노사태는 고개를 저었다.

"그렇지가 않습니다."

"서, 설마… 형님에 이어 조카들마저 원수의 손에……."

"그들은 신비의 백발여인에게 당했습니다. 그리고 백발여인은 촉중당문을 찾아가… 대참사를 일으켰습니다. 당 노시주는 어서 귀가하셔서 자세한 사정을 알아보십시오."

당백영은 연신 눈을 껌벅이며 수심 노사태의 노안을 쳐다보았다. 도대체 무슨 소리냐는 표정이었다.

"아미타불."

수심 노사태는 등을 돌렸다.

당백영은 넋 나간 얼굴로 멍하니 서 있다가 사지를 부르르 떨었다. 그는 곧바로 복호사로 달려갔다.

복호사는 문을 굳게 잠그고 열지 않았다.

쾅쾅쾅!

"수심 장문인!"

당백영이 문을 두드리며 수심 노사태를 찾았지만 복호사는 일체의 대꾸도 없었다.

"도대체 무슨 일이 생긴 거야?"

당백영은 복호사에서 사정을 알아보는 것을 포기하고 아미산을 내려와 낙산으로 향했다.

낙산현 백화산장.

한 노인이 백발을 휘날리며 달려오고 있었다. 그는 아미산에서 뛰쳐나온 당백영이었다.

"이, 이럴 수가……."

백화산장의 정문 앞에 도착한 당백영은 힘없이 주저앉아 버렸다. 정문은 박살 나 있고 사람은 코빼기도 보이지 않았기 때문이다. 그는 백화산장 내부로 들어갔다.

"둘째 조카, 숙부가 왔네. 넷째 조카, 어디에 있는가? 사옥아! 작은할아버지가 왔다! 어서 나오너라!"

인기척은 고사하고 쥐새끼도 보이지 않았다.

화려했던 백화산장은 폐가로 변한 뒤였다. 당백영은 철저하게 파괴된 정원 한복판에 힘없이 주저앉았다.

"안가장!"

당백영은 안회의 집을 떠올리고 벌떡 일어났다.

안가장은 아직도 보수공사가 끝나지 않았다. 인부들이 자재를 나르고 여기저기서 뚝딱거리며 집을 고치고 있었다. 지붕 위에서 현장을 감독하고 있던 안회가 백발을 휘날리며 달려오는 당백영을 발견하고 사색이 됐다.

"헉! 다, 당장 문을 잠가라!"

안회가 악을 쓰자 문지기가 부랴부랴 문을 닫았다.

당백영은 문이 닫혔는데도 멈추지 않고 오히려 속도를 올리더니 몸을 날렸다.

콰앙!

정문이 걸레짝이 돼 날아갔다.

"안회! 어디에 있느냐? 어서 나오너라!"

당백영이 고래고래 소리치자 안회는 화들짝 놀라 지붕에 납작 엎드리고 투덜거렸다.

"뭐, 뭐야? 저 늙은이는? 뼈다귀가 강철인 거야?"

당백영은 안회가 나오지 않자 애꿎은 인부를 붙잡아 이리저리 휘둘렀다. 인부는 사색이 됐다.

안회는 술 취한 건달처럼 행패를 부리고 있는 당백영을 훔쳐보다가 정문 쪽으로 시선을 돌렸다. 박살 난 문짝의 파편들이 그의 시야에 들어왔다.

"하아······."

그는 한숨이 절로 나왔다.

"도대체 몇 번째야? 백화산장처럼 이 집도 버려야 하나?"

안회는 심각하게 고민했다.

그때 당백영에게 휘둘리던 인부가 지붕에 납작 엎드려 있는 안회를 가리키며 외쳤다.

"저기 있습니다!"

당백영은 인부를 집어던지고 지붕 쪽으로 시선을 돌렸고, 안회의 낯빛은 새파랗게 변해 버렸다.

"히이익~"

안회가 비명을 지르며 기었다.

하오문의 문주답게 그 수준에 맞는 무공을 익힌 그가 당백영을 이길 리 없었다. 지혜롭게 도망치기로 했다.

비록 모양새가 우습지만.

그러나 당백영에게서 도망치기는 어려울 것 같았다.

탁!

"뭐냐?"

당백영의 뒤편에서 누군가가 그의 어깨를 붙잡은 것이다.

"헉! 네, 네놈은!"

진호였다.

촉중당문에 갔던 진호가 돌아온 것이다.

휘익~

당백영이 진호의 정체를 알고 공격하려는 순간, 갑자기 하늘과 땅이 빙그르르 돌더니 세상이 거꾸로 바뀌었다.

쾅!

당백영의 머리가 땅속에 박혀 버렸다. 그야말로 사람을 거꾸로 세운 뒤 머리를 심은 셈이다.

"대, 대인!"

안회가 지붕 아래로 몸을 날렸다.

작은 키 때문인지, 아니면 몸놀림 때문인지 그 모양새가 과일을 노리고 나무에서 뛰어내린 원숭이 같았다.

"다녀오셨습니까."

"이자는 뭐 하는 자요?"

진호가 거꾸로 땅에 박힌 당백영을 가리켰다.

"잘 모르겠습니다만 당문의 인물이 아닐까 생각됩니다."

"그럴 수도 있겠군. 본가가 박살 났으니… 당문의 혈족이라면 지금 제정신이 아니겠지."

진호가 당백영의 다리를 붙잡고 위로 올리자 땅속에 박힌 당백영의 머리가 뽑혔다. 당백영의 얼굴은 흙투성이지만 머리는 멀쩡했다. 정수리에 생긴 큼지막한 혹이 석두가 아님을 증명했지만 진호나 안회는 관심조차 두지 않았다.

진호는 기절한 당백영을 바닥에 내려놓았다.

안회가 입을 열었다.

"촉중당문이 풍비박산 났다는 소문은 들었습니다. 도대체 어떻게 된 겁니까?"

"으음……."

진호는 신음성을 흘릴 뿐 대답해 주지는 않았다.

안회는 대화 주제를 바꿔야 한다는 것을 본능적으로 깨달았다.

"아참! 대인, 백화산장을 다른 곳으로 이사합니다. 예전의 백화산장은 당문 놈들이 온갖 장난을 쳐서 사용하기 어렵게 됐거든요. 게다가 학살이 일어난 장소라 손님들이 귀신이 나올 거라면 두려워해서 다른 장소에다 새로 짓……."

안회가 말끝을 흐렸다.

'바보! 애써 피했는데 왜 또 그쪽으로 가는 거야!'

안회는 주먹으로 자기 머리를 구박했다.

진호가 입을 열었다.

"혹시 가을이 낙산에 다시 돌아오지 않았소?"
"네. 낙산에 오시지 않았습니다."
"으음……."
"지금 사천 전역의 하오문은 물론 개방이 전력을 다해 아가씨의 행방을 찾는 중입니다. 아가씨의 특이한 용모 때문이라도 금방 찾아낼 겁니다."

진호는 눈살을 찌푸렸다.

'요롱이가 있었으면 쉽게 찾아냈을 건데…….'

진호는 요롱이를 두고 온 것을 후회했다.

안회는 진호의 안색을 살펴보다가 조심스럽게 입을 열었다.

"새로 짓고 있는 백화산장에 아이들이 있습니다."
"그럼 가봅시다."
"소인이 안내하겠습니다."

진호는 고개를 끄덕이더니 당백영에게 시선을 돌렸다.

"일단 이 노인부터 처리하고!"
"헤헤헤~ 당연히 그러셔야죠."

안회는 파리처럼 양손을 비비며 간사하게 웃었다. 그런데 결코 추하지도 비굴하지도 않았다.

하남성 낙양부.

고즈넉한 천 년의 고도(古都).

백의맹(白義盟) 창설

십 년 전부터 낙양부에서 이십 리 떨어진 외곽에 일단의 무리가 터를 잡더니 어느 날부터 성을 쌓기 시작했다. 삼만 평 규모의 대지를 삼 장 높이의 성곽으로 두르더니, 끊임없이 건축 자재가 성내로 반입됐고, 공사는 하루도 쉬지를 않았다.

그런데 축성 장인은 물론 인부마저 십 년이 지나는 동안 얼굴 한 번 드러내지 않았다. 불안한 시선으로 축성 현장을 보던 낙양의 주민들도 시간이 지나자 점차 무관심해졌다.

십 년이 지난 어느 날.

강호의 무인들이 하나둘 낙양에 모여들더니, 하나같이 의문의 성채로 들어갔다. 게다가 구파일방과 무림세가들의 고수들마저 모습을 드러내더니, 그들 역시 의문의 성채로 향했다.

낙양의 주민들은 눈치를 챘다, 의문의 성채가 강호 세력의 전진 기지라는 것을.

그리고 어느 날, 강호에서 한가락 한다는 고수들이 모조리 낙양에 집결했다. 아니, 의문의 성채에 모였다.

성채의 전면에 수만 명의 인파가 집결했다.

둥. 둥. 둥…….

"우와와~"

북소리가 울리자 함성이 터져 나왔다.

수만 명의 인파가 동시에 내지르는 함성은 천지를 뒤흔들 정도의 위력을 발휘했다.

"강호 동도 여러분!"

북을 치던 거한이 외쳤다.

모든 시선이 거한에게 집중됐다.

"사대기인께서 나오십니다."

"와아아~"

용 문양이 그려진 금색 법의를 입은 우람한 체구의 승려와 수십 겹으로 기운 백결의(百結衣)를 입은 거지, 중년의 나이라곤 믿기지 않을 정도로 수려한 용모의 사내, 양손으로 칠현금을 안고 우아하게 걷는 경이적인 미모의 귀부인이 나타났다.

그들은 용불과 신개, 기성, 금선이었다.

"무량수불. 무당의 현진이 사대기인에게 인사 올립니다."

"하북팽가의 가주가 사대기인에게 인사 올립니다."

"산서목가의 가주가 인사 올립니다."

"아미타불. 아미의 수명이 사대기인에게……."

구파일방과 각 지역의 패자인 무림세가의 중요 인사들이 용불과 신개, 기성, 금선을 향해 포권하며 인사를 올렸다. 이에 뒤질세라 수많은 무명 인사들과 아직 유명세를 타지 않은 신진들도 사대기인에게 포권하며 인사를 올렸다.

용불은 소림사의 인사법인 반장의 예로 인사했고, 기성과 금선 부부는 포권으로 화답했다. 신개는 장난치듯 무인으로 이루어진 인파를 향해 손을 흔들었다.

"와아아~"

열광적인 반응이 쏟아졌다.

용불이 한 걸음 앞으로 나서더니 합장하며 입을 열었다.
"아미타불."
용불의 사자후는 강력한 내력이 실려 있었다.
열광적으로 반응하던 인파가 조용해졌다. 그러나 겉으로일 뿐 속으로는 더욱 맹렬하게 타올랐다.
"오늘은 백의맹(白義盟)의 탄생을 알리는 날입니다."
기성과 금선 부부가 성문 입구에 드리워진 밧줄을 잡아당겼다. 성문 위를 가린 천이 흘러내렸고, 거대한 석판이 드러났다. 석판에는 큼지막하게 백의맹라는 글자가 음각돼 있었다.
"와아아~"
수만 명의 무인들이 함성을 지르며 열광했다.
인파 곳곳에서 몇 명이 소리쳤다.
"무림정의!"
"무림정의!"
의도적으로 시작된 구호가 순식간에 퍼져 나갔다. 수만 명의 무인들이 합창하듯 외쳤다.
끼이익~
거대한 성문이 열렸다.
사대기인이 들어가자 각대문파와 무림세가의 가주들이 뒤를 따랐고, 각파의 정예들이 세를 과시하며 성문 안으로 빨려가듯 들어갔다. 마치 모두 들어오라고 유혹하는 것 같았다.
그러나 성채 안으로 들어가는 인원은 정해져 있었다.

백의를 입은 무사 수백여 명이 성곽 앞에 일렬로 서더니 수만 명의 인파를 향해 외쳤다.
"무림정의! 백의무적!"
둥. 둥. 둥…….
북소리가 기세를 고조시켰다.
수만 명의 인파는 최면에 걸린 것처럼 구호를 따라 외쳤다. 무림정의와 백의무적이란 구호가 천지를 진동시켰다.

성채 내부는 단조로웠다.
만 평에 가까운 연무장 뒤에 수십여 채의 건물들이 규칙적으로 세워져 있었다. 흔한 정원조차 없었다. 십 년이란 시간을 투자한 것치고는 너무나도 살풍경했다.
"집결!"
성채에 들어온 인원은 모두 이천여 명.
이중에 천여 명은 백의맹 직속이고 남은 천여 명은 구파일방과 각 지역의 패자인 무림세가의 무인들이었다. 두 부류는 각각 좌측과 우측으로 나눠졌다.
신개가 앞으로 나섰다.
"백의맹의 목적은 강호의 평화에 있다."
"와아아~"
백의맹 소속의 무사들이 함성을 지르며 환호했다. 그러나 구파일방과 무림세가의 무인들은 뜨뜻미지근한 반응을 보였다.

백의맹(白義盟) 창설

"흑도의 발호는 위험수위를 넘어섰다. 우리는 흑도의 위험을 사전에 제거하는 데 중점을 둔다. 백의맹의 형제들이여, 강호의 동도들이여, 백도의 항구적인 평화를 위해 칼을 들자!"

"와아아~"

"칼을 들자! 칼을 들자! 칼을……!"

함성과 구호가 연이어 터져 나왔다. 이권에 민감한 무림세가의 무인들이 백의맹에 동조하듯 함성을 내지르며 구호를 합창하자 구파일방의 무인들도 하나둘 합류하기 시작했다.

"천막을 쳐라!"

연무장에 백여 개의 천막이 순식간에 세워졌고, 탁자에 술과 음식이 깔렸다. 천막마다 이십여 명씩 자리를 차지했는데 백의맹과 비백의맹이 반반씩 자리를 만들었다.

행사는 간단하게 끝내고 구파일방과 무림세가의 무인들과 친분을 쌓는 데 주력을 한 것이다.

"들어갑시다."

사대기인이 본전으로 들어갔다. 구파일방의 유력 인사와 무림세가의 핵심 인원이 뒤를 따랐다.

본전에는 화려한 만찬이 준비돼 있었다.

다들 자리에 앉자 신개가 입을 열었다.

"여러분."

좌중의 시선이 신개에게 모였다. 선동가처럼 뜨겁게 타올랐던 신개의 눈이 이번에는 얼음처럼 차가웠다.
"백의맹의 설립 취지와 목적을 오해하시는 분들이 있는 것 같아 이 자리를 마련했습니다."
"어흠!"
"으음……."
구파일방의 대표들이 불편한 심기를 드러냈다.
용불이 일어났다.
"아미타불. 백의맹의 목적은 흑도의 위험을 제거해 강호의 평화를 이루자는 것이오. 그 외에 다른 뜻은 없소이다."
"항상 시작은 밝지만 대부분 어둡게 끝나지요."
무당의 현진 도장이 반감을 드러냈다.
백의맹을 주도하는 용불이 소림사 출신이기 때문에 무당파의 반대는 당연할지도 모른다.
"백 번 말하는 것보다 한 번 보는 게 낫다는 말이 있는데… 아무래도 그 말이 옳은지 확인해 봐야겠구려."
신개가 현진 도장을 응시하며 말했다.
안쪽 문이 열리고 사륜거가 나타났다.
끼리릭. 끼리릭…….
사륜거에 사지가 잘린 남자가 앉아 있었다.
"헉! 자, 자네는 제명이 아닌가!"
"남궁제명!"
사지가 잘린 채 사륜거에 의지하지 않으면 움직일 수조차

백의맹(白義盟) 창설 325

없는 불구의 남자는 남궁세가의 셋째인 남궁제명이었다. 게다가 눈을 붕대로 감은 장님 여자가 사륜거를 밀고 있는데, 그녀는 남궁제성의 장녀였던 남궁선이었다.

"사, 살아 있었군."

"어허! 어쩌다 이렇게 됐나?"

남궁제명과 안면이 있는 자들이 몰려나왔다. 그들 무리 중에 한 중년 남자가 남궁선에게 관심을 보였다.

"눈을 다쳤느냐?"

남궁선은 소리가 난 방향으로 고개를 돌렸다.

중년 남자가 무심한 시선으로 남궁선을 보며 입을 열었다.

"나는 진형공이다."

남궁선은 어깨를 바르르 떨었다.

진형공은 운명의 장난만 아니었다면 그녀의 시아버지가 됐을 것이다. 즉, 그는 진호의 부친인 광동진가의 가주였다.

"정아는 어떻게 됐느냐?"

진형공은 잔인했다.

남궁선은 입술을 깨물었다. 피가 살짝 배어나더니 턱을 타고 흘러내렸다.

"정아는 저세상으로 갔습니다."

남궁선은 간단하게 대답했다.

동생인 남궁정이 수적들에게 어떤 치욕을 당하며 참혹하게 죽어갔는지 절대로 말하고 싶지 않았던 것이다.

진형공은 고개를 끄덕이고는 등을 돌렸다. 그는 남궁세가가 멸망한 이상 그들에게 아무런 흥미도 없었다. 남궁정의 안위를 물었던 것도 파혼을 알리기 위해서였다.

 사륜거에 앉아 있던 남궁제명은 진형공의 매정한 태도에 이를 갈았다. 그러나 분노를 터뜨리지는 않았다. 그가 자신의 비참한 모습을 숨기지 않은 것은 복수하기 위해서였다.

 남궁제명은 이권에 따라 움직이는 치졸한 인심을 따지다 복수의 기회를 놓치는 우매한 짓을 할 수는 없었던 것이다.

 "장강의 수적들이 나를 이 꼴로 만들었소. 우리 가문을 짓밟았고 여자들을 범했소. 내 아내마저 그놈들이… 크윽……."

 남궁제명은 장강의 수적들이 저지른 일을 쏟아냈다.

 숨기고 싶은 치욕마저 있는 그대로 밝혔다. 사륜거 뒤에 서 있던 남궁선은 수치심에 몸을 떨다가 귀를 막고 주저앉았다. 그녀는 이대로 죽고 싶었다.

 '차라리… 그때 죽는 게 좋았어.'

 그와 달리 남궁제명은 수치를 무릅쓰고 모든 걸 쏟아냈고, 각파의 대표와 핵심 인사들은 노기를 참지 못했다.

 '수고한 대가를 톡톡히 갚는구나.'

 신개는 남궁제명을 보며 의미심장한 미소를 지었다. 그가 장강십팔타의 공격을 받아 무너지는 남궁세가에 몰래 들어가 남궁제명과 남궁선을 구한 이유는 오늘을 위해서였다.

'자~ 이제 죽엽수를 가져간 놈을 이용할 방도를 찾아야겠는데… 도대체 그놈의 정체를 아는 자가 없으니…….'

신개의 머릿속에서 살아가는 악귀가 이번에는 진호를 이용할 모략을 꾸미려고 꿈틀거렸다.

'응? 저놈이 왜 왔지?'

개방의 낙양 분타주가 본전에 들어왔다. 그는 이리저리 둘러보다가 총총걸음으로 신개에게 다가왔다.

"낙양 분타주가 수석 장로님을 뵙습니다."

"무슨 일이냐?"

개방의 낙양 분타주는 주변을 둘러보며 머뭇거렸다.

눈치 빠른 몇몇 무인들이 귀를 쫑긋 세우고 신개와 낙양 분타주를 쳐다보았다. 이럴 때 다른 장소로 간다면 불화가 생기고 결국은 파국을 부르는 불씨로 자라난다.

"여기선 말해도 좋다. 모두 한 배를 탄 동료들이다."

"후우~ 알겠습니다."

낙양 분타주는 주변을 둘러보며 누군가를 찾다가 어쩔 수 없다는 표정을 지으며 입을 열었다.

"…촉중당문이 괴멸됐습니다."

"뭐, 뭐라고!"

낯빛이 새파랗게 변한 채 낙양 분타주에게 달려온 중년 사내는 당가 오 형제의 셋째이며 촉중당문의 야효당주 당벽이었다. 그는 백의맹의 내막을 파악하고, 동시에 청성파와 아미파가 각대문파와 연합하는 걸 방지하라는 임무를 맡았다.
"도대체 그게 무슨 소리요?"
당벽이 낙양 분타주의 목을 붙잡고 흔들었다.
"컥컥… 그, 그게 백발의 마녀가……."
"백발마녀?"
생소한 별호에 다들 의아해했다.
낙양 분타주는 백화산장과 촉중당문에서 일어난 일방적인 학살을 아는 대로 설명했다. 당벽은 그대로 주저앉았다.
"…생존자는?"
"무력이 일천한 아이들과 여인, 노인들을 제외한다면 극소수만 살아남았다고……."
"그, 그럼……!"
"문주인 당력을 비롯해 총관인 당계, 집독당주 당석 등 중요 인사는 모두 사망했고, 장로들도 태반이 죽었습니다."
당벽은 할 말을 잃었다.
그는 비틀거리며 일어나더니 신개에게 말했다.
"종 선배님, 저는 이만 돌아가 봐야겠습니다."
"그러시게."
"죄송합니다."
당벽은 십여 명의 부하를 이끌고 백의맹을 떠났다.
신개는 낙양 분타주의 귀에 입을 댔다.
"백발마녀의 정체를 알아냈느냐?"

"아직 알아내지 못했습니다만… 독군을 죽이고 수룡왕을 패퇴시킨 의문의 인물과 연관이 있다고 판단을 내렸습니다."
"으음… 또 그쪽인가."
신개의 이마에 짙은 음영이 드리워졌다.

제34장

응조왕(鷹爪王)

 바람결에 치맛단이 휘날렸다.
 허리를 묶은 홍색 끈에 매달린 은색 방울이 또르르 울고, 새하얀 소매가 안쪽으로 구르며 구름처럼 퍼져 나갔다. 활처럼 뻗은 손끝이 지상에서 하늘로 향하고, 사뿐히 걷는 걸음걸이는 북방의 밤하늘을 밝히는 일곱 별과 같았다.
 발끝을 세우고 날아오르자 하늘 끝까지 닿을 것처럼 솟아오르고, 나비의 우아한 날갯짓처럼 휘날리는 손길에 분홍색 꽃잎이 산산이 부서져 사방으로 흩어졌다.
 춘매와 하란, 추국, 동죽.
 네 소녀의 춤은 우아하고 아름다웠다.

진호가 가르쳐 준 호접선녀무(胡蝶仙女舞)는 단순한 춤이 아니었다. 춤을 출수록 내력이 깊어지고 움직임이 가벼워지며 기의 흐름을 읽을 수 있게 된다.
　검을 들고 춤추면 검술이 되고, 주먹을 쥐거나 손바닥으로 펼치면 내가권장이 된다. 보폭을 줄이면 운신법이고, 보폭을 늘이면 비각술(飛脚術)이다. 힘으로 행하면 기(技), 기로 행하면 예(藝), 마음으로 행하면 도(道)인 것이 호접선녀무였다.
　소녀들의 춤이 끝났다.
　"주인님."
　"우리 잘했죠."
　"정말 멋진 춤이에요."
　짝짝짝.
　진호가 박수 치며 입을 열었다.
　"아주 잘했다."
　"고맙습니다, 주인님."
　소녀들이 우아한 자태로 진호에게 인사했다.
　진호는 한동안 낙산에서 지냈고, 그동안 소녀들에게 호접선녀무를 가르쳐 줬다. 호접선녀무는 진호가 모친에게 배웠지만 터득하지는 못했다. 무공으로 수련하면 춤이 되고 춤으로 배우면 무공이 되는 특징 때문이다.
　진호는 호접선녀무를 무공으로 수련했고 결국 터득하는 데 실패했다. 소녀들은 호접선녀무를 춤으로 알고 있다.

'이 아이들이 다시는 붙잡히거나 고문당하지 않기를…….'
진호는 소녀들이 행복하기를 원했다.

그래서 동기에서 풀어줬고, 이번에는 호접선녀무를 가르쳐 준 것이다. 또한 소녀들의 안전을 확보하기 위해 안회와 감덕형 남매에게도 무공을 가르쳤다.

그들이 익힌 무공을 바탕으로 새롭고 강력한 무공을 재창조해서 가르쳐 줬다. 절학은 아니지만 제대로 터득하면 일류고수가 되고도 남을 무공이었다.

"이걸론 부족해."

안회는 진호가 가르쳐 준 무공만으론 소녀들을 지키는 데 어렵다고 판단해 촉중당문이 백화산장에 남긴 함정과 살인 기관들을 연구해 안가장에 설치했다. 진호도 함정과 살인 기관에 흥미가 있어 작업에 참여했고, 많은 걸 배울 수 있었다.

"다행이군. 함정과 살인 기관의 설치가 끝나지 않아 유기적 연결을 이루지 못한 덕분에 가을이 무사했어."

촉중당문의 함정은 무시무시했다.

설치가 끝나지 않아 유기적 연결을 할 수 없는 탓에 가을은 쉽게 백화산장을 탈환했던 것이다. 완성되면 진호마저 곤란하게 하거나 다칠 수 있었다.

"교토삼굴(狡兎三窟)!"

안가장을 금성철벽으로 만들고도 안회는 부족하다고 생각해 교활한 토끼처럼 지하 통로로 이동이 가능한 몇 개의 비밀 거처를 만들었다. 안회는 촉중당문에게 당했던 수모를 두 번 다시 당하지 않겠다고 작정한 것이다.

진호는 소녀들의 안전이 어느 정도 보장됐다고 결론을 내리자 낙산을 떠나기로 결심했다.
"괜찮을지 모르겠습니다."
진호가 낙산을 떠나겠다고 밝히자 안회가 난감한 표정을 지었다. 촉중당문이 무너졌지만 생존자들이 남아 있고, 복수의 화살을 낙산으로 돌릴 위험이 있었기 때문이다.
"안 노인, 그렇다고 언제까지 거북이처럼 낙산에 웅크리고 살 수는 없지 않겠소."
진호가 지금까지 낙산에 머물렀던 이유는 두 가지다.
하나는 소녀들의 안전 확보였다. 두 번째는 가을이 낙산에 되돌아올 수 있다고 생각했기 때문이다.
"알겠습니다. 소인이 목숨을 걸고 아이들을 지키겠습니다. 두 번 다시 위험에 처하지 않도록 만들겠습니다."
"고맙소, 안 노인."
안회는 진심이었다.
진호도 진심으로 고마워했다.

그날 저녁.

진호는 소녀들에게 내일 아침 떠난다고 말해줬다.

"싫어요."

"히잉~ 떠나지 마세요."

"주인님이 없으면 또 나쁜 사람들이 우르르 몰려와 우릴 괴롭힐지도 몰라요."

"따라가면 안 될까요?"

소녀들이 칭얼거리며 떼를 썼다. 이들이 예전과 다른 행동을 한 것은 당사옥에게 붙잡혀 고문을 당하거나 괴로움을 겪으며 마음에 상처가 생겼기 때문이다.

진호는 소녀들을 달랬다.

소녀들은 진호의 품속에서 하나둘 잠들었고 마지막으로 추국이 남았다. 추국도 눈을 껌벅이며 졸음과 싸우다가 허리를 굽히는 순간 '아야!' 라고 외치며 가슴을 붙잡았다.

"왜 그러니?"

"히잉~ 이것 때문이에요."

추국이 품속에서 백원도의 축을 꺼냈다.

진호의 시선이 축의 표면에 적혀 있는 글자에 꽂혔다.

"무욕자 득인연?"

가슴을 울리는 자구였다.

진호는 기묘한 인연의 향기를 맡았다.

"어디서 구한 거니?"

"깔깔깔!"

추국은 웃음부터 터뜨렸다.

그녀는 당사옥의 입에다 오물덩어리를 쑤셔 박고 더러워진 손을 그녀의 옷자락으로 닦다가 옷섶이 벌어지면서 튀어나온 백원도의 축을 챙겼던 것을 빠뜨리지 않고 설명했다.

"허허허~"

진호는 허탈한 웃음이 나왔다.

추국은 혀를 날름 내밀고는 슬며시 고개를 돌렸다.

"왜 챙긴 거니?"

진호는 훔쳤다는 말 대신 순화된 표현을 썼다.

"왠지 중요한 물건 같았거든요."

"으음… 꽤나 귀여운 복수구나."

"큭큭……."

추국도 그때를 떠올리면서 자신이 왜 그런 짓을 했는지 모르겠다며 고개를 저었다. 그래서인지 친자매나 다름없는 춘매와 하란, 동죽에게도 이 사실은 숨겼다. 백원도의 축을 품속에 넣고 다니는 것도 설명하기가 난감해서였다.

"주인님, 이거 가져가세요."

"왜 날 주는 거니?"

"춘매나 하란이 이걸 보면 무슨 물건이냐고 물어볼 거고, 사정을 설명하면 오물을 만졌다고 날 놀릴 거예요."

추국이 입술을 삐죽거리며 말했다.

"알았다. 내가 보관하마."
"네."
추국은 방긋방긋 웃다가 그대로 굳어버렸다. 실룩거리는 세 소녀의 입술이 눈에 들어온 것이다.
"너, 너희들!"
"큭큭!"
"깔깔깔!"
소녀들이 배를 잡고 데굴데굴 굴렀다.
심통이 난 추국은 소녀들의 겨드랑이를 간질이며 한 덩이가 됐다. 진호의 입가에 부드러운 미소가 떠올랐다.

다음날 아침, 진호는 낙산 하오문의 밀염선을 탔다. 소녀들은 호접선녀무를 춤추며 배웅했다.
"애들아, 약속을 지켜야 한다!"
진호가 선상에서 외쳤다.
"네, 주인님."
소녀들은 하루도 거르지 않고 호접선녀무를 추기로 약속했다. 호접선녀무는 여러 가지 제약이 있지만 일단 터득하면 그 위력이나 효능은 불문가지(不問可知)다. 춤이 무공으로 변하면 호접선녀무의 본질을 자연스럽게 알게 된다.
"잘 있거라."
"빨리 돌아오셔야 해요."

밀염선이 출발했다.

소녀들이 시무룩한 얼굴로 멀어져 가는 밀염선을 하염없이 바라보며 망부석처럼 움직이지 않자 안회는 배웅을 마치고 일터로 돌아가려던 감덕형과 감보보를 붙잡았다.

그리곤 소녀들에게…

"얘들아."

"네, 할아버지."

"이왕 나왔으니 장터에 가자꾸나. 할아비가 선물도 사주고 맛있는 음식도 사주마."

"와아! 정말요?"

"할아버지, 최고!"

소녀들은 기뻐서 팔짝팔짝 뛰었다.

장터는 시끌벅적했다.

안회는 장터를 돌며 소녀들에게 온갖 선물을 사줬고, 마지막으로 낙산 최고의 음식점으로 데리고 갔다.

"안 대인, 그동안 평온하셨습니까?"

점소이는 감히 안회를 상대할 수도 없었다. 안회가 왔다는 소식을 들은 점주가 부리나케 뛰쳐나왔다. 그의 코끝에 송골송골한 땀방울이 걸려 있었다.

"특실로 안내하게."

"최상으로 모시겠습니다."

"오늘은 손녀들을 위해 주머니를 풀겠네."

식대를 따지지 않겠다는 의미다.

점주는 오랜만에 대박이 터졌다는 것을 깨달았다.

주방이 바빠졌다. 숙수들은 오랜만에 실력을 발휘한다며 온갖 진기한 산해진미를 만들어냈고, 점소이들은 정신없이 접시를 날랐고 감씨 남매의 혀는 덩달아 호강했다.

안회가 슬그머니 일어섰다.

특실을 빠져나온 그는 미로처럼 꼬여 있는 음식점의 통로를 제집처럼 이동하다가 막다른 곳에 도착했다. 안회는 벽에 붙어 있는 장식을 이리저리 만졌다.

끼이익~

벽면이 열리더니 밑으로 내려가는 계단이 나왔다.

음식점의 주인조차 모르는 공간이었다. 안회가 계단을 타고 지하로 내려가자 벽면은 원상복귀됐다.

뚜벅뚜벅…….

지하 계단은 넓은 동굴과 연결돼 있었다.

"어서 오십시오, 문주님."

십여 명의 장정이 안회에게 인사를 올렸다.

"당백영은 입을 열었느냐?"

"아직까지는 버티고 있습니다."

"훙! 이름값은 하시겠다는 거로군."

지하 동굴은 낙산 하오문의 비밀 감옥이었다.

수감자들은 백화산장을 점거했다가 가을에게 박살 났던

응조왕(鷹爪王) 341

당문의 무사와 혈족 중에 살아남은 자들이었다.

낙산 하오문의 고문술사가 그들의 입을 가볍게 만들었다. 그 덕분에 안회는 백화산장에 설치된 함정과 살인 기관을 쉽게 파악했고 안가장에 적용시킬 수 있었다.

안회는 당백영을 가둔 곳으로 걸어갔다.

통로 양쪽에 감옥들이 연달아 이어져 있고, 시체나 다름없는 피투성이들이 거꾸로 매달린 채 빨래처럼 널려 있었다. 자신이 아는 모든 것을 뱉어낸 대가로 편히(?) 쉬는 중이다.

끼이익…….

통로 끝에 있는 녹슨 철문이 열리자 사지가 쇠사슬에 묶여 공중에 떠 있는 당백영의 모습이 드러났다.

당백영은 피투성이였다.

"당 노인."

안회가 사근거리는 목소리로 불렀지만 당백영은 일체의 대꾸도 없었다. 그는 증오심이 가득한 눈으로 안회를 노려보다가 침을 뱉었다. 안회는 볼에 묻은 침을 닦아냈다.

"혀를 자를 수는 없으니 얼굴 가죽을 벗겨라."

"네, 알겠습니다."

고문술사가 주방에서나 사용하는 식칼을 손에 들었다.

차라라락…….

쇠사슬이 늘어나면서 당백영이 바닥에 쓰러졌다. 고문술사가 식칼을 들고 다가오자 그는 미친 듯이 고함을 지르고 요동쳤지만 팔다리가 움직이지 않았다.

"으아아악~"

고문술사들은 손님(?)이 감옥에 들어오면 하복부를 난자해 단전부터 파괴하고, 사지의 근맥을 절단해 불구로 만들었다.

"자~ 그럼 시작해 볼까."

고문술사의 눈은 무덤덤했다. 그래서 더 무서웠다.

칼날이 턱밑을 가르자 당백영은 비명을 질렀다.

"으아악! 하, 항복!"

고문술사의 손은 멈추지 않았다.

회를 뜨듯 턱밑의 피부를 따고, 피부를 잡아당기며 칼날을 집어넣었다. 당백영은 울면서 애원했다.

시키는 대로 뭐든지 할 테니 제발 멈춰달라고…….

"잠깐!"

안회의 명령이 떨어지자 고문술사의 손이 멈췄다.

고문술사는 아쉽다는 표정을 지었다. 당백영의 얼굴 가죽을 절반밖에 뜯어내지 못했기 때문이다.

"당 노인."

"으흑흑… 마, 말씀하십시오."

당백영은 제정신이 아니었다.

안회는 이때를 놓치지 않고 촉중당문의 무공과 독의 비밀을 질문했다. 당백영은 정신없이 주절주절 떠들어댔고, 안회의 뒤편에 있던 서기는 열심히 붓을 놀렸다.

밀염선은 중경을 지나 무산삼협을 통과했다.

"와아아~"

선부들은 환호성을 질렀다.

배들의 묘지라는 무산삼협을 별다른 사고 없이 지났으니 기뻐하는 것도 당연하다. 선장은 가까운 항구에 밀염선을 정박시켰고, 선부들은 밤새도록 술을 마시며 무사운행을 기원했다.

진호는 다음날 아침 밀염선을 타지 않았다. 육로를 이용해 북경으로 가기로 결정한 것이다. 말이 필요하면 말을 탔고 인적이 드문 곳에선 경공을 사용했으며 수로도 이용했다.

호북성을 통과한 진호는 하남성에 들어서자 속도를 올렸다.

대별산이 진호를 반겼다.

그리고 며칠이 지났다.

"썩을! 오늘도 노숙을 해야겠군."

진호는 며칠째 대별산에서 헤매고 있었다.

길인가 싶어 따라가면 끊어지거나 사라지기 일쑤였고, 울창한 수림으로 인해 동서남북을 구별하기도 어려웠다.

타탁!

진호가 장작더미에 손가락을 대자 화염이 치솟았다. 고매하신 삼매진화로 불을 붙인 것이다. 그리곤 대낮에 사냥한 토끼 일가를 물을 부어 반죽한 황토로 감싸고 불구덩이에 집어넣었다. 간단하지만 맛있는 고기를 얻는 요리법이다.
 "저벅저벅……."
 멀리서 발걸음 소리가 어둠 속에서 들려왔다.
 진호는 모닥불 속에서 익어가는 토끼 고기에만 관심있을 뿐 다른 것에는 신경조차 쓰지 않았다.
 "어?"
 모닥불을 보고 다가오는 사람의 기파는 낯익었다.
 진호는 고개를 들었다.
 육 척이 넘는 장신의 남자가 어둠 속에서 모습을 드러냈다. 진호가 백화산에서 신세를 졌던 사내였다.
 "오랜만입니다."
 "호오~ 자네였군."
 백화산에 이어 대별산에서 재회했다.
 마치 산이 두 사람을 이어주는 것 같았다.
 사내가 왼손에 들고 있던 항아리를 내려놓고 모닥불 앞에 앉자 진호는 모닥불 속에서 누런 돌덩어리를 꺼냈다.
 바싹 마르다 못해 구워진 황토덩어리였다. 껍데기를 벗겨내자 잘 익은 토끼의 속살이 드러나면서 맛있는 냄새가 풍겼다. 진호는 고기에 소금을 치고 사내에게 권했다.
 "그럼 난 술을 내지."
 사내가 항아리의 밀봉을 뜯자 그윽한 주향이 퍼졌다.

응조왕(鷹爪王)

"좋은 술이군요."
"산서분주라네. 그것도 오십 년이나 묵은 술이지."
사내가 술잔을 넘겼다.
"자! 우리의 재회를 기념하세."
진호와 사내는 술을 마셨다. 정말 좋은 술이었다.
"하아… 좋군요."
"술은 오래 묵을수록 맛이 난다네. 오래될수록 향기가 나는 사람은 찾기 어렵지만 술은 그렇지 않아. 그래서 난 술을 좋아한다네. 자네는 어떤가?"
"오십 년 세월이 덧없다 느껴질 뿐입니다."
"하하하~ 우문에 현답일세."
진호와 사내는 고기를 뜯고 술을 마셨다.
모닥불이 환하게 타오르며 두 사람의 얼굴을 비추었다.
"그런데 이곳에는 뭐 때문에 왔는가?"
"북경에 가려다 길을 잃어 며칠째 헤매는 중입니다."
"허! 다른 길도 많은데 하필이면 대별산에 들어왔는가?"
"직선으로 가는 게 빠를 거라고 생각했죠."
정말 단순한 이유였다.
"껄껄껄. 대별산은 녹림호걸들이 우글거린다는 산일세. 길다운 길은 아예 없다네."
"정말입니까?"
"그렇다네."

"그런데 왜 내 앞에 나타나지 않았는지 모르겠군요."
"나타나면 어쩔 건가?"
"두들겨 패서 돈을 뺏고 길잡이로 삼아야죠."
사내는 어이없다는 얼굴로 진호를 쳐다보았다.
'걸작이구나.'
사내의 관점으론 진호는 유쾌한 청년이었다. 물론 이런 좋은 자리에서는 말이다. 하지만 적으로 돌변하면 어떤 강적보다 무섭고 위험한 상대라는 것을 사내는 감지하고 있었다.
'대별산채의 형제들이 나 때문에 며칠 동안 활동하지 않은 게 천만다행이었구나.'
사내는 녹림십팔채의 열세 번째 세력인 대별산채의 산적들과 관계가 깊었다.
"내가 길잡이 노릇을 해주겠네."
"감사합니다."
"사의는 됐고, 술이나 마시세."
더 이상의 고민도 없고 상대를 탐색하려는 시선도 없다.
그저 즐거운 시간이 흐를 뿐이었다.

다음날 아침.
사내는 어딘가에서 음식을 구해왔다.
따끈따끈한 게 근처에서 만든 게 확실했다.
"맛있군요."

진호는 음식을 어디서 어떻게 구해왔느냐고 묻지 않았다.

맛있게 먹으면 된 것이다.

아침 식사가 끝나자 사내는 길잡이로 나섰다. 그의 길눈은 무서울 정도로 밝았다. 진호가 며칠을 헤매고도 못 찾은 길을 손쉽게 찾아냈고 미로 같은 수림을 간단하게 돌파했다.

진호와 사내는 산자락을 타고 내려갔다.

마침내 대별산을 넘은 것이다.

"고맙습니다."

"잘 가시게."

"다음에 인연이 닿으면 또 뵙겠습니다."

"그러세."

두 사람은 끝까지 통성명을 나누지 않았다. 그럼에도 불구하고 다음에 또 만나기를 기원했다.

두 사람이 등을 돌렸다.

진호는 북경으로, 사내는 대별산으로 돌아가려는 것이다.

따리링~

상당히 먼 곳에서 누군가 현을 뜯었다.

진호와 사내의 눈에 호기심이 떠올랐다. 둘 다 동시에 음파가 발생한 곳으로 몸을 날렸다.

따링~ 따리링~

연속적으로 들려왔다.
 사내의 안색이 굳어졌다.
 "초청이군."
 음파에 실린 내공이 만만치 않았다. 현악기 계열의 음공을 사용하는 고수 중에 이 정도 깊이를 가진 내력의 소유자는 단 한 명밖에 없다.
 사내는 속도를 올렸다.
 고오오~
 마치 활공하는 독수리 같았다.
 진호를 떨어뜨리려는 건지 아니면 진호의 실력을 확인하려는 건지 의도가 명확하지 않았다.
 파악!
 진호도 속력을 올렸다. 앞서 나간 사내를 순식간에 따라붙었다. 사내는 깜짝 놀란 표정을 지었다.
 '역시 생각대로군.'
 진호와 사내는 바람처럼 달려갔다.
 탁!
 갑자기 터진 짧은 탁성은 내력을 단절시키는 힘이 있었다. 그러나 진호와 사내는 별다른 영향을 받지 않았다.
 휘리릭~
 넓은 분지가 나타나자 진호와 사내는 멈췄다.
 수려한 외모의 중년 부부가 분지 한가운데 앉아 있었다. 중년 사내는 반상 앞에 앉아 바둑알을 매만지고 있었고, 미모의 중년 부인은 십사현금(十四弦琴)의 현을 만지작거렸다.

사내가 싸늘한 눈으로 중년 부부를 노려보며 입을 열었다.

"기성 화곡함, 금선 소백의."

"오랜만이네, 방효람."

중년 부부는 천하구대고수 중의 기성과 금선 부부였고, 사내는 방각의 아들인 웅조왕 방효람이었다.

진호는 방효람을 보며 낮은 신음성을 흘렸다.

'어쩨 친숙한 느낌이 든다 했더니······.'

방효람을 처음 봤을 때부터 어디선가 봤다는 느낌이 들었던 것도 당연했다. 방효람이 외탁을 해서 방각과 외모는 달랐지만 풍기는 기운만큼은 비슷했던 것이다.

"동행한 젊은이는 누군가?"

기성은 실력이 만만치 않다는 말은 일부러 뺐다.

진호는 입을 굳게 다물고 침묵했다.

"예의를 모르는 젊은이군요."

금선이 입을 열었다.

진호는 이번에도 침묵을 깨지 않았다.

'화수와 닮았군.'

금선 소백의와 화수가 한자리에 있으면 모녀가 아니라 자매로 착각하기 쉬웠다. 그만큼 그녀는 젊어 보였고, 강북이

교의 한 사람인 화수의 모친답게 아름다웠다. 게다가 나이가 있어서인지 화수에게 없는 우아함과 고아한 품격이 느껴졌다.

"젊은이, 강호의 대선배가 질문했으면 성심성의껏 대답하는 게 후배의 자세이며 예의랍니다."

금선은 자애로운 미소를 잃지 않고 훈도했다.

그러나 진호에겐 소용없는 짓이다.

금선은 쓴웃음을 지으며 시선을 돌렸다. 그녀의 남편인 기성 화곡함은 비둑판을 노려보며 바둑알을 만지작거릴 뿐 다른 일에는 신경조차 쓰지 않았다.

또박또박…….

기성과 금선의 뒤편 숲에서 화사한 꽃처럼 아름다운 열두 미녀가 나타났다. 그녀들의 품에는 칠현금과 북, 종, 소, 적, 비파 등 각기 다른 종류의 악기가 들려 있었다.

방효람이 입을 열었다.

"성심산장이 자랑하는 십이여악방(十二女樂坊)을 여기서 보게 될 줄은 몰랐군."

기성과 금선의 거처가 성심산장(誠心山莊)이다.

금선의 열두 제자인 십이여악방은 강호에서 미모와 음공으로 명성이 높았다.

십이여악방은 금선과 기성에게 허리를 숙이고는 진호와 방효람에게 다가갔다. 열두 송이의 꽃이 화사한 미소를 지으며 다가오는데도 두 사람의 표정은 밝지 않았다.
"피곤하겠어."
방효람이 눈살을 찌푸렸다.
진호는 침묵할 뿐이다.

〈제3권 끝〉

다세포 소녀
원작 만화 출간!!

2006 부천 국제만화상 일반부문 수상!!

전국 서점가 최고의 화제작!
OCN 슈퍼액션 드라마 시리즈 방영!

왜? 사람들은 다세포 소녀에 주목하는가!
상식을 뒤엎는 기발하고 엉뚱한 상상력!

『다세포 소녀』의 숨겨진 힘!!

다세포 소녀 원작만화 (전 5권 예정)
B급 달궁 글·그림 | 값 9,000원 / 부록 예이츠 시집

몇 페이지만 읽어도 좌중을 휘어잡을 이야깃거리가 넘쳐난다!
둔감해진 머리에 영감을 주는 아이디어가 마구마구 솟구친다!
원작을 더욱더 빛내주는 기발한 댓글 퍼레이드!
300만 다세포 폐인을 열광시킨 상식을 뒤엎는 엉뚱한 상상력!

또 하나의 이야기! 또 하나의 재미!
소설 『다세포 소녀』

초우 장편소설 | 값 9,000원 / 원작자 B급 달궁

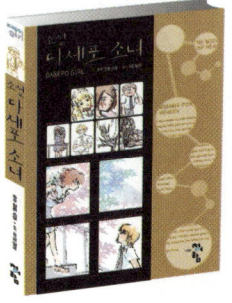

"그건 모르겠고, 나는 외눈의 사랑이야. 사랑을 줄 수는 있어도 마주 할 수 없는 사랑이지. 두 눈을 가진 사람은 주고받을 수 있지만, 나는 주는 것만 할 수 있어. 나는 주는 사랑으로 족해. 외사랑이지."
– 외눈박이

초등학생이 반드시 읽어야 할 좋은 책 49권

각 학년별로 초등학생이 반드시 읽어야할 좋은 책을 선정하여 통합논술의 기본이 되는 '올바른 독서법'을 일깨워 줍니다.

교과서와 함께하는 초등학교 통합논술

초등1학년 / 값 12,000원 / 초등2학년 / 값 9,500원 / 초등3학년 / 값 11,000원 / 초등4학년 / 값 9,500원 / 초등5학년 / 값 9,500원 / 초등6학년 / 값 11,000원

♣ 혼자 할 수 있어요.
엄마가 책 읽는 방법을 가르쳐 주어도 좋아요.
독서지도하는 선생님이 가르쳐 주어도 좋답니다.
"초등교과서와 함께하는 **통합논술 시리즈**"는
아이 스스로 독서할 수 있도록 꾸며진 책이에요.
엄마와 선생님은 요령만 가르쳐 주시면 된답니다.

♣ 교과서의 중요한 내용이 총정리되어 있어요.
각 학년별로 중요한 교과 내용이 함께 수록되어 있어요.
초등학생은 교과서 내용을 충실하게 공부해야합니다.
아울러 그와 병행한 독서가 대단히 중요하지요.
"초등교과서와 함께하는 **통합논술 시리즈**"는
두가지 방법 모두 알려준답니다.

♣ 이 책은 훌륭하신 선생님들이 함께 쓰신 책이랍니다.
동화작가 선생님들이 쓰셨어요. 소설가 선생님도 쓰셨답니다.
국어 논술독서지도 선생님들도 함께 쓰셨지요.
"초등교과서와 함께하는 **통합논술 시리즈**"는
엄마의 마음으로 모든 선생님들이 함께 꾸민 책이랍니다.

입소문을 통해 아는 분은 다 알고 계십니다!
올 한해 공인중개사 최고의 화제작!

1~2권 합본 | 이용훈 지음
3~4권 합본 | 이용훈 지음
5~6권 합본 | 이용훈 지음
용어 해설 | 이용훈 지음
1~2차 문제풀이집 | 이용훈 지음

수험생 기본 필독서
만화 공인중개사

제목 : 만화공인중개사 쓰신 분에게 감사드립니다.

학원을 두달 다녔어요. 근데 과연 그 숫자 와우기 그렇게 몇 문제나 나올까 생각을 했어요.
아니라는 생각이 드네요. 학원강의를 뒤로 하고 서점을 갔어요. 내 머리에 가장 이해될 수 있는
책이 없나 하구요. 거기서 만화를 발견했어요. 무조건 세번 봤어요. 3개월 걸렸어요. 문제집을
보라고 했는데 그건 시행을 못했어요. 근데 합격을 했네요.

어떻게 감사의 말을 해야 될지…

도서관에서 만화책 들고 다니니까 사람들이 웃더라구요. 만화책으로 공인중개사를 공부한
다고 미친사람처럼 보더라구요. 근데 그거 다 감수하고 했던 내가 자랑스럽습니다.

어떻게 감사의 말을 해야 할지 정말 감사합니다.

부디 행복하세요. 제 나이 41살에 좋은 스승을 만난 거 같습니다.

엎드려 감사드립니다.

　　　　　　　　　　　　　　　　　　　　　　　－본사 홈페이지에 독자분이 올린 메일 中 에서 발췌－

잘나가고 싶은 사람은 읽어라!

그에게 한눈에 반했다! 그것은 분위기 탓?
애인과 나란히 걸어갈 때 당신은 좌, 우 어느 쪽에 서는가?
이성은 왜 서로 끌리는 걸까? 그 심층 심리를 해명한다!

30초의 심리학

■ **30초의 심리학**
아사노 하치로우 지음 / 계일 옮김 | 값 8,500원

처음 본 사람인데 와 닿는 느낌이
너무나도 강렬한 사람이 있다.
흔히 하는 말로 '필이 꽂힌 사람',
그래서 잊혀지지 않는 사람,
한눈에 반했다고 하는 것이 바로 그것이다.
이런 인간의 감정을 논하는 데
남녀의 구분이 있을 수 없다.
사랑하는 그, 혹은 그녀를
생각하는 것만으로도 가슴이 두근거린다.
이상할 것 없다. 당연히 그럴 수 있는 것이다.
그렇기에 인간을 감정의 동물이라 하지 않는가.
그러나 그렇게 좋아하는 그 사람이
어느 날 갑자기 싫어지는 경우는 왜일까?